B.M.GILL
LLINYN
RHY DYNN

Addasiad Meinir Pierce Jones

GOMER

© B. M. Gill, 1981

Teitl gwreiddiol: *Victims*

Cyhoeddwyd gyntaf gan Hodder and Stoughton Ltd, 1981

ⓗ y testun Cymraeg: Meinir Pierce Jones, 1990

Argraffiad Cymraeg cyntaf: 1990

ISBN 0 86383 633 X

Cyhoeddwyd dan gynllun comisiynu'r
Cyngor Llyfrau Cymraeg.

Dymuna'r cyhoeddwyr gydnabod cymorth a chyfarwyddyd
Adrannau'r Cyngor Llyfrau Cymraeg
a noddir gan Gyngor Celfyddydau Cymru.

Argraffwyd gan
Wasg Gomer, Llandysul, Dyfed.

Rhan 1

1

Erbyn iddo orffen roedd y corff yn daclus iawn, a'r dwylo wedi'u croesi'n dyner dros y bronnau fel dwylo cerflun marmor o rywun yn cysgu. Roedd y gwefusau a gleisiwyd gan y gàg yn lledagored, ac yn dangos dannedd mân, gwastad. Syllai'r llygaid ar awyr y nos. Caeodd yntau nhw. Trawodd y cloc yn nhŵr yr eglwys gadeiriol un o'r gloch. Un o'r gloch ar noson o Awst. Noson hardd iawn ym mis Awst. A merch hardd iawn. Ailosododd ei phen fel ei fod yn gorwedd mewn eurgylch o flodau dant y llew. Bu cawod neu ddwy yn ystod y min nos ac roedd mŵd ar ei hesgidiau. Sychodd nhw'n lân.

Roedd rhyw harddwch prudd yn perthyn i'r anialdir hwn hyd yn oed, meddyliodd. Llenwid y fynedfa gul y daethai drwyddi gynnau gan ddrewdod bin sbwriel rhywun, ond rŵan clywai aroglau perllys cryf. Ei phersawr hi?

Safodd gan edrych i lawr arni a theimlai ryw foddhad rhyfedd yn ei lenwi. Doedd arno ddim eisio gadael.

Ei henw oedd Ceridwen Harris ac roedd hi'n bedair ar bymtheg oed.

Awr yn ddiweddarach gyrrai Owen Harris ei gar o faes parcio'r ysbyty i'w gartre ar gyrion Eryri. Roedd wedi colli claf ac wedi achub claf heddiw; dysgasai erstalwm beidio â llawenhau na galaru. Gwnaethai gryn enw iddo'i hun drwy'r wlad fel llawfeddyg nerfegol ond roedd o'i hun yn ymwybodol iawn o'i gyfyngderau, er na adawai i hynny ei boeni'n ormodol. Gwnâi'r hyn a allai'n gyd-wybodol gan ddefnyddio'r wybodaeth a feddai; gobeithiai am ambell wyrth ond heb ddisgwyl yr un byth. Y cwbl a fynnai rŵan oedd diferyn o wisgi, cawod a chiando.

Roedd y tŷ'n dywyllwch. Daethai shifft Ceri i ben am chwech o'r gloch y nos a mwy na thebyg ei bod yn ei gwely bellach. Ystyriodd o ddim mynd i edrych. Roedd hi wedi bod yn nyrs dan hyfforddiant yn Ysbyty'r Ddinas ers blwyddyn bellach, ac yntau wedi derbyn rôl y tad ers blwyddyn, rôl na chawsai gyfle i'w chwarae yn ystod y blynyddoedd wedi'r ysgariad pan oedd hi yng ngofal ei mam. Roedd Marie France wedi mynd â hi adre i Ffrainc a dim ond weithiau yn ystod y gwyliau y cawsai Owen gyfle i'w gweld. Credai o fod ysbryd annibynnol dyn yn gynhenid, yn rhodd gan Dduw, ac yn ddiweddar roedd wedi mwynhau meithrin yr ysbryd hwnnw yn Ceri, a'i wylio'n datblygu. Fe fyddai hi'n nyrs dda gyda hyn. Roedd hi'n aeddfedu i fod yn ferch ifanc ddeniadol, yn mwynhau Cymru, rhyddid, cwmni dynion ifainc, a'i gwmni yntau. Teimlai'n falch iawn ohoni ond gofalai ar boen ei fywyd beidio â dangos hynny iddi hi. Melltith oedd cariad meddiannol; cawsai fwy na digon o hynny gan ei mam.

Am ugain munud i ddau aeth Alun Hardwick i lofft ei wraig a'i throi'n dyner ar ei hochr. Fflatiodd y gynfas odani ac yna rhoddodd ei law ar ei boch. 'Iawn rŵan?' Roedd wedi gobeithio y byddai hi'n cysgu.

Cusanodd Nia ei fysedd. 'Faint o'r gloch ydi hi?'

'Toc wedi un. Mi fu'n rhaid i mi gerdded adre a dwi wedi bod yn darllen am sbel.'

'Chlywes i mo'not ti'n dŵad i'r tŷ.'

'Da iawn—mae'n siŵr dy fod ti'n cysgu!'

Doedd hi ddim wedi cysgu'r un winc, ond doedd hi ddim am ddadlau. Ceisiai beidio â son am yr insomnia a'i plagiai'n barhaus y dyddiau hyn. Roedd ganddo ddigon ar ei blât yn barod.

6

Cytunodd hi y gallai fod wedi hepian am sbel. 'Sut aeth yr ymarfer?'

'Ddim yn ddrwg. Roedd y gerddorfa i gyd yna, o leia. Mi dreulion ni'r rhan fwya o'r amser yn ymarfer yr *ensemble* tân a deuawd y cariadon.'

''Dach chi'n dal ar yr act gynta?' Roedd hi'n adnabod *Otello* Verdi fel cefn ei llaw. Byddai Alun yn ymarfer y ffidil am oriau bwygilydd.

Tynnodd o ei esgidiau ac aeth i chwilio yn y cwpwrdd dillad am bâr glân o sanau ar gyfer y bore. 'Mi wyddost am Ceiriog. Mae'n o'n meddwl fod yr argraff gynta'n hollbwysig.' Cafodd hyd i sanau ac aeth yn ôl at y gwely a sefyll yno'n edrych arni. ' ''Pan mae amaturiaid yn llwyfannu opera,' dynwaredodd, 'rhaid iddyn nhw gael dechra da a diwedd gweddol—does dim cymaint a chymaint o wahaniaeth am be sy yn y canol.'' ' Gwenodd wrth weld yr olwg ar wyneb ei wraig.

Oedd, roedd Nia'n adnabod Ceiriog. Rheolwr banc oedd o a gymerai ei waith rhan-amser fel cyfarwyddwr cerddorol ormod o ddifri ac a oedd yn ei elfen yn doethinebu. Gweddïodd nad oedd Alun ar fin dyfynnu mwy o ddywediadau pwysfawr y brawd o fancwr. Roedd arni eisio setlo am y noson, gan ei fod o wedi cyrraedd. Cawsai'r cloc yr hwi o'r llofft rai misoedd yn ôl a wyddai hi ddim p'run oedd waethaf, dyfalu pa mor hwyr oedd hi ynteu gwybod i sicrwydd.

Dywedodd Alun wrthi fod amryw o wragedd wedi dod i'r ymarfer. 'Mi ddylet titha ddŵad rywdro.'

Cytunodd Nia a dweud y deuai ond heb unrhyw argyhoeddiad. Digon hawdd oedd cytuno ynglŷn â nifer fawr o bethau; nid oedd yn dilyn y byddai'n rhaid iddi eu gwneud. Parlyswyd ei chorff o'r canol i lawr gan ddamwain wirion, ddiangen ond pharlyswyd mo'i dychymyg. Fe gytunai ag unrhyw beth yn ei meddwl—dringo'r Wyddfa, hyd yn oed. Un ar ddeg ar hugain oed oedd hi, a'i meddwl yn wynfydedig o rydd—ambell dro—ac yn arteithiol o rwystredig weddill yr amser.

Gofynnodd a oedd o wedi rhoi Dylan ar y po.

'Rhy hwyr, mae arna i ofn.'

'Damia!' Daeth y dagrau'n ddisymwth a chronni yng nghil ei llygaid.

Sychodd Alun nhw. 'Paid â phoeni. Mi ro i'r gynfas yn wlych cyn mynd i 'ngwaith.'

'Mi ddyla fod yn sych. Mae o'n bump oed!'

Pam y dylai o? gofynnodd Alun iddo'i hun. Pwy sy'n dweud? Pwy sy'n gwneud y rheola yn yr hen fyd rhyfedd 'ma? 'Yfest ti'r te adawes i yn y fflasg?'

'Do.'

'Diferyn eto?'

'Na. Dos i dy wely. Mae'n rhaid dy fod ti wedi ymlâdd.'

Ond doedd o ddim. Doedd o byth yn flinedig ar ôl chwarae yn y gerddorfa. Byddai'r profiad yn ei ddyrchafu, gan beri iddo deimlo'i fod yn cael ei gario i'r uchelderau ar fôr o fiwsig. Ella'i fod yn dda o beth nad oedd yn cysgu gyda Nia bellach. Edrychai ei chorff mor normal. Roedd hi'n normal yn rhywiol, ond bod ei chwant wedi cilio. Ac roedd mwy nag ofn y gallai genhedlu plentyn yn gyfrifol am hynny. Roedd Harris wedi dweud y byddai'n gwbl bosib iddi gario plentyn a'i eni trwy lawdriniaeth *Caesarian*.

Rhoddodd ei law yn yr hafn rhwng ei bronnau a'i mwytho'n ysgafn. Edrychodd hi arno'n syn a thynnodd yntau ei law ymaith. Ers iddi hi golli pob awydd câi o drafferth cymryd arno nad oedd arno yntau ddim awydd chwaith.

Edrychodd Nia arno'n gadael y stafell gan ddiffodd y golau. Roedd y ffaith na allai ymateb iddo'n ei phoeni. Doedd hi ddim fel hyn cyn y ddamwain. Roedd hi wedi

8

mwynhau caru'n fawr bryd hynny. Rŵan teimlai fel llances o hogan heb erioed ei chyffroi.

Roedd ei lofft o yr ochr arall i ben y grisiau, yn wynebu'r ardd. Doedd dim lle i roi dau wely sengl yn yr un o'r llofftydd a ph'run bynnag roedd hi'n falch o gael bod ei hun. Gallai gysgu'n noeth fel hyn heb orfod cuddio'i theimladau gwyryfol â choban wyryfol.

Roedd hi'n hwyr iawn, iawn arno'n cyrraedd adre.

Oedd gynno fo hogan yn rhywle, tybed?

Fyddai hynny ddim yn syndod. Hogan—hŵr, gobeithio. Rhywun na fyddai byth yn ddigon pwysig i fygwth eu priodas. Nid rhywun fel Tess oedd yn byw am y ffordd â nhw, yn iach fel cneuen ac yn llawn ewyllys da. Roedd hi'n siŵr nad oedd ffisiotherapwyr byth yn torri eu hasgwrn cefn, neu os oedden nhw, bod y llawdriniaethau a gaent yn llwyddiannus. Roedd ei llawdriniaeth hi wedi lleddfu'r pwysau ar fadruddyn y cefn, ond doedd y parlys ddim gwell ar ei hôl.

Edrychai Tess yn eiddil, ond doedd hi ddim. Gallai godi, gafael, ystwytho a thylino. Gallai nofio a marchogaeth ac agor ei choesau i'w gŵr blysig. Tess a Celt. Ffisiotherapydd a phlisman. Dyna gyfuniad rhyfeddol o gryfder. A dyna enw chwerthinllyd ar blisman.

Rhaid i mi wneud sbort am eich penna, meddyliodd, hynny neu hornio crio.

Roedd y cloc yn y pasej yn taro pump pan ffoniodd Ditectif Sarjant Celt Mathews ei wraig i ddweud na fyddai'n dod adre'r noson honno ac y byddai'n gweithio bron gydol y dydd drannoeth hefyd. Wnaeth o ddim ystyried ffonio ar adeg mwy cyfleus. Roedd amser yn amherthnasol pan oedd ar drywydd llofrudd.

Tynnodd Tess y ffôn o dan y dillad a gwrando ar yr hyn oedd ganddo i'w ddweud. Roedd o'n ddarbodus gyda'i eiriau a chafodd hi fawr o fanylion. Cawsai corff merch ei ddarganfod yn ymyl yr eglwys gadeiriol, meddai.

'Un arall?' mwmialodd Tess, heb ddeffro a heb sylweddoli'n iawn.

'Ia,' atebodd yn gwta. 'Wela i chdi pan wela i chdi. 'Ti'n gwybod sut mae hi efo'r math yma o beth.'

Gwyddai, fe wyddai. Stafell ymchwiliad (tybed oedden nhw'n dal i ddefnyddio'r llall?), holi o dŷ i dŷ, oriau lawer o waith ychwanegol. Welai hi ddim golwg o Celt am ddyddiau, gyda lwc.

Gogoniant i Dduw, meddyliodd, a cheisio teimlo'n euog am feddwl y fath beth. Ella fod ei swydd wedi'i wneud o'n galed. Ella'i fod o wedi bod fel'na o'r cychwyn cyntaf ond iddi hi fod yn rhy ddall i weld hynny. Daeth yr ansoddair 'bwchaidd' i'w meddwl a phendronodd yn ei gylch. Ond os oedd o'n fwchaidd, sut un oedd hi? Gorsensitif—cysetlyd—hunandybus? Roedd priodas i fod yn uniad meddyliau ac eneidiau. Mae 'nhafod i'n ffurfio geiria, meddyliodd, nid teclyn rhywiol i dy foddhau di ydi o. Dwi'n cyfadde 'mod i wedi cael f'addysg ysgol gan leianod, ac mae'n siŵr fod hynny wedi mowldio rhywfaint ar 'y nghymeriad i. Ond mi ges i fy magu ar ffarm yn Iwerddon, cofia. Dwi'n gwybod be sy'n naturiol. Dwyt ti ddim jest yn gorwedd mewn cae, 'ti'n arogli'r gwair ac yn casglu bloda.

O, Dduw, meddai wrthi'i hun, sôn am sentimentaleiddiwch! Mae rhyw ferch druan wedi cael ei llofruddio. Dim ond tair blynedd yn hŷn na fi ydi Nia, ac mae hi mewn cadair olwyn. A dyma fi'n fan'ma'n meddwl am floda!

Cododd o'i gwely ac agor y llenni. Ceid golygfa dda o'r ddinas o Stad Maes Einion. Ymgordeddai niwl cynnar am dŵr yr eglwys gadeiriol gan lybindio'n llwybr perlog dros bennau'r tai. Gwelai'r caeau gleision odani'n golchi'u traed yn yr aber. Draw i'r gorllewin roedd

10

adeilad llwyd yr ysbyty newydd yn codi fel tiwmor garw ar y gorwel.

Fis yn ôl y digwyddodd y llofruddiaeth gyntaf. Llinos Rees. Chwaer yn y ward nerfo-lawdriniaethol. Roedd Tess yn ei lledadnabod, fel y mae rhywun yn adnabod cydweithiwr. Os gallai ffisiotherapi fod o fudd iddynt gyrrid cleifion ward Llinos draw ati hi. Doedd hynny ddim wedi helpu llawer ar Nia.

Llinos Rees. Plaen a chrwn ac iachus fel bynsen flawd-cyflawn. Roedd hi wedi cael ei cham-drin yn rhywiol. Cawsai'i gagio. A'i chrogi. Llofruddiaeth dwt iawn, dyna'r oedd Celt wedi'i ddweud. Roedd y llofrudd wedi'i glanhau hi â'i hances hi'i hun ac yna wedi gosod yr hances dan ei phen.

Roedd y disgrifiad wedi'i dychryn a dywedodd nad oedd arni eisio clywed dim rhagor. 'Mae mwy i fywyd na chlycha'r angelws a'r Forwyn Fair Fendigaid,' oedd ateb blin Celt.

Roedd hi wedi hen roi'r gorau i geisio amddiffyn ei Phabyddiaeth. Âi i wasanaeth cymun ambell dro ond ni fyddai byth yn crybwyll hynny. Aethai i gyffesu, hyd yn oed, fis neu ddau yn ôl. 'Tad, mae 'mhriodas i ar y dibyn—a does dim llawer o wahaniaeth gen i.' Na, doedd hi ddim wedi dweud y fath beth. 'Tad, mae 'mhriodas i ar ben dwi eisio dianc.' Doedd hi ddim wedi dweud hynna chwaith. Roedd hi wedi gadael y gyffesgell yn swta heb gymaint ag agor ei cheg. Os oedd ei hymdrech hi i wneud iawn am ei ffaeleddau am fod yn foddion i helpu Nia, yna byddai'n rhaid wrth rywbeth amgenach na chlecian mwclis ac adrodd paderau. Ond ai gwneud iawn oedd ei bwriad, ynteu hunanfoddhau? Gallai cymhellion ym-gymysgu'n ddryslyd ambell dro. Ac ambell dro roedd yn well gadael iddyn nhw felly.

Edrychodd draw ar dŷ teulu Hardwick am y ffordd â hi. Roedd llenni llofft Nia wedi'u cau rywsut rywsut.

Alun wedi anghofio eu tynnu cyn mynd i'r ymarfer neithiwr, mae'n siŵr. Cofiodd fod ei gar o yn y garej yn cael ei drin a'i bod wedi addo rhoi pàs iddo i'r gwaith. Roedd ganddi ddwyawr gynnil i gysgu.

Llinos Rees. Llinos Rees garedig ac effeithlon.

Wyth ar hugain oed.

Yn daclus farw. A rŵan un arall.

Teimlai'r cynfasau'n oer wrth iddi ddringo'n ôl i'r gwely a thynnodd y cwilt amdani, gan grynu.

2

Toc cyn hanner dydd y torrodd y newydd am lofruddiaeth Ceridwen Harris yn yr ysbyty.

Roedd tîm Owen Harris wedi bod yn methu deall pam ei fod wedi canslo llawdriniaethau'r bore. Roedd Owen yn ddibynadwy. Roedd o'n un moesgar dros ben hefyd. Os byddai'n rhaid iddo newid ei amserlen yna byddai bob amser yn hysbysu ei staff a'r cleifion perthnasol mewn da bryd. Ffoniodd Enid Daniel, ei anaethsetegydd, o gartre ond chafodd hi ddim ateb. Chafodd Andrew Halstead, ei uwch gofrestrydd ddim ateb chwaith, pan geisiodd o'i ffonio dipyn yn ddiweddarach. Ac yna clywodd rhywun yn yr ystafell radio neges frys ac ymledodd y stori fel tân gwyllt.

Aeth Enid, a oedd wedi cynhyrfu'n arw, ar ei hunion i dŷ Owen ar derfyn ei shifft. Newydd gyrraedd adre ers rhyw hanner awr yr oedd o ac edrychai mor ddiffrwyth â phetai wedi cael gor-ddos o anaethsetig.

Allai o ddim credu. Methai yngan y geiriau wrthi. Doedd yna ddim teimlad, hyd yn oed. Doedd y peth ddim yn wir.

Ailgydiodd Enid yn yr hen berthynas a fu rhyngddynt a'i gysuro orau y gallai, er mai cysur digon annigonol oedd o.

'Mae'r peth yn wallgo, yn hollol wirion,' meddai fo gan wenu'n ynfyd ac ysgwyd ei ben. 'Wir i ti . . .'

Meddyliodd Enid am un funud ofnadwy ei fod o'n mynd i chwerthin. 'Rhaid i ti gael sedatif. Mi a' i i . . .'

'Roedd hi'n gorwedd yno—mi fu'n rhaid i mi gadarn-hau pwy oedd hi—mi roeddan nhw'n gwybod pwy oedd hi, wrth gwrs . . .' Bu'n dawel am ennyd ac yna sgrytiodd ei ysgwyddau. 'Mi ffonion nhw fi amser brecwast, 'sti. Doedd hi ddim wedi codi. Dim byd newydd—mae hi dragywydd yn hwyr. Dydi Mrs Evans ddim yma'r wythnos yma—un o'r teulu'n cwyno—felly fi wnaeth y brecwast a gosod y bwrdd—i'r ddau ohonon ni. Ac wedyn mi ganodd y ffôn. Iesu Mawr!' Tynnodd ei sbectol fel pe bai'n gobeithio y byddai hynny'n pylu'r realiti—Enid yn eistedd gyferbyn ag o—yn gwrthod gwadu fod y peth yn wir.

Gofynnodd hi a oedd ei mam wedi cael ei hysbysu.

'Mae Japheth wedi anfon telegram.'

Cofiodd Enid mai Iorwerth Japheth oedd y Prif Inspector. Y pen dyn. A ffrind i'r teulu. Fyddai dim byd yn ormod ganddo'i wneud yn yr achos yma. Yna cofiodd yn sydyn am Llinos Rees. Gobeithio na fyddai dim byd yn ormod yn ei hachos hi chwaith.

Roedd llun o Ceri ar y grand piano. Llun o Ceri'n edrych yn ddeniadol mewn ffrog wddw isel. 'Ceri ar fin blodeuo.' Dyna'r oedd Owen wedi'i ddweud rai misoedd yn ôl a chwerthin yn ei lais. 'Llun pen blwydd Ceri'n bedair ar bymtheg oed.' Ac yna, 'Aros nes gwelith 'i mam hi o.' Doedd hi ddim wedi deall yn union beth oedd ganddo mewn golwg. Balchder? Taro'r pwyth yn ôl? Roedd ganddo obsesiwn am ryddid. Faint o raff roedd o wedi'i rhoi i Ceri, meddyliodd.

'Est ti ddim heibio'i llofft hi neithiwr i edrych oedd hi wedi cyrraedd yn 'i hôl?' Swniai'r geiriau fel cyhuddiad. 'Mae'n ddrwg gen i, Owen,' ymddiheurodd. 'Do'n i ddim yn bwriadu . . .'

'Naddo. Es i ddim i edrych. Wnes i erioed. Ro'n i'n parchu'i phreifatrwydd hi.' Edrychodd yn rhyfedd arni ac yna meddai'n stiff iawn: 'Roedd hi wedi cael ei chamdrin yn rhywiol.' Wnaeth o ddim manylu.

Edrychodd Enid draw. Doedd ganddi'r un gair at ei galw. Fu hi erioed yn briod ac ni allai ond dychmygu sut rwymyn sydd rhwng plentyn a rhiant. Ella fod y rhwymyn hwnnw'n dynnach fyth yn achos Marie France, y fam, nad oedd hi erioed wedi'i chyfarfod. Wedi'r cyfan, hi oedd wedi magu'r ferch.

Y ferch.

Ceri.

Cofiai Owen yn dweud: 'Mae Ceri'n dod i aros. Mae hi'n mynd i fyw yma efo fi am y flwyddyn neu ddwy gynta. Mi gaiff fadael pan fydd hi'n barod. Mi fydd yn gyfle i mi ddŵad i'w nabod hi.'

Roedd ei pherthynas hi ac Owen wedi newid—wedi llacio, mewn gwirionedd—cryn dipyn yn ystod y cyfnod hwnnw. Trodd ambell benwythnos yn nhŷ Owen yn ambell benwythnos i ffwrdd. Ac roedd Owen yn ddiolchgar ei bod hi wedi derbyn y sefyllfa mor ddiffwdan.

'Be fedra i'i wneud i ti? Owen?'

Trodd yntau ac edrych arni'n ddall, heb ei hateb.

Pan gyrhaeddodd Marie France gyda'r nos torrodd yr argae. Maluriodd ei hing a'i galar hi'n erbyn Owen a'i orfodi i ymysgwyd o'i syfrdandod. Teimlodd y boen am y tro cyntaf. Gwrandawodd ar ei geiriau'n ei guro, gan dynnu gwaed, ac ar ôl iddi dewi rhoddodd ei freichiau amdani, a hynny am y tro cyntaf ers blynyddoedd, ac wylo gyda hi.

Gwthiodd o oddi wrthi ymhen hir a hwyr. 'Ble mae hi? I fyny?'

'Yn y mortiwari.'

'O, Dduw.'

Roedd ei gwallt golau wedi disgyn i'w hwyneb a gwthiodd o'r tu ôl i'w chlustiau. Edrychodd arno a chyhuddo. 'Mi ddylet ti fod wedi cadw golwg fanwl arni. *Ma petite fille.*'

Roedd ei geiriau Ffrangeg yn dwysáu ei phresenoldeb. Roedd hi yma gydag o ac roedd arno yntau'i hangen hi—a neb ond y hi—y funud hon. Cofiodd yn sydyn a chlir eni Ceri. Roedd o'n bresennol yn y dechrau gwaedlyd—dim ond cyw doctor bryd hynny—ar ffordd y fydwraig ac yn mynnu gafael yn llaw ei wraig.

'Oedd ganddi gariad?'

'Roedd ganddi ffrindia—bechgyn a merched.'

'Rhywun arbennig?'

'Arbennig am sbel, ella.' Roedd hi wedi crybwyll amryw o hogiau. Allai o gofio'r un enw neilltuol.

'Ai angerdd achosodd y drosedd—cenfigen?'

Edrychodd Owen yn hurt ar Marie France. Am eu merch roedden nhw'n sôn. Pedair ar bymtheg oed.

Ysgydwodd hithau ei phen yn rhwystredig a llenwodd ei llygaid â dagrau drachefn. 'Ddyla hi byth fod wedi dŵad yma atat ti. Dwyt ti'n gwybod dim byd amdani hi. Mae gan genod ei hoed hi gariadon. Os ydi rhieni'n ddifalio mi wnân nhw gysgu efo hwn a'r llall.'

'Difalio?' Blasodd Owen chwerwedd y gair a phoerodd o'n ôl ati. 'Difalio?'

'Mae'n ddrwg gen i,' meddai hi'n llipa.

Fel roedd hi'n digwydd, doedd Ceri ddim wedi cysgu gyda hwn a'r llall. Dim ond gydag un dyn arbennig o ddewisol roedd hi wedi cysgu. Roedd yntau'n aelod o dîm nerfo-lawdriniaethol ei thad—aelod reit ifanc.

Roedd Ian wedi dweud wrth Ceri sawl gwaith fod cysgu gyda merch y bòs yn weithred wallgof a allai ddistrywio'i yrfa, ond sut y gallai o ymwrthod? Roedden nhw wedi chwarae'r gêm garu'n ysgyfala, gyfrwys, gan gyfarfod yn ei fflat o yn ymyl yr ysbyty pan nad oedden nhw ar ddyletswydd. Roedd hi wedi paratoi prydau iddo fo ac roedd o wedi tynnu oddi amdani hi. Roedden nhw wedi chwarae recordiau ac wedi caru. Roedd o wedi synnu ei bod hi'n wyryf. Roedd hi wedi synnu fod rhyw yn beth mor bleserus.

Yn awr, gadawodd Ian y daith o gylch y wardiau a oedd yng ngofal yr uwch gofrestrydd (gan fod Harris i ffwrdd), a cherddodd i lawr i swyddfa'r heddlu.

Aeth Celt Mathews, yn lluddedig ar ôl noson ddi-gwsg, i gyfarfod ag o yn y stafell gyf-weld.

'Eich enw, syr?'

'Wy eisie gwybod am Ceri.' Roedd o wedi yfed nes ei fod ar fin cyfogi unwaith ac felly y teimlai rŵan, er nad oedd wedi yfed yr un dafn. 'Fe glywes i fod Ceri . . .'

'Eich enw chi.'

Doedd llais esmwyth Mathews a'i wyneb paffiwr ddim yn cydweddu. Edrychodd yn chwilfrydig ar Ian.

'Richards. Ian Richards.'

'Cyfeiriad?'

'Ysbyty'r Ddinas. A fflat yn Stryd Lliwedd. Rhif dou ddeg tri.'

'Be ydi'ch gwaith yn yr ysbyty?'

Porthor—doctor—beth oedd yr ots? Roedd ceisio cael gwybodaeth o hwn fel ceisio tynnu gwaed o wythïen anweladwy.

'Glywes i ar y radio fod Ceri Harris wedi cael 'i llofruddio. Wy'n perthyn i dîm nerfo-lawdriniaethol 'i thad hi—uwch lawfeddyg tŷ.'

Un ris o'r gwaelod, meddyliodd Mathews, yn sinig-aidd. 'Mae 'i thad hi wedi cael 'i hysbysu.'

'Mae e'n wir 'te?'

'Ydi,' meddai Mathews, 'mae o'n wir.' Cododd ac estyn cadair. Os na fyddai'r llymbar yma'n eistedd fe ddisgynnai'n glewt.

'Sut y lladdwyd hi?'

Roedd hi'n anodd ryfeddol gofyn y cwestiwn.

Cawsai'r cyfryngau amlinelliad o'r achos ond heb y manylion am y cam-drin rhywiol; roedd hi'n well cadw peth felly dan glust eich cap. Adroddodd Mathews yr hyn oedd yn hysbys eisoes i griw'r papurau newydd, gan y byddai'r wybodaeth honno yn y papurau min nos ac ar bob rhaglen newyddion. 'Mi gafodd 'i gagio. 'I cham-drin yn rhywiol. 'I chrogi. Yn y drefn yna, mae'n debyg.'

Ceisiodd Ian siarad, ond allai o ddim. Codai cyfog gwag yng nghefn ei wddw. Ymdrechodd i'w lyncu.

Cofiai'n aruthrol o eglur dro meddal ei gwddw, ei hwyneb esmwyth yn ei ddwylo. Cofiai fel y byddai'n swatio wrtho fel cath fach—esgyrn bach celyd, cnawd cynnes. Cara fi, Ian, cara fi, cara fi, cara fi.

'Alla i nôl diod o ddŵr i chi?' holodd Mathews, gan brin guddio'i ddirmyg. Ble'r oedd y gŵr proffesiynol hunanfeddiannol? Druan o gleifion hwn mewn argyfwng.

Chlywodd Ian mo'r cwestiwn hyd yn oed. 'Ble digwyddodd e?'

'Ar yr hen batsh tir anial yn ymyl yr eglwys gadeiriol—Tan'rallt.'

'Pryd?'

Atebodd Mathews ddim. Roedd o'n gwneud ychydig o nodiadau mewn nodlyfr gyda beiro felen.

Ailofynnodd Ian y cwestiwn.

Roedd Mathews wedi dweud y cyfan roedd o'n bwriadu'i ddweud. 'Does neb yn siŵr eto ynglŷn â'r amser.

17

Mi fydda o fudd mawr petaech chi'n gallu'n helpu—manylion sydd eisio.'

'Fi? Sut ddiawl alla i . . .'

'Rydach chi'n malio am yr hogan. Mae'n amlwg eich bod chi'n 'i nabod hi'n dda iawn. Rydan ni'n gwybod yn barod 'i bod hi wedi gadael yr ysbyty cyn hanner awr wedi chwech. Ella'ch bod chi'n gwybod be wnaeth hi wedyn. Wel?'

Oedd, roedd o'n gwybod beth wnaeth hi wedyn. Roedd hi wedi mynd i'r fflat yn Stryd Lliwedd ac wedi gwneud cyri cyw iâr iddo fo. Roedden nhw wedi eistedd ar lawr yn y stafell fyw fach siabi, ac wedi'i fwyta gan wrando ar Joan Baez yn canu. Roedd hi wedi cicio'i hesgidiau gwaith oddi am ei thraed ac wedi gwneud twll yn ei theits efo bawd ei throed. Roedd o wedi gorwedd ar wastad ei gefn gan lyfu'r bawd troed a chodi blys arni. Roedden nhw wedi caru ar yr hen soffa-wely lwyd ac roedd un o'r clustogau wedi disgyn i weddillion y cyri.

'Ydach chi'n digwydd gwybod?'

'Fe ddaeth hi i'n fflat i yn Stryd Lliwedd ar ôl cwpla'i shifft yn yr ysbyty.'

'Faint o'r gloch?'

'Tua saith—brynodd hi reis yn y siop ar y cornel. Gyrhaeddes i tua hanner awr wedi saith.'

Roedd Mathews yn holi ac yn sgwennu'r un pryd, heb gymaint â chodi ei ben. 'Mi wnaeth hi bryd o fwyd i chi, felly?'

'Do.'

'Roedd 'na berthynas agos rhyngoch chi.'

'Roe'n ni'n ffrindie.'

'Pryd y gorffennoch chi fwyta?'

'Ychydig wedi wyth.'

'Be wedyn?'

'Fuon ni'n gwrando ar gerddoriaeth.'

'Tan?'

'Ro'n i ar ddyletswydd. Fe ges i alwad ar ben naw.' Pan oedden ni wrthi, Ceri, pan oeddwn i'n dy ddal di, yn dy fwytho, yn dy garu, fel y byddet ti'n mynnu gweud mor bropor, ac mor hardd hefyd.

Gallai deimlo'i wyneb yn bygwth rhoi a brathodd ei wefl yn galed, nes iddo flasu'r gwaed.

Dyrnodd Mathews ati gyda'i gwestiynau: sylwai fod y gŵr ifanc ar dorri i lawr ond doedd ganddo ddim cydymdeimlad.

'Fe adawoch chi hi yn y fflat pan aethoch chi ar ddyletswydd?'

'Do.'

'Dwedwch wrtha i be ddigwyddodd—neu be ydach chi'n feddwl ddigwyddodd—ar ôl i chi'i gadael.'

Fe arhosest ti am sbel, Ceri. Fe wnest ti dacluso. Roeddet ti wedi golchi gorchudd y glustog a'i roi i ddiferu uwchben y bàth, hyd yn oed. Dynnest ti lun ar y nodfwrdd yn y gegin gyda ffelt tip gwyrdd—dau ffigur, dyn a menyw a'r geirie 'fe'u creodd yn ŵr ac yn wraig' odano. Ac yna haleliwia mawr a rhes o ebychnode.

Plentyn wyt ti, Ceri.

Ceri, plentyn.

Wy d'eisie di. Dduw mawr, wy d'eisie di. Yn fyw. Y funud hon. Gyda fi.

'Dowch o' 'na . . .' Wnaeth Mathews ddim ymdrech i gelu'r ffaith ei fod yn fyr ei amynedd.

'Mi arhosodd hi i olchi lan. Alla i byth â gweud arhosodd hi'n hir wedyn. Roedd hi'n saith o'r gloch y bore pan gyrhaeddes i'n ôl i'r fflat.'

'Ac mi gawn ni gadarnhad o hynny o'r ysbyty.'

'Cewch.'

'Doeddech chi ddim yn poeni y bydda hi'n cerdded adre'i hun, gefn nos?'

'Mae hi'n fis Awst. Dyw hi ddim yn dywyll nes bo' hi'n hwyr.'

19

'Roedd hi'n hwyr iawn pan ddigwyddodd y peth,' meddai Mathews yn gwta. 'Mi alla i ddweud gymaint â hynny wrthoch chi. Fu hi'n loetran yn y fflat yn disgwyl i chi gyrraedd yn eich ôl?'

'Am dipyn bach, falle. Wn i ddim.' Aethai hi i gysgu'n drwm yn ei wely o unwaith, ar ôl iddo gael ei alw allan: roedd hi'n ddau o'r gloch y bore pan ddaethai'n ei ôl, a dyna ble'r oedd hi. 'Paid â phoeni,' meddai wrtho pan ddeffrôdd hi, 'mae Dad yn 'y nhrystio i.' A gwenodd arno wên wynfydedig. Roedd o wedi mynd â hi adre am chwech, ac wedi stopio'r car yn ddigon pell, fel na chlywai ei thad sŵn yr injian. Roedd ganddi allwedd wrth gwrs.

Roedd Mathews yn pwnio'r papur yn ddiamynedd gyda'i feiro. 'Wnaethoch chi'i ffonio hi o gwbwl i ddweud y byddech chi'n hwyr?'

'Ches i ddim cyfle i'w ffonio hi. Roeddwn i yn y theatr 'da'i thad nes iddi droi hanner nos, ac wedyn daeth claf arall mewn a rho's Harris hwnnw yng ngofal yr uwch gofrestrydd. Roedd hi'n bump arna i'n cwpla.'

'Ond aethoch chi ddim yn eich ôl i'r fflat?'

'Naddo, fe es i'n ystafell yn yr ysbyty a chysgu am ddwyawr. Roedd hi'n saith o'r gloch arna i'n mynd 'nôl i'r fflat.'

'Wela i. Mi fydd rhaid i chi wneud datganiad sgrifenedig pan fydd y Prif Inspector yn dechra holi staff yr ysbyty ac mi fydd hwnnw'n cael ei gymharu â'r nodiada dwi newydd eu gwneud rŵan. Dwi'n meddwl fod gen i ddarlun gweddol glir o'r hyn ddigwyddodd yn gynnar gyda'r nos.'

Roedd llais y Ditectif Sarjant fel mêl ond ni allai Ian beidio â synhwyro'r ensyniadau annymunol a lechai o dan y melyster.

Cododd Mathews a cherdded draw at y drws. Daliodd

o'n agored fel gŵr bonheddig. Rwyt ti wedi cael dwyawr o gwsg, meddyliodd, dwyawr yn fwy na fi, *lover-boy.*

Ceri Harris.

Ceri Harris, un o blant yr hen fam ddaear.

3

Doedd yna na chyri cyw iâr na dim arall yn barod ar gyfer Mathews pan gyrhaeddodd adre. Doedd Tess ddim yno. Dyfalodd mai yn nhŷ Alun a Nia y byddai ac aeth yno i'w nôl.

Roedd yn eu hadnabod yn ddigon da i ddefnyddio'r drws cefn a bu bron iddo faglu dros un o geir bach Dylan. Rhegodd ac ymddiheuro wedyn. Eisteddai Dylan wrth y bwrdd yn cael tamaid o swper a dechreuodd chwerthin yn aflywodraethus, fel y bydd plant wrth glywed oedolion yn tyngu. Dywedodd ei dad wrtho am fwyta'i dost ac yfed ei lefrith.

Cododd Alun weddillion y car bach a'i daflu i'r fasged deganau. 'Ddrwg gen i. Mi allech chi fod wedi torri'ch coes.'

'Bryna i un arall i ti, was,' meddai Mathews gan roi o-bach i ben y bychan.

Clywodd Tess, a oedd wrthi'n sychu gwallt Nia yn y stafell fyw, lais ei gŵr. Cyfarfu llygaid y ddwy am eiliad ac yna edrychodd Tess draw. Ond roedd Nia wedi deall yr olwg ynddynt, a synnai'n arw. Doedd Tess ddim y math o ferch fyddai'n agor ei chalon. Doedden nhw byth yn cael sesiynau cyffesu cyfeillgar, fel rhai merched. Byddai hi'n rhoi help llaw a Nia'n ei dderbyn yn ddiolchgar, gan amlaf, (a chymerai arni ei bod yn ddiolchgar hyd yn oed pan nad oedd hi ddim). Byddai Tess yn synhwyro nad oedd croeso iddi weithiau a bryd hynny âi oddi yno. Ond deuai yn ei hôl bob tro, ac roedd Nia'n dechrau sylweddoli bod yn rhaid iddi ddod yn ei hôl, er ei mwyn ei hun. Mae gan y sawl sy'n rhoi elusen neu gynhorthwy gymhelliad seicolegol dwfn dros wneud hynny, meddyliodd. Un ai hynny neu'i fod o'n naturiol dda drwyddo draw, neu heb fod yn hoff iawn o'i gymar hwyrach, ac awydd dianc i gwmni pobl mwy cydnaws?

'Fan'ma dwi. Wrthi'n sychu gwallt Nia,' gwaeddodd Tess gan ymdrechu i swnio'n frwdfrydig.

Mae fel petai holl egni Nia wedi'i ddal yn 'i gwallt, meddyliodd Mathews, gan sefyll yn y drws. Roedd y gwallt yn llaes ac yn dywyll a chwythai o gwmpas ei hwyneb fel cwmwl drycin. Edrychai fel dawnswraig yn gorffwyso, draw yn fan'na yn ei chadair. Trafodai Tess y sychwr fel peintiwr gyda'i chwythlamp ac roedd gwallt Nia yn codi a gostwng o amgylch ei chlustiau.

Roedd y stafell yn un llanast: cynfasau tamp dros gefn cadair yn ymyl y rheiddiadur ac ar lawr wrth y tân, cruglwyth o lyfrau cerddoriaeth. Roedd staen anferth ar ganol y carped brown golau, fel llun sepia henffasiwn.

Craffodd Mathews arno. 'Pwy ydi o, deudwch? Lloyd George?'

Cochodd Tess at ei chlustiau ond chwerthin wnaeth Nia. ''Tawn i'n dechra poeni am betha fel'na mi awn i'n wallgo.' Cywirodd ei hun. 'Yn fwy gwallgo nag yr ydw i.'

Dim ond ddwywaith yr wythnos y deuai'r wraig cymorth cartre bellach. Pan ydach chi'n dygymod, neu'n ceisio dygymod â pharlys, buan iawn rydach chi'n dysgu byw efo blerwch—un ai hynny neu fod yn hogan dda a dysgu defnyddio'r holl daclau a geir gan y gwasanaethau cymdeithasol at waith tŷ.

Daeth Dylan drwodd a hel ei fysedd menyn ar drowsus cotwm glas golau ei fam. Roedd o am gael sychu'i wallt hefyd, er nad oedd yn wlyb. Rhoddodd Tess chwythiad neu ddau iddo, i'w blesio, ac yna diffoddodd y peiriant. Roedd hi'n hapus gynnau ond rŵan roedd y stafell 'ma'n llawn sŵn a dryswch ac roedd arni eisio mynd adre—ar ei phen ei hun.

'Doeddwn i ddim yn dy ddisgwyl di mor gynnar,' cyhuddodd ei gŵr.

Atgoffodd yntau hi ei fod wedi bod oddi cartre am bedair awr ar hugain ac wedi bod yn gweithio gydol bob eiliad o'r amser hwnnw.

'Sut ydach chi'n gyrru 'mlaen?' gofynnodd Tess yn oeraidd.

'O, mi ddown ni i dalar, ac mi gawn ni rywun yn hwyr neu'n hwyrach.'

Holodd o a oedden nhw wedi gweld y papurau min nos. Roedden nhw'n gwybod, debyg, mai Ceri Harris oedd y ferch oedd wedi cael ei llofruddio?'

Mae'n siŵr mai am 'i fod o wedi ymlâdd mae o mor elyniaethus, meddyliodd Nia. Doedd dim golwg dweud dim ar yr un o'r ddau arall ac felly atebodd hi o. Roedd Alun, a weithiai yn adran gofnodion yr ysbyty, wedi clywed ar yr un pryd â gweddill staff yr ysbyty a phrynasai gopi o'r papur ar ei ffordd adre. Roedd o ar ben y piano.

Edrychodd Mathews arno'n frysiog. Doedd o'n synnu dim o weld y pennawd ystrydebol: 'Mwrdwr merch llaw-feddyg—copi-carbon'. Darllenodd y paragraff o dan y pennawd. 'Yn ystod oriau mân y bore, darganfuwyd Ceridwen Harris, merch bedair ar bymtheg oed Mr Owen Harris, llawfeddyg nerfegol ymgynghorol yn Ysbyty'r Ddinas, wedi'i llofruddio'n gïaidd ar y tir anial ger yr eglwys gadeiriol. Mae'r llofruddiaeth yn hynod o debyg i lofruddiaeth Llinos Rees, fis yn ôl bellach. Roedd y ddwy ferch yn nyrsio yn Ysbyty'r Ddinas. Roedd Miss Rees, oedd yn wyth ar hugain oed, yn chwaer yn y ward, nerfo-lawdriniaethol a Miss Harris newydd gwblhau ei blwyddyn gyntaf fel myfyrwraig.'

Taflodd y papur o'r neilltu.

Daeth Alun i nôl Dylan. 'Edrych, mae'r menyn 'na'n staenio trowsus dy fam.' Sylwodd ar y papur, a'i bennawd. 'Os 'na fwy o newydd?'

'Nac oes, ddim ar hyn o bryd.'

Sychodd Alun fysedd Dylan gyda'i hances. 'Mi fydd-wch yn mynd o dŷ i dŷ i holi, debyg?'

'Yr un drefn ag arfer.'

Trodd Alun Dylan i wynebu'r drws. 'Fetia i na fedri di ddim llnau dy ddannedd a 'molchi dy wyneb a thynnu odd' amdanat cyn i mi gyfri i gant.'

'Faint o fet?'

'Sws i Mam 'ta, a ffwr' â ti!'

Cafodd pawb sws lawen gan Dylan—Mathews hefyd. Caeodd Alun y drws ar ei ôl. 'Mae gen foch bach glustia mawr. Doeddwn i ddim eisio trafod yn 'i ŵydd o.'

Arhosodd Mathews. Gwyddai fod gan Alun rywbeth i'w ddweud.

'Mae 'nghar i'n cael ei drin yn y garej. Mi gerddes i adre o'r ymarfer neithiwr. Wn i ddim pryd y cafodd hi'i llof-ruddio, ond roeddwn i yn yr ardal, ac roedd 'na tua dwsin o bobol yn cerdded ar hyd Stryd y Plas bryd hynny. Alla i mo'u cofio nhw'n glir ond mae'n debyg y gallwn i roi bras ddisgrifiad o un neu ddau ohonyn nhw, os bydda hynny o gymorth.'

'Nodwch unrhyw beth rydach chi'n gofio,' meddai Mathews wrtho. 'Rydan ni'n ddigon prin o stwff ac mi alla fod yn ddefnyddiol.'

'Alla i ddim bod yn berffaith sicr, gant y cant,' meddai Alun. 'Faswn i ddim yn licio gwneud petha'n anodd—nac yn annifyr—i neb.'

'Mi wnaeth rhywun betha'n anodd ac yn annifyr ar y diawl i Ceri Harris,' cyfarthodd Mathews.

Aeth Alun draw at y ddesg ac estyn papur sgwennu. Yn ei feddwl roedd y stryd gefn nos fel darlun gan Lowry, a

24

phawb yr un ffunud â'i gilydd. Rhoddodd gynnig neu ddau ar gofnodi ond yna tynnodd linell drwy'r cyfan. Yn nes ymlaen, ar ôl i Dylan gysgu ac i'w wraig fynd i'w gwely, fe eisteddai a mynd ati o ddifri. Allai o wneud dim rŵan. Teimlai fel un o linynnau ei ffidil, wedi ei ymestyn i'r eithaf un gan flinder. Cwafrai nodyn uchel, main drwy ei ben.

'Wneith o'r tro fory?'

'Iawn, fory'n ddi-ffael.' Edrychodd Mathews ar Tess ac amneidio i gyfeiriad y drws. 'Am adre. Dwi ar lwgu.' Gwelodd ei hwyneb yn tynhau ond doedd o ddim yn malio. Petai hi wedi bod yn gystadleuydd a mwy o dân ynddi, fe fyddai o wedi mwynhau'r ornest.

'Wyt ti wedi meddwl erioed,' gofynnodd i'w wraig wrth iddyn nhw fynd drwy'r drws i'w semi bach, eith-riadol o daclus, annaturiol bron o lân, 'mai'r unig beth sy'n gweld polish draw 'na ydi symbol ffalig yr hen Alun—'i ffycin câs ffidil o?' Roedd o wedi sylwi ar y câs wrth y carw cotiau yn y pasej. Nac oedd, chwaith. Clywed aroglau polish wnaeth o gyntaf, a sylwi wedyn.

Edrychodd Tess arno'n oeraidd heb ei ateb. Casâi'r iaith fras a ddefnyddiai Celt. Roedd arno eisio bwyd, a rhyw. Rhoddodd hithau'r ddeubeth iddo'n anfoddog. Roedd y lliain bwrdd yn lân a chynfasau'r gwely hefyd. Arhosodd o'n flin iddi dynnu oddi amdani. Gwisgodd goban lân a blodau mân arni a gorweddodd yn y gwely ar wastad ei chefn a'i llygaid yn gaead.

'Yr un fath â Ceri Harris,' meddai fo wrthi'n filain, 'ond mai bloda piso'n gwely oedd 'i gobennydd hi a bod 'i breichia hi fel hyn.' Croesodd freichiau Tess dros ei bronnau. 'Cwpwl ifanc ar 'u ffordd adre o ddisgo ddaeth ar 'i thraws hi. Mi gyfogodd yr hogan. Mi chwydodd wedyn yn y bwth ffôn lle'r aethon nhw i alw'r polîs.'

Roedd llygaid Tess yn agored nawr ac roedd hi'n rhythu arno.

25

'Ydi,' meddai fo. 'Mae hi wedi marw—a dwyt ti ddim fel petait ti'n malio'r un ffeuen.'

'Mae'n ddrwg gen i, wrth gwrs—ond do'n i ddim yn 'i nabod hi.'

'A dydi o ddim yn beth neis i siarad amdano fo, nac'di. Mae llofruddiaeth a rhyw yn betha cas ac ych a fi, a dwi'n gwneud hen job gas ac ych a fi.'

'Chdi ddewisodd hi.'

'Fi ddewisodd hi,' llafarganodd, gan ddynwared ei hacen Wyddelig. 'Dwi'n gwneud fel dwi eisio. Pryd ydan ni'n mynd i gael y padera—rŵan, 'ta wedyn?'

'Cau dy geg.'

'Dyna welliant.' Caeodd ei geg am ei gwefusau a gwthio'i dafod rhwng ei dannedd yn egr. Teimlai hithau bwysau ei gorff gwrywaidd arni a'i law rhwng ei choesau. Ymatebai ei chorff i'w chwant er ei gwaethaf, ond roedd ei meddwl mor oer ac mor glir â Bae Galway ganol gaeaf.

Rholiodd oddi arni ymhen sbel a dywedodd wrthi am gariad Ceri Harris, a'i lais yn drwm gan rwystredigaeth.

'Roedd o yn theatr yr ysbyty ar yr adeg dyngedfennol. Mi wnawn ni tsiecio rhag ofn, wrth gwrs. Tybed pa bryd y daeth ein ffrind Alun adre neithiwr?'

Roedd hithau wedi bod yn meddwl am Alun hefyd. Fwyfwy bob munud fel y bywiocâi ei chorff mewn ymateb i garu Celt, meddyliai am Alun. Nid ei fod o erioed wedi ei chyffwrdd hi, eiddo Nia oedd ei holl dynerwch. Gofalai ei ddwylo mawr amdani'n gariadus. Roeddent wedi addasu'r gegin fel y gallai hi goginio rhai pethau elfennol ond fo a wnâi'r bwyd bron i gyd. Byddent yn cael pryd gyda'r nos fel arfer, caserol a baratoid gan Alun cyn iddo fynd i'w waith yn y bore. Roedd Dylan yn broblem yn ystod gwyliau ysgol ond rhennid y baich gan y cymdogion; llanwent hwy'r bwlch a adewid gan y gweithwyr cymdeithasol.

Roedd Tess wedi bod yn chwarae â'r syniad o weithio'n

26

rhan-amser yn unig er mwyn iddi fod yn fwy rhydd i helpu, ond ofnai adwaith Celt. Fyddai o ddim yn malio ei bod am weithio llai o oriau. Fyddai dim gwahaniaeth ganddo pe na bai hi'n gweithio o gwbl. Roedden nhw'n ei gwneud hi'n iawn yn ariannol. Ond roedd yn gwarafun yr amser a dreuliai gyda Nia fel roedd hi. Gwelsai ryw olwg ddu yn ei lygaid wrth iddo'i gwylio yn ei chwmni heno. Roedd o'n dipyn o ffrindiau efo Dylan, ond roedd pawb yn ffrindiau efo Dylan. Allai o wneud dim gyda'i rieni. Doedd pethau ddim yn rhy ddrwg rhyngddo fo a Nia, ond bron na ellid teimlo ei atgasedd tuag at Alun. 'Maen nhw'n dy drin di fel tasat ti'n forwyn,' meddai o wrthi unwaith. Roedd hithau wedi lliwied y byddai unrhyw berson parchus yn falch o gael helpu. 'O, rwyt ti'n barchus,' oedd ei sylw sychlyd, 'y ddynes fwya parchus dwi'n 'i nabod.' Llechai poen o dan y geiriau coeglyd. Doedd hi byth yn defnyddio'r gair 'cariad' yn ei phen wrth drafod Celt, ond ar adegau felly roedd hi'n ymwybodol iawn o'i deimladau o tuag ati hi. A doedd hynny'n ddim iot o gysur iddi.

Ymestynnodd ei law dros ei chorff a gorffwys ar ei hasen uchaf, yn union o dan ei chalon. Ac yna gofynnodd yr un cwestiwn drachefn, yn gysglyd braf y tro hwn: 'Pryd cyrhaeddodd o adre, tybed?'

4

Sut mae rhywun yn egluro tro hir a hwyr ar hyd y comin ar ôl ymarfer oedd wedi gorffen am un ar ddeg o'r gloch, meddyliodd Alun. Fe allai'n hawdd fod wedi cyrraedd adre erbyn hanner nos. Roedd hi'n noson glir er ei bod hi wedi gwneud ambell gawod yn gynharach, a chofiai

27

sawru aroglau'r gwellt yn gryf ar ôl y glaw. Sylwasai ar
gylch o amgylch y lleuad—cylch cochlyd esmwyth, fel
gwallt Tess. Santes Teresa. Byddai Celt byth a beunydd
yn ei herio ac yn edliw iddi yng ngŵydd Alun; dyna'i
ffordd ef o ddweud: fi pia, dim twtsh. Roedd o fel anifail
ar adeg cymharu. Sut affliw roedd o i fod i ymateb i
hynny? Cau'r drws yn ei hwyneb? Does arnon ni mo
d'angen di, Tess. Mae Nia a minnau'n dod i ben yn iawn.
Ond dydan ni ddim yn dod i ben, ac mae arnon ni d'angen
di.

Cododd ei feiro a dechreuodd sgwennu. Sglefrio dros y
gwahaniaeth amser. 'Eisteddais am sbel ar y fainc sy'n
wynebu'r afon. Roedd 'na ddau o bethau ifanc yn caru
mewn car.' Hen ddyn budr? Nac oedd, ond dyna fyddai
Celt yn ei feddwl. Gwell peidio â chrybwyll y car. 'Mi
eisteddais am sbel gan fynd drwy sgôr y gerddoriaeth yn
fy mhen.' Pam? Pan fydd pryder am yr holl sefyllfa,
pryder am Nia'n anad dim, yn bygwth fy nhrechu, mi
fydda i'n ceisio llenwi fy meddwl â noda persain sonata
gyfarwydd. Fedra i ddim diodde fel arall. Ond alla i ddim
sgwennu hynna. Dim gair am hynna. Ailddechra.

'Mi fûm yn eistedd ar y comin am sbel. Smociais un neu
ddwy o sigaréts. Ymlacio. Roedd hi'n noson braf, ac
roedd yn dda cael bod allan. Dwn i ddim pa mor hir y
bûm i'n eistedd yno. Roedd 'na amryw o bobol o gwmpas
pan gerddais i adre ar hyd Stryd y Plas ymhen hir a hwyr.
Daeth pedwar neu bump o bobol ifanc allan o ddisgo.
Jîns. Gwalltiau cwta cwta. Roedd un o'r genod yn gwisgo
côt a throwsus mawr llac odani. Roedd ganddi freichled
am ei ffêr.' Oedd wir? Indiaid sy'n gwisgo petha fel'na
'te? Ella, ella ddim. Mi fydda'n well peidio â chrybwyll y
peth o gwbl. Oedd yna rywun arall o gwmpas? Mae'n
rhaid fod 'na. Argraff o bobol, dim ond argraff. Ro'n i'n
meddwl am Nia. Oedd hi wedi sylwi ar y fflasg ro'n i
wedi'i gadael ar y bwrdd bach yn ymyl y gwely? Oeddwn i

wedi cofio dweud wrthi amdani? Sgyrsia. Geiria ar aden y gwynt. Rhywun yn chwerthin. Pobol yn mynd am adre, wedi iddi droi hanner nos. Roedd hi wedi codi'n wynt. Bydd ffenest llofft Dylan yn rhincian yn y gwynt. Os byddai'n deffro, fe âi at Nia i'w gwely hi. Allai'r bychan ddim deall pam fod hynny'n achosi poen iddi. Doedd o ddim yn deall pam nad oedd hi'n gallu troi'n iawn.

Dyna pryd roedd Alun wedi sylweddoli ei bod hi'n hwyr, a brysio am adre. Ond ai dyna'r math o beth roedd rhywun yn ei sgwennu mewn datganiad i'r heddlu? Dim peryg'.

Beth oedd yr heddlu wedi'i ddweud ynglŷn â llofrudd Llinos Rees? Dyn gwyrdroëdig yn rhywiol. Dyn sengl, o bosib. Rhywun yr un fath ag o, ella. Alla i ddim cysgu efo Nia felly dwi'n cael rhyw efo rhywun arall—ac wedyn yn 'i lladd. Dyna maen nhw eisio i mi'i sgwennu? Mi gyrhaeddais i adre'n hwyr ac ar y ffordd mi laddais i Ceri Harris.

Chwiliodd am damaid glân o bapur.

Pam y dylwn i roi cyfri o'm symudiada p'run bynnag? Pam dylwn i ddweud unrhyw beth? Mae'n hollol ynfyd 'mod i'n teimlo'n euog fel hyn.

Roedd y fersiwn terfynol yn fyr ac yn amwys; allai o wneud dim gwell. Rhoddodd o mewn amlen a'i daro ar y silff-ben-tân. Fe'i rhoddai i Mathews yn y bore.

Clywodd Nia fo'n dod i fyny'r grisiau a chymerodd arni ei bod yn cysgu pan blygodd drosti i'w chusanu. Ond chafodd o mo'i dwyllo gan y llygaid caeedig a'r anadlu gwastad. Fe ddylen nhw fod yn fwy onest gyda'i gilydd. Dwi eisio cysgu efo ti, Nia, ond alla i ddim a dwi'n derbyn hynny. Dwi ddim yn dy garu di ddim gronyn yn llai.

'Dwi wedi sgwennu'r datganiad 'na i Mathews,' meddai fo'n dawel.

Rhoddodd hithau'r gorau i'r smalio. 'Ro'n i'n meddwl mai dyna roeddat ti'n 'i wneud.'

Feddyliodd o ddim am eiliad y byddai hi wedi hoffi iddo'i ddarllen iddi, a wnâi hithau ddim gofyn.

'Wnest ti egluro pam dy fod ti'n hwyr?' Ceisiodd guddio'i phryder wrth ofyn y cwestiwn, ond ni lwyddodd.

'Doedd hi ddim mor hwyr â hynny—mi ddwedes i wrthat ti 'mod i wedi bod yn darllen am sbel cyn dŵad i fyny atat ti.'

'Ond hyd yn oed wedyn . . .' mynnodd.

'Hyd yn oed wedyn . . . doedd hi ddim mor hwyr â hynny. Mi fûm i'n eistedd allan am dipyn ac mi gerddes i ar hyd y comin. Roedd hi'n noson braf.'

Gwgodd hithau yn y tywyllwch. Byddai'n dda ganddi pe bai o'n dweud mwy, ac eto roedd arni ofn gofyn.

Gofynnodd iddi a oedd hi wedi cysgu o gwbl.

'Naddo.'

'Oes 'na rywbeth yn dy boeni di?'

'Fel be felly?'

'Dwn i ddim. Y datganiad i Mathews, ella. Dim ond mater o drefn ydi o, 'sti.'

Cytunodd hithau. Ia, dim ond mater o drefn.

Synhwyrodd Alun ei phryder a gwyddai na fyddai hi'n cysgu am oriau os na wnâi o rywbeth ynglŷn â'r peth. Mwythodd ei gwallt yn dyner. 'Gymeri di dabledi cysgu rŵan? A llefrith poeth?'

'Bagl—un arall.'

Roedden nhw wedi trafod hyn lawer gwaith o'r blaen. Rhoddasai'r doctor dawelyddion iddi a chynghorai hi i'w cymryd pan fyddai'r teimlad o rwystredigaeth yn anniodd-efol. Llyncai hithau nhw'n anfodlon. Ar ambell awr optimistaidd credai mewn gwyrthiau a gobeithiai'n daer am wellhad. Ond os na ddigwyddai hynny doedd hi ddim yn mynd i ddirywio i fod yn rhyw fath o jynci paraplegig. Roedd ei meddwl yn dal ganddi—yn fyw, yn effro ac yn gryf. Damia ei haelodau felltith! Os oedd yn rhaid taro bargen, yna'r meddwl amdani bob tro.

'Rhaid i ti gael cwsg i gynnal dy nerth. Dyna'r oll mae'r tabledi'n wneud, dy helpu di i gysgu. Maen nhw'n hollol ddiniwed.'

'Chaiff neb fy ngwneud i'n sombi.'

'Rwyt ti'n rêl het,' meddai, gan ei chusanu.

'Tyrd â dwy 'ta,' cytunodd o'r diwedd. 'A glasaid mawr o ddŵr. Ond dydi hyn ddim am fod yn arferiad, i ti gael deall.'

Doedd hi ddim wedi gofyn iddo pryd roedd o wedi cyrraedd adre neithiwr. Doedd hi ddim wedi gofyn iddo pam ei fod wedi cerdded adre ar hyd y comin. Doedd hi ddim wedi gofyn iddo pam ei fod wedi eistedd ar y fainc, ar ei ben ei hun. Ar ei ben ei hun? Mi fydda lli'r meddwl yn arafu ac mi gysgwn i petawn i'n cael yr atebion cysurlon dwi'u hangen gen ti, meddyliodd. Dydi tabledi cysgu a glasaid o ddŵr yn ateb dim.

Yr ochr arall i'r ddinas rhoddodd Owen Harris dabledi cysgu i'w wraig a chymerodd hithau hwy'n ddibrotest. Doedd o erioed wedi ei gweld yn edrych mor hen—nac mor ddiolwg. Roedd rhyw dosturi nad oedd ganddo ddim oll i'w wneud â chariad yn eu cynnal drwy'r uffern bresennol. Gallent gyffwrdd hyd yn oed, a chael cysur o ddal dwylo. Doedd hi ddim wedi ei gollfarnu ar ôl y ffrwydrad cyntaf. Wedi'r cwbl, roedd Ceri'n rhan o gnawd y ddau ohonynt a'r clwyf yr un mor ingol iddo fo ac iddi hithau. Gadawodd Owen hi'n gorwedd yn y stafell sbâr ac aeth i lawr y grisiau'n dawel.

Roedd llun Ceri'n gwenu arno.

Trodd ef a'i ben ucha'n isaf ar y piano.

Pwy bynnag wyt ti, meddyliodd, mi ga i afael arnat ti ac mi ladda i di.

Lluniodd ei ddychymyg wynebau yng nghysgodion y stafell. Rhuodd ei feddwl ar lofrudd-daith enbyd. Roedd hynny'n gathartig, yn angenrheidiol ac ni cheisiodd ymatal.

Ar ôl iddo adfeddiannu'i synhwyrau tywalltodd wisgi iddo'i hun ac yfodd o'n araf cyn codi'r ffôn a gofyn am gael siarad â Japheth yn swyddfa'r heddlu.

Prif Inspector Ellis a dderbyniodd yr alwad. Dywedodd wrtho nad oedd y Prif Gwnstabl yno. Ddywedodd o ddim ei bod hi'n tynnu at hanner nos ac nad oedd prif gwnstabliaid yn arfer loetran o gwmpas y lle ar ôl oriau gwaith.

'Adre mae o?'

'Ia, syr. Rydan ni wedi cael ordors i ffonio os codith rhywbeth.'

'Does 'na ddim byd wedi codi?'

'Nac oes.' Rhowch gyfle i ni, awgrymai'r llais. Dim ond cwta bedair awr ar hugain sy ers i'ch merch gael ei lladd.

Rhoddodd Owen y derbynnydd i lawr ac yna deialodd rif Japheth gartre. Ei wraig a atebodd, ac aeth iddi'n arw pan adnabu'r llais y pen arall. 'Mae'n ddrwg calon gen i, Owen . . . Mi a' i i'w nôl o rŵan.' Gallai o synhwyro'i dryswch a'i hanniddigrwydd. Mae marwolaeth yn codi embaras ar bobol, meddyliodd. Mae pobol yn cerdded o gwmpas a'u penna i lawr. Maen nhw'n turio drwy'u hemosiyna fel jac codi baw a'r unig beth sy gynnyn nhw i'w gynnig ar ôl palu ydi rhyw dosturi siabi.

'Wyt ti'n iawn?' gofynnodd Iorwerth.

Doedd cwestiwn mor wirion ddim yn haeddu ateb.

'Ro'n i wedi meddwl dŵad draw, ond gan fod Marie France acw . . . Wyt ti eisio i mi ddŵad draw?' gofynnodd wedyn.

'Ydw.'

'Pryd?'

'Rŵan.'

Cwta ugain munud a gymerodd Japheth i gyrraedd tŷ ei gyfaill. Roedd o'n hwylio i fynd i'r gwely pan ddaethai'r alwad ac mi drawodd siwmper dew a throwsus ail-orau dros ei byjamas. Ac yntau bellach sbel dros ei hanner cant—wedi colli'i wallt a magu bol—doedd o ddim yn torri cyt heb ei iwnifform amdano. Syllai ei lygaid brown, caredig yn wyliadwrus ar Owen wrth iddo ddweud: 'Does 'na ddim mwy o newydd'.

'Nac oes. Ro'n i wedi ffonio swyddfa'r heddlu cyn dy ffonio di.' Arweiniodd Owen ef drwodd i'r lolfa a phwyntiodd at y decanter wisgi. 'Helpa dy hun.'

'Dim diolch.'

Roedd Japheth yn falch nad oedd gwraig Harris ddim yno. Ni wyddai sut y gallai fod wedi'i hwynebu hi. Fo oedd eu gwas priodas nhw, flynyddoedd lawer yn ôl bellach. Yn Llandudno roedden nhw wedi priodi, ar ddiwrnod gwyntog, heulog. Roedd yn syndod iddo fod y cof am y digwyddiad mor neilltuol o fyw; nid ei briodas ef ei hun oedd hi, wedi'r cyfan. Ond doedd yr ieuo ddim yn gymharus a deng mlynedd yn unig a barodd y briodas.

Eisteddodd. 'Sut mae Marie France?'

'Fel y bydda rhywun yn disgwyl. Dwi'n gobeithio'i bod hi'n cysgu erbyn hyn.'

'Ddaeth ...' Ymdrechodd i gofio enw gŵr Marie France a llwyddo ar ôl crafu dipyn. 'Ddaeth Claude efo hi?'

'Naddo.' Ni wyddai Owen p'run ai sensitifrwydd ynteu difaterwch oedd i gyfrif am hynny. Ond doedd o ddim wedi dod, diolch i Dduw.

Wel, dyma fi, meddyliodd Iorwerth, mi wna i bopeth fedra i i dy helpu ac i fod yn gefn i ti ac mae'n debyg y dylwn i drio dweud hynny mewn geiria, ond dwi fawr o siaradwr. Well i mi drio, debyg.

'Dwi eisio gwybod be mae'r heddlu'n 'i wneud,' meddai Owen cyn iddo gael dechrau.

Roedd hyn gryn dipyn yn haws. Roedd Japheth yn gwbl gyfarwydd â pheirianwaith yr heddlu a gallai ei drafod yn rhwydd ac yn effeithiol. Eglurodd y drefn. Roedd yna ystafell ymchwiliad a rhywun ar ddyletswydd ynddi bob awr o'r dydd a'r nos. Byddai'r dystiolaeth yn cael ei hastudio'n drwyadl a'i ffeilio. Rhestrid pob galwad ffôn, gan gynnwys rhai'r hanner pan. Yna eid ati i ffitio'r tameidiau gwybodaeth at ei gilydd i wneud jig-so. Gwrandewid ar bawb oedd yn taro i fewn. Gwneid datganiadau. Gwyddai Iorwerth o hir brofiad na ddylai ddweud gormod ond roedd yr achos hwn yn wahanol ac roedd gan Owen hawl i wybod.

'Mi alwodd un o dy lawfeddygon tŷ di yn ystod y dydd heddiw,' ychwanegodd Iorwerth. '*Chap* ifanc, Richards. Ian Richards. Roedd Ceri wedi treulio'r min nos efo fo, mae'n debyg.'

Roedd hyn yn sioc i Owen. Allai o ddim cofio i Ceri grybwyll enw Richards yr un waith. Mae'n rhaid fod y rhibidires enwau hogiau y cyfeiriai atynt yn ddigon ffwrdd-â-hi wedi bod yn llen bwriadol i guddio enw'r un oedd yn cyfri. Aeth i deimlo'n sâl a dechreuodd chwysu. Beth roedd Marie France wedi'i ofyn—ai angerdd achosodd y drosedd? Richards? Gwelodd wyneb hir main Richards a'i wallt trwchus, blêr trwy'r haen o des cochlyd oedd yn bygwth llenwi'r stafell.

'Yn ôl 'i ddatganiad roedd o yn yr ysbyty ar y pryd. Efo chdi,' meddai Iorwerth yn ddigon uchel i'w eiriau dreiddio drwy'r suo yng nghlustiau Owen. 'Rydan ni'n tsiecio, wrth gwrs. Mi fydd rhaid i ti gadarnhau. Debyg 'i fod o'n dweud y gwir?'

Ni allai Owen ei drystio'i hun i ateb am rai munudau. Roedd yn cofio'n iawn fod Richards gydag o yn y theatr, ond doedd ganddo ddim syniad faint o'r gloch oedd hi. Ar ddiwedd y llawdriniaeth cawsai o ei hun alwad i weld claf yn y ward nerfo-lawdriniaethol. Roedd gŵr arall oedd wedi anafu'i asgwrn cefn i dderbyn llawdriniaeth gynted ag y byddid wedi gorffen tynnu lluniau pelydr X o'r anaf a gawsai: Halstead, yr uwch gofrestrydd oedd i fod yn gyfrifol am y llawdriniaeth, a Richards yn ei gynorthwyo.

Gofynnodd am fanylion o ddatganiad Richards ac adroddodd Iorwerth hynny a gofiai wrtho.

'Dwi'n meddwl 'i fod o'n dweud y gwir. Mi wn i 'i fod o yn y theatr efo mi. Mi wnaiff Halstead gadarnhau p'run a oedd o efo fo ai peidio. Ddwedodd o be'n union oedd 'i berthynas â Ceri?'

' "Ffrindia," medda fo.' Roedd gan y Prif Gwnstabl dair merch briod ac un ferch ddibriod oedd yn byw tali gyda pha 'ffrind' bynnag a âi â'i ffansi ar y pryd. Roedd o wedi gorfod dysgu'r ffordd galed fod rhywun un ai'n gorfod derbyn pobl ar y telerau a osodent neu fentro'u colli. Meddyliodd tybed a fyddai Owen wedi colli Ceri, mewn ystyr wahanol, pe bai hi wedi cael byw. Owen— apostol rhyddid—yn cael ei roi ar brawf. 'Mi fydda'n gryn help petait ti'n gwneud rhestr o'i ffrindia er'ill i ni. Does neb wedi cysylltu efo ni hyd yma.'

'Alla i feddwl am yr un wan jac.' Roedd Owen yn dal i feddwl am Richards. Yng ngoleuni'r hyn oedd wedi digwydd i Ceri—natur aflan o wyrdroëdig y weithred—fe ddylai fod yn gallu derbyn y ffaith ei bod hi, cyn hynny, wedi cael perthynas rywiol naturiol efo Richards. Ffrindiau? Hen ddweud gwirion. Wrth gwrs eu bod nhw'n fwy na ffrindiau. Roedd meddwl am unrhyw un yn cyffwrdd Ceri—mewn ffordd naturiol ac yn gariadus, hyd yn oed—yn ei gynddeiriogi. Adwaith paranoid, mae'n debyg. Allai o ddim peidio. Daeth y darlun o Richards y llofrudd i'w ben fel ergyd, a diflannodd yr un mor ddisymwth. Ond daliai i weld Richards yn caru—yn caru gyda'i ferch o. Meddyliodd tybed a oedd pob tad yn teimlo'r un fath. Wedi colli meddiant. Deg oed oedd Ceri y tro diwethaf iddo'i gweld yn noeth. Roedd wedi llithro yn y bàth a throi ei throed. Codasai yntau hi allan, a

35

thynerwch yn gofer yn donnau drosto. Roedd y cof mor glir fel nad oedd gofod i ddim arall yn ei feddwl. Roedd hynny naw mlynedd yn ôl, yn y gorffennol.

Llusgodd llais Iorwerth o'n ôl i'r presennol chwerw. 'Oedd hi'n dŵad â phobol adre? Myfyrwyr? Staff?'

Gorfododd Owen ei hun i ganolbwyntio. Roedd digonedd o bobl ifainc wedi bod yno o bryd i'w gilydd, ac yntau wedi cadw o'u ffordd, gan amlaf. Ceisiodd ateb mewn dull adeiladol ond yna sylweddolodd nad oedd ei atebion o unrhyw fudd. Byddai mwy o gysylltiad wedi bod rhwng ffrindiau Ceri ac yntau oni bai am y ffaith ei fod o'n llawfeddyg yn yr ysbyty. Cofiai un myfyriwr prifysgol oedd yn astudio Economeg, boi ifanc, anaeddfed, a'i galwai o'n 'washi', er mawr ddifyrrwch i Ceri. Roedden nhw'n arfer mynd i nofio gyda'i gilydd i'r ganolfan hamdden. 'Iwan? Owain? Rhyw enw fel'na. Fedra i ddim cofio.'

'Mi ddaw, gydag amser. Gwna nodyn o bopeth gofi di.' Ella na fydd o o fawr o gymorth i ni, meddyliodd Iorwerth, ond mi fydd yn help i ti. Fe fydden nhw'n holi staff yr ysbyty'n systematig ac yna'n dilyn pob trywydd a allai fod o fudd.

'Oedd hi'n nabod Llinos Rees?' gofynnodd Iorwerth yn sydyn.

Gallai Owen ateb y cwestiwn hwn heb betruso. 'Oedd, er nid yn dda.'

Roedd y modd y lladdwyd Llinos Rees wedi bod yn ddychryn i Ceri, ac roedd hi wedi ypsetio, ond doedd hi ddim wedi torri'i chalon. 'Roedd 'na ddeng mlynedd o wahaniaeth oedran. Mae myfyrwyr yn tueddu i sticio efo'i gilydd. Sister Rees oedd hi i Ceri—aelod o'r hierar-chiaeth fawr. Oni bai ei bod hi'n gweithio yn yr un maes â fi, go brin y bydda hi'n 'i nabod hi o gwbwl. Fe fydden nhw'n dweud helô ac ati pan fydda Ceri'n picio draw i'r ward acw.'

'Doedd Ceri ddim yn gweithio efo chdi?'

'Nac oedd.'

Ond roeddwn i'n gweithio efo hi. 'Pa fath o gelloedd sy'n cynnal celloedd y nerfa yn yr ymennydd, Ceri? Chlywest ti 'rioed am y celloedd *glial*?' A Ceri'n ateb: 'Dwi'n treulio'r rhan fwya o f'amser yn rhoi bedpans o dan ben-ola pobol; mi fydd yn rhaid i'r pen arall aros am sbel.' 'Am byth os na phasi di d'arholiada,' oedd ei ateb cwta yntau.

Cofiai noson o aeaf yn ei stydi a Ceri'n dal yn ei hiwnifform. Taflenni'n hysbysebu gwyliau haf a llyfrau gosod meddygol blith draphlith ar y ddesg o'i blaen. Y taflenni gwyliau a âi â'i bryd. Addewid ei bod yn bwriadu'n dda yn y dyfodol oedd y llyfrau gosod.

Y dyfodol.

Roedd hi'n tynnu am un o'r gloch. Cododd Iorwerth gan fwriadu ei throi am adre ond yna gwelodd yr olwg ar wyneb Owen a sylweddolodd na allai adael eto. Ail-eisteddodd.

Gwrandawodd y ddau ddyn mewn distawrwydd ar y glaw yn curo'n erbyn chwareli'r ffenest. Roedd yr awyr tu allan yn lliw indigo dieithr. Parhaodd y distawrwydd am amser hir.

Golygai'r ffaith fod gan Iorwerth swydd uchel yn y Ffors mai anaml y deuai ar draws perthnasau'r rhai a gâi eu llofruddio, ac roedd yn ymwybodol iawn yn awr mor gwbl annigonol a diffygiol oedd wrth geisio delio â pheth fel hyn. Roedd llofruddiaethau eraill wedi digwydd. Bu rhieni eraill. Cariadon. Plant. Yn ail law y clywai am eu hymateb hwy fel arfer. Roedd chwaer Llinos Rees wedi bod yn swyddfa'r heddlu ac wedi codi uffern o dwrw yno ond doedd o ddim wedi ei gweld—na'i chlywed chwaith. Dywedai Ellis ei bod mor filain â llwynoges a gollasai'i chenawon, ond mai chwaer roedd hi wedi'i cholli. Carol oedd ei henw a gweithiai fel nyrs i asiantaeth. Roedd hi a'i

37

chwaer yn arfer rhannu fflat yn ymyl yr ysbyty. Collasent eu rhieni rai blynyddoedd ynghynt. Gwibiodd yr holl wybodaeth hon o flaen llygaid y Prif Gwnstabl fel yr arlwy ar raglen brosesu geiriau. Ni bu fawr o dro'n crynhoi'r wybodaeth. Dau air yn unig a welid yn y golofn derfynol: gwylltineb a galar. Gwelai hwy yn Owen hefyd, y funud hon, a'u teimlo. Meddyliodd tybed a ddylai grybwyll chwaer Llinos Rees wrtho ond yna penderfynodd beidio. Fyddai cael clywed am ferch dair ar hugain oed, hysteraidd, a gyhuddai'r heddlu o wneud dim, ac a gerddai'n herfeiddiol gefn nos ar hyd y llwybr ble cawsai ei chwaer ei llofruddio, a oedd newydd ymuno â dosbarth jiwdo neu garate, ac a oedd yn llawn optimistiaeth aruchel ond cyfeiliornus, ddim yn debygol o fod o unrhyw gysur i'w ffrind. Roedd wedi dweud wrth Ellis y bore hwnnw y dylai rhywun gadw golwg arni, er ei lles ei hun ac roedd yntau wedi ateb fod hynny eisoes wedi'i drefnu.

Torrodd ar y distawrwydd o'r diwedd. 'Mae'r heddlu'n effeithiol dros ben. Mae 'nhîm i mor drwyadl â dy dîm ditha yn yr ysbyty. Dwyt ti ddim yn un i ildio'n rhwydd os ydi'r achos yn un anodd—dydw inna ddim chwaith. Amynedd pia hi yn y diwedd. Mi wn i'i fod o'n beth dychrynllyd o anodd i'w ofyn, ond dwi am ofyn, er hynny. Bydd yn amyneddgar. Rydan ni'n siŵr o'i gael o ryw ben.'

'Pan gewch chi o,' meddai Owen yn dawel ac yn fwyn-aidd, 'rhowch o i mi.'

Gwelodd Iorwerth yr olwg ar wyneb ei ffrind a throdd ei ben draw, a'r poer yn sychu yn ei geg.

5

Cafodd Carol Rees godwm gas yn y dosbarth jiwdo a dyna a ddaeth â hi yma i'r Adran Ffisiotherapi i gael triniaeth wres i'w hysgwydd. Tess oedd yn gyfrifol amdani ac o dipyn i beth wrth sgwrsio, sylweddolodd pwy oedd ei chlaf a cheisio cydymdeimlo'n drwsgl.

'Dydach chi'n ddim tebyg iddi,' ychwanegodd wedyn.

Roedd Carol, oedd yn fechan gyda llygaid tywyll a natur fywiog, yn hollol wahanol i Llinos. Yr hen Llinos oedd mor garedig, mor ddibynadwy. Llinos oedd wedi'i threisio, wedi'i thagu. Llinos farw.

Symudodd Carol ei hysgwydd yn ofalus. Na, doedd hi ddim yn debyg o gwbl i'w chwaer. Ni bu dicter ar gyfyl Llinos erioed. Petai hi wedi cael byw, mae'n debyg y byddai hi wedi pledio trugaredd i'w hymosodwr. Os mai hi, Carol, a gawsai'i lladd, byddai Llinos wedi teimlo'r boen i'r byw ond fyddai hi byth wedi breuddwydio am fynd i wersi jiwdo a chario cyllell—cyllell go-iawn—yn y gobaith y câi drywanu'r llofrudd ryw ddiwrnod. Cyllell dorri papur oedd hi, wedi'i phrynu pan oedd y ddwy ar eu gwyliau ym Mhortiwgal rai blynyddoedd yn ôl. Roedd ganddi garn peintiedig, tlws ac roedd yn farwol o finiog.

'Na,' cytunodd, 'dydan ni ddim yn debyg. Pa mor dda roeddech chi'n 'i nabod hi?'

Diffoddodd Tess y lamp a thylino gewynnau ysgwydd Carol. 'Dŵad i gysylltiad â'n gilydd trwy'r cleifion oeddan ni. Perthynas waith, os liciwch chi. Roedd 'i chleifion hi'n meddwl y byd ohoni. Mae parlys yn gallu bod yn beth dychrynllyd; roedd hi'n gallu helpu pobol i dderbyn 'u ffawd.'

'Ia. Roedd Llinos 'i hun yn un dda am dderbyn.'

Roeddat ti'n derbyn y cyfan, on'd oeddat ti, Llinos? Mi dderbyniest ti'r cyfrifoldeb o edrych ar f'ôl i pan nad oedd 'na neb arall i wneud hynny, on'd do. Ond fi sy'n edrych ar d'ôl di rŵan. Dwyt ti ddim yn mynd i fod yn achos angof, heb ei ddatrys, wedi'i ffeilio ym mhen draw rhyw gwpwrdd.

Awgrymodd Carol y byddai'n syniad i Tess a hithau gael cinio gyda'i gilydd yn y Llew. 'Mae bwyd yr ysbyty'n rhy giami i'w fwyta. Wnân nhw'ch gollwng chi am ryw awr gwta?'

Clywodd Tess ei hun yn cytuno. Doedd arni ddim eisio cael cinio efo Carol ond methodd feddwl am esgus credadwy'n ddigon sydyn. Codai Carol ofn arni. Wel, ella fod 'ofn' yn air rhy gryf, ond fe wnâi iddi deimlo'n anniddig. Does neb yn normal yn ystod y misoedd cyntaf ar ôl profedigaeth, ond mae symptomau pryder yn llawer cryfach mewn ambell un. Wrth gyffwrdd cnawd Carol â blaenau'i bysedd medrus, proffesiynol, teimlai Tess yn nerfus ac ansicr, yn union fel y teimlai pan oedd yn fyfyrwraig erstalwm—ac yn awyddus i blesio.

Roedd y Llew yn llawn joc fel arfer gan ei bod hi'n awr ginio. Pwyntiodd Carol at ddwy gadair wag yn y gornel a dweud wrth Tess am eu bachu tra oedd hi'n codi diod. 'Be gym'rwch chi?' Dywedodd Tess y cymerai hi Coke a *Ploughman's*. Daeth Carol yn ei hôl toc gan gario'r bwyd a'r ddiod a glasaid o Guinness iddi hi'i hunan. Roedd Guinness yn atgoffa Tess o Ddulyn. Roedd hi wedi cael mwy na llond bol ar y tir mawr yma. Y funud hon byddai'n dda calon ganddi gael bod yn ôl ar y ffarm yn Galway. Yn ddibriod. Yn dechrau o'r dechrau—yn wahanol.

Synnodd Tess pan sychodd Carol yr ewyn oddi ar ei gwefus uchaf a dweud: 'Rydach chi'n f'atgoffa i ohoni hi'.

'Eich atgoffa chi o bwy?'

'Llinos.'

Aeth hi ddim i drafferth i egluro nad tebygrwydd corfforol a olygai. Y rhai addfwyn sy'n diodde yn y byd sydd ohoni. Ddylid mo'u gadael nhw'n rhydd. Mae'r jyngl yn rhy beryglus iddyn nhw. Hyd yn oed os nad ydyn nhw'n cael eu lladd mae eu clwyfau'n gig noeth agored.

Ddywedodd Tess ddim byd. Merch blaen, ddi-siâp oedd Llinos. Da, dibynnol, cydwybodol. Neis. Doedd o ddim yn gompliment, a gwenodd Tess yn gam. Dechreuodd daenu menyn ar ei bara. Roedd y caws yn gryf a doedd arni ddim math o chwant bwyd.

Pwysodd Carol yn ei blaen, a'i dau benelin ar y bwrdd. 'Mae'n rhaid i mi gael siarad,' meddai. 'Oes gwahaniaeth gynnoch chi os gwna i siarad efo chi? Dim rhaid i chi wrando, hyd yn oed. Jest eich bod chi yna i wneud i'r peth ymddangos yn normal. Pan mae rhywun yn marw rydach chi'n rhy syn i ddweud dim byd—am hir, 'chi. Ac wedyn mae'r geiria'n dŵad—ac yn ergydio yn eich erbyn chi. Maen rhaid iddyn nhw gael 'u dweud.' Cododd ei phen ac edrych yn dreiddgar ar Tess. 'Dydw i ddim yn eich nabod chi. Mae hynny'n 'i gwneud hi'n haws. Os ydach chi eisio mynd, ewch rŵan. Mae 'na fwrdd gwag yn fan'na.'

O, Dduw mawr, meddyliodd Tess. Roedd arni eisio codi a mynd, ond allai hi ddim. Roedd hi wedi'i dal ym magl trugaredd. Allai hi roi dim oll i'r ferch yma achos doedd yna ddim *rapport* o unrhyw fath rhyngddyn nhw. Trodd ei meddwl at Nia. Roedd Nia'n gymeriad cryf iawn hefyd, ond mewn ffordd wahanol. Er gwaetha'r parlys, roedd Nia'n feistres ar ei hemosiynau'i hunan, fel arfer; roedd hi'n hunanfeddiannol ac yn dawel, yn y bôn.

Tawelwch. Doedd dim tawelwch ar gyfyl Carol. Dim ond distawrwydd anniddig, fel y distawrwydd hwnnw sy'n gragen fregus dros frig mynydd tanllyd.

Roedd Llinos yn meddwl yn uchel—darluniau bach, cameos digyswllt yn y meddwl. 'Doedd ganddi ddim syniad efo dillad. Dim clem sut i edrych yn ddeniadol. Roedd Mam yn edrych yn 'fengach yn ddeugain nag oedd Llinos pan oedd hi'n ddeunaw. Roedd hi'n fwy ifanc 'i ffordd hefyd . . .

41

'Hi oedd ffefryn Dad. Crydd oedd o. Petai o wedi cael byw mi fasa hitha wedi mynd i'r un busnes, dwi'n meddwl, i'w blesio fo. Rhyfedd meddwl amdani'n gwneud sgidia ...' Ceisiodd feddwl am ei chwaer yn sodlu a gwadnu, ond allai hi ddim. Yr ysbyty oedd ei gwir gynefin hi.

'Roedd Mam yn falch 'i bod hi wedi mynd i nyrsio. Mae'n handi cael nyrs yn y teulu at pan mae rhywun yn mynd i oed. Ond chafodd Mam ddim cyfle i fynd i oed. Petai Llinos wedi bod efo hi pan gafodd hi'r trawiad, ella y basa hi wedi byw—wel, mae'n debyg na fasa hi ddim— ond ella y basa petha wedi bod yn wahanol petai ...'

Ella y basa petha wedi bod yn wahanol petai ... Hen ddweud gwag, gwirion. Cododd ei phen ac edrych draw i gyfeiriad y bar. Roedd yno griw o fyfyrwyr yn chwerthin ac yn dweud jôcs. Jôcs ysbyty. Hen jôcs gwirion. Doedd Llinos erioed wedi chwerthin lond ei bol. Doedd hi ddim wedi deall y rhan fwyaf o jôcs, neu os oedd hi, doedd hi ddim wedi cymryd arni ei bod.

'Mi fuo ganddi ddau gariad yn ystod y flwyddyn neu ddwy ddwaetha 'ma. Dwi ddim yn meddwl 'i bod hi wedi cysgu efo'r un ohonyn nhw neu os gwnaeth hi, mi roedd hi'n gwneud yn hollol siŵr nad oeddwn i byth o gwmpas ar y pryd ...

'Mi allasa hi fod wedi cael 'i geni hanner can mlynedd yn ôl ac mi fasa wedi ffitio'n iawn. Pan fydda i'n sbio ar hen ffilmia o'r tridega mi fydda i'n 'i gweld hi ynddyn nhw. Roedd hi'n siarad yn henaidd hefyd ...

'Pan oeddan ni'n genod bach roedd hi'n hel 'i phres a'i roi yn 'i chadw-mi-gei. Ar ôl iddi hel ugain punt dyma hi'n prynu beic. Mi gymeres i'i fenthyg o heb ofyn a reidio ar 'y mhen i bolyn lamp. Roeddwn i'n iawn, ond doedd y beic ddim. Wnaeth hi ddim gwylltio na gweiddi, dim ond llnau'r gwaed odd' ar 'y mhenglinia a dweud 'i bod hi'n fendith nad oeddwn i wedi torri 'ngwddw. Meddyliwch—

42

roedd hi'n dweud geiria fel "bendith" pan oedd hi'n hogan bach.' Gwenodd a datod ei dyrnau am ennyd. Llinos, ddoniol, henffasiwn.

'I Broad Green aeth hi i wneud 'i threining. Dwn i ddim be oeddwn i eisio'i wneud ond allwn i ddim meddwl am reswm digonol dros beidio â mynd i nyrsio. Hi perswadiodd fi ac mi wnaeth yn siŵr 'mod i'n pasio. Roedd hi'n fwy o fam i mi nag y bu Mam erioed. Mi soniodd am offer atal cenhedlu un waith—dysgu pader i berson!'

Cofiai'r sgwrs yn glir yn awr. Roedd hi wedi gofyn am fanylion, i bryfocio. Ac roedd Llinos wedi rhoi'r manylion i gyd yn ddefodol o gydwybodol. 'Mae'n bwysig dy fod ti'n gwybod,' oedd ei haeriad, gan gochi at fonion ei chlustiau.

Cododd Carol y gwydryn Guinness. Roedd yr ewyn wedi mynd bron i gyd. Teimlai'r gwydryn yn oer yn ei dwylo. Pam nad oedd yr hogan 'na'n bwyta? Doedd hi ddim wedi cyffwrdd ei bara. Rolsan Ffrengig oedd hi, fel y cewch chi efo'ch cawl mewn ambell gaffi ymhongar. Roedd hi'n edrych yn stêl.

'Mi ges i wenwyn bwyd,' meddai hi wrth Tess, 'jest cyn i Llinos fynd ar 'i gwylia efo un o'r cariadon. Aeth hi ddim. Roedd yn rhaid iddi gael aros efo fi. Roeddwn i fel y boi 'pen ryw ddeuddydd ond roedd 'i gwylia hi wedi'i ddifetha. Mi fyddwn i wedi bod yn ddiawledig o flin—ac o chwerw. Doedd hi ddim.'

Gwthiodd ei chadair yn ôl fymryn. Roedd y byrddau'n agos iawn at ei gilydd, a hithau'n dechrau cael c'lymau chwithig yn un o'i thraed. Llaciodd garrai ei hesgid.

'Roedd Llinos yn gallu sglefrio. Mi enillodd fedal pan oedd hi'n saith oed. Roedd 'i hyfforddwr yn dal fod ganddi dalent arbennig iawn. Mi ddyla fod wedi cymryd mwy o ofal ohoni'i hun. Roedd deiet yn air budr iddi hi. Ond mi fu hi'n mynd i ddosbarthiada cadw'n heini, am sbel . . .

43

'Doedd yr un ohonan ni'n licio'r fflat ryw lawer ond allen ni ddim fforddio dim byd gwell. Hi wnaeth y gwaith addurno, yn ei hamser sbâr. Gwyn a glas gola oedd 'i llofft hi. Roedd ganddi gâs coban siâp tedi bêr, ac mi fydda'n cadw'i choban ynddo fo bob nos. Doeddwn i ddim yn bwriadu aros yn hir ond ddwedes i mo hynny wrthi. Roeddwn i eisio fy lle fy hun—mi fasa bedsit wedi gwneud y tro. Ond roedd hi wedi mynd i gymaint o draff-erth... Mi benderfynes i aros am flwyddyn. Roedd hi wedi bod mor ofalus ohona i.'

Petrusodd am ennyd ac yna dywedodd: 'Ro'n i'n 'i charu hi. Mae'n anodd dweud hynna. Dwi erioed wedi dweud o'r blaen. Doedd hi ddim yn meddwl rhyw lawer amdani hi'i hun. Doedd ganddi ddim amser. Gwerthu'r tŷ. Bilia. Fi. Mi ddylwn i fod wedi cymryd y mater mewn llaw a'i gorfodi hi i'w gweld 'i hun. Roedd hi—'i pher-sonoliaeth hi—yn sigo dan bwysa gofalon pobol er'ill.'

Roedd y criw wrth y bar yn dechrau chwalu. Gwisgai un o'r hogiau grys-T Snoopy. Gêr arddegol gwirion, dyna fyddai Llinos wedi'i ddweud.

'Roedd 'i phen blwydd hi i fod y diwrnod ar ôl iddi gael 'i lladd. Mi fasa hi wedi bod yn naw ar hugain. Ro'n i wedi prynu ffrog iddi. Fy math i o ffrog, nid 'i math hi. Mae'n gwestiwn gen i fydda hi wedi'i gwisgo hi. Wnes i mo'i phrynu er mwyn iddi'i rhoi hi i mi, chwaith. Ro'n i eisio'i gweld hi'n edrych yn ddel.

'Mi ddyla hi fod wedi priodi a chael plant. Mae 'na fwy i fywyd na jest byw o ddydd i ddydd a bod yn ffeind wrth bobol.

'Do'n i ddim yn y fflat y noson ddaeth hi ddim adre. Dyna'r tro cynta i mi aros drwy'r nos efo hogyn. Doeddwn i ddim wedi bwriadu, cofiwch. Mi fyddwn i'n cyrraedd yn f'ôl o'i blaen hi fel arfer. Mi gyrhaeddes adre am saith. Roedd y post newydd fod ac mi roedd 'na dri cherdyn pen blwydd ar y mat. Roeddwn i wrthi'n dyfeisio celwydd—

44

'mod i wedi bod ar job nyrsio preifat drwy'r nos. Roedd y fflat yn daclus iawn ac yn dawel iawn. Mi feddylies 'i bod hi wedi gorfod aros yn hwyr yn yr ysbyty. Dyma fi'n dechra gwneud brecwast. Ro'n i'n ffrio cig moch pan alwodd y plismyn. Hyd yn oed rŵan mae meddwl am ogla cig moch yn codi cyfog arna i.

'Iesu na—peidiwch â gafael yn 'yn llaw i. Peidiwch â 'nghyffwrdd i!'

Roedd Tess wedi ymestyn ei llaw i gydymdeimlo'n reddfol a theimlai'n chwithig iawn rŵan wrth orfod ei chladdu ym mhoced ei hanorac.

'Roedden nhw wedi'i rhoi hi yn y mortiwari. Mi fu'n rhaid i mi fynd yno a sbio. "Ia," medda fi, "Llinos ydi hi." Ro'n i'n gandryll efo hi mewn ffordd, yn gorwedd yna, wedi gadael i hyn gael 'i wneud iddi. Yn gadael iddi'i hun fod yn farw. Do'n i ddim yn gwybod y manylion i gyd yr adeg hynny. A phan ges i wybod ... wel, mae'r dychymyg yn cael 'i lapio mewn rhyw fath o blanced—fel niwl—i ddechra, ond wedyn mi rydach chi'n taflu'r blanced i ffwrdd ac mi rydach chi'n gweld. Dyna pryd rydach chi'n dechra teimlo. Cyn hynny dydi rhywun yn teimlo dim byd—mae'r holl beth mor anhygoel.

'Roedd yr heddlu'n iawn ar y cychwyn. Mi adawon nhw lonydd i mi regi a rhefru. Mi drion nhw egluro be oeddan nhw'n wneud. Maen nhw fel rhyw beiriant anferth efo miloedd o ffeilia a'r holl dameidiach papur 'ma—yn cynhyrchu affliw o ddim. Mae hi wedi marw ers dros fis rŵan. Maen nhw'n gweithio ar yr achos ers dros dri deg o ddyddia a does gynnyn nhw ddim sgrapyn o syniad. Dydyn nhw ddim yn gwybod pwy wnaeth. A fyddan nhw ddim yn malio chwaith, ymhen amser. Oni bai fod Ceri Harris wedi cael 'i llofruddio mi fydden nhw wedi plethu'u breichia dros 'u bolia tew a chyhoeddi *"Finis"*. Ond mae hi wedi cael 'i llofruddio—gan yr un bastad—ac felly mi wnân nhw dipyn o ymdrech eto—am fod 'i thad hi'n ffrindia efo'r Prif Gwnstabl, os ydi'r stori honno'n wir.'

Protestiodd Tess, a'i hwyneb yn fflamgoch. 'Dydi hynna ddim yn wir o gwbwl.' Meddyliodd y byddai'n well iddi egluro'i sefyllfa. 'Mae 'ngŵr i'n dditectif sarjant ac yn gweithio ar yr achos. Dwi'n gwybod faint o waith maen nhw'n 'i wneud ar bob achos—a dwi'n golygu *bob* achos. Petaech chi'n nabod yr Arglwydd Brif Ustus chaech chi ddim ymchwiliad mwy trwyadl i'r achos na'r un rydach chi'n 'i gael ar hyn o bryd.'

Yfodd Carol lymaid o'i Guinness. 'Nid achos ydi Llinos i mi,' meddai hi'n dawel, 'lludw'n chwaer naw ar hugain oed. Mae marwolaeth Ceri Harris wedi chwistrellu mwy o danwydd i beiriant yr heddlu ac felly mi eith am sbel eto. Ddois i ddim yma i siarad am foesoldeb—cywirdeb—galwch o be fynnoch chi. Mi ddois i yma i siarad. A dwi wedi cael siarad. Ac mi rydach chitha wedi gwrando. Diolch i chi.'

Edrychodd ar y bara a'r caws ar blât Tess. 'Mae'n ddrwg gen i os dwi wedi difetha'ch cinio chi.'

Jest ei lwc hi i ddewis gwraig i blisman, meddyliodd. Ond ella fod lwc o'i phlaid, dim ond iddi ofalu peidio â thynnu hon oddi ar ei hechel. Mae plismyn yn siarad yn y gwely, a gwragedd yn gwrando. Weithiau, maen nhwythau'n siarad hefyd.

'Alla i ddim cofio'ch enw chi. P'run ydi'ch gŵr?'

'Ditectif Sarjant Mathews. Tess Mathews ydw i.'

Mathews. Daeth wyneb i'w meddwl ar unwaith. Dyn cryf, pryd tywyll. Tua dwylath o daldra. Llais esmwyth gyda mymryn o acen leol. Ei anniddigrwydd a'i ddiffyg amynedd ar ffrwyn dynn. Nid y math o ddyn i rywun gyfathrachu ag o—os nad yn rhywiol, ella. Creadur gwrywaidd iawn.

Edrychodd ar Tess yn chwilfrydig a meddwl: tybed. Un eiddil oedd hi gydag wyneb fel un o gerubiaid Boticelli, a gwallt melyngoch, yn gyrls meddal am ei hwyneb. Fel oen llywaeth.

Deallodd Tess ystyr yr edrychiad a throdd ei phen draw a gwneud ymdrech arall gyda'r bwyd. Er mawr ryddhad iddi safodd Carol a dweud y byddai'n rhaid iddi fynd. 'Mi'ch gwela i chi eto i gael rhagor o driniaeth i'r ysgwydd.'

'Iawn.'

'Ac ella y gallwn ni gael cinio eto ryw dro.'

Na, na, na, meddyliodd Tess, ond ceisiodd wenu a swnio fel petai'n cytuno.

A'r tro nesa, meddyliodd Carol, mi gei di siarad efo fi, 'ngenath i.

6

Roedd gan Ian Richards ddeuddydd rhydd y penwythnos ar ôl i Ceri Harris gael ei llofruddio ac roedd wedi bwriadu mynd adre gan nad oedd wedi bod ers tri mis. Teimlai'n flin y byddai'n rhaid iddo gyflwyno datganiad ysgrifenedig i'r heddlu a chael eu caniatâd i deithio cyn symud cam, ond cydymddwyn â'u cais wnaeth o a hynny'n weddol suful. Ditectif Sarjant Mathews fu'n ei gyf-weld eto'r tro hwn ac yn y cyfarfod canolbwyntiodd ar y cyfnod rhwng hanner nos a hanner awr wedi un y noson y lladdwyd Ceri. Yn ôl yr hyn a ddywedai o wrth Ian (cawsai'r wybodaeth o ddatganiadau Harris a Chwaer y theatr), daethai'r llawdriniaeth y bu'n cynorthwyo Harris gyda hi i ben am bum munud wedi hanner nos. Aethai Harris draw i'r ward wedyn. Am ddeng munud i ddau y cychwynnwyd ar y llawdriniaeth a gyflawnwyd gan Halstead, yr uwch gofrestrydd, a golygai hynny y buasai ganddo fo, Richards, awr a thri

chwarter o amser rhydd. Yn ystod y cyfnod hwn roedd
wedi mynd i gantîn yr ysbyty am gwpanaid o goffi a
thystiai nifer o'r staff iddynt ei weld yno. Dywedodd
Mathews y byddai'n rhaid manylu'n fwy penodol fyth
pan fyddai'r Prif Inspector yn ei holi. Os oedd ganddo
ddeuddydd o wyliau cystal iddo wneud defnydd da
ohonynt a rhoi ei feddwl ar waith. Llwyddodd Ian i
feistroli'i dymer a pheidio ag ateb yn ôl.

Yn hytrach na mynd adre gyrrodd Ian i gyffiniau
Bannau Brycheiniog ac aros mewn gwesty bach yn
Aberhonddu. Byddai wedi bod yn anodd dygymod â
normalrwydd ei gartre ac yntau yn y fath hwyliau.
Gweithiai ei dad fel meddyg teulu yn Abertawe a thuedd-
ai i siarad am feddygaeth. Siaradai ei fam am Setlo i
Lawr, Rhinweddau Priodas, a Bendithion Bywyd Teuluol.
Roedd wedi meddwl unwaith neu ddwy mai ei bryfocio yr
oedd a phenderfynu wedyn nad oedd hynny yn ei natur,
mwya'r piti. Yr oedd o'n hoff o'r ddau ohonyn nhw ond
ni theimlai ei fod yn ddigon sownd ynddo'i hun ar hyn o
bryd i gymryd arno wrando arnyn nhw'n foneddigaidd.
Pan fyddai'n gorweithio ac yn diodde gan bwysau gwaith,
tueddai i danio ar ddim a byddai ei iselder yn fflachio'n
wylltineb sydyn. Pan oedd yn llanc arferai ei dad ddweud
wrtho am ddysgu gwneud mistar ar ei dempar neu fynd
o'r golwg i rywle nes byddai wedi dod ato'i hun. 'Dyw hi
ddim yn deg gwneud i bobol er'ill ddiodde dy strancie di.'
Ac wedyn pan aethai Ian i'r coleg i astudio meddygaeth
roedd yr hen ddyn wedi'i rybuddio fod yn rhaid i feddyg
da fod yn emosiynol sownd. 'Os nad ydi'r calibr gen ti
fyddi di'n dda i ddim i'r proffesiwn meddygol.' Ella fod
hynny'n wir. Ond roedd o yn y proffesiwn, a dyna ble y
bwriadai aros.

Gallai yn sicr, fe allai wneud heb gyngor ei dad a
danteithion ei fam. Yr hyn roedd arno fwyaf o'i angen
rŵan oedd llonydd a distawrwydd. A chwsg. Doedd o

ddim wedi cael yn agos ddigon o'r un ohonynt er i Ceri gael ei lladd. Teimlai'n dendar, fel pe bai rhywun wedi'i gicio. Mi fyddai o wedi mwynhau cicio Mathews—sathru'i wyneb o'n slwtsh. Dychrynwyd o gan ei feddyliau. Roedd llofruddiaeth Ceri wedi'i rwygo'n ufflon. Roedd angen amser arno i roi trefn arno'i hun—i ymffurfio'n berson call, rhesymol unwaith eto yn hytrach na sbradach o emosiynau rhacs.

Aeth i gerdded y bryniau—nid i ddringo, doedd ganddo mo'r cyfarpar na'r gallu arbenigol i wneud hynny—a dychmygai fod Ceri'n cerdded gydag o. Ni pheidiodd y glaw gydol y deuddydd, a gweddai hynny i'w gyflwr. Ar y tirwedd glas, gwlyb ymledodd niwl tamp dros y ffeithiau dychrynllyd. Golchwyd ymaith aroglau marwolaeth. Roedd persawr y grug diferol yn ddioddefadwy, o leiaf, ac anadlodd o'n ddwfn i'w ysgyfaint. Petai Ceri wedi bod gydag o, mi fyddai hi wedi bod yn flêr ac yn flin—doedd Ceri ddim yn hogan yr awyr agored. Dychmygodd ei llaw wlyb hi yn ei un o a chaeodd ei ddwrn ar wacter.

Pan ddychwelodd i'r ysbyty canfu fod Owen Harris yn ei ôl hefyd. Tra oedd Enid Daniel wrthi'n paratoi i roi anaesthetig i'r claf cyntaf fore Llun, edrychodd ar Ian a'i dynnu o'r neilltu. 'Mi ffoniodd fi ddoe i ddweud 'i fod yn bwriadu dŵad i mewn—gweld y rhestr aros yn tyfu ac eisio mynd i'r afael â'i waith. Peidiwch â chrybwyll Ceri wrtho fo. Mae o'n gwybod sut mae pawb yn teimlo ynglŷn â'r peth.'

Edrychodd Enid yn chwilfrydig ar Ian. Ble bynnag roedd o wedi bod dros y Sul doedd y newid wedi gwneud dim lles iddo. Roedd yr un olwg arw o gylch ei lygaid o â rhai Owen.

Bu'n fore hir ac anodd: plentyn bach yn dioddef o *meningocele* yn gyntaf ac yna ddyn gyda thyfiant ym madruddyn y cefn. Canolbwyntiai Owen ar y llawdriniaethau a chyflawnodd hwy'n ddeheuig. Edrychai'r rhag-olygon yn dda i'r ail achos. Rhoddwyd anaesthetig cyffredinol i'r ddau glaf yn ystod eu triniaeth. Parlyswyd y gŵr â'r tyfiant ym madruddyn y cefn ac yna'i fentil-eiddio, a rhoddodd Enid chwistrelliad arall i lacio'r cyhyrau ar derfyn y llawdriniaeth. Roedd y gwaith tîm yn gampus, fel arfer, ac Enid yn gymaint rhan o Owen â'i law dde. Roedd o'n ymwybodol fod Ian Richards yn y theatr ond ar y pryd roedd y ddisgyblaeth meddwl oedd mor angenrheidiol ar gyfer y llawdriniaethau yn ei ddat-gysylltu oddi wrth Ceri. Yn ddiweddarach, pan oedd yn tynnu ei ŵn theatr, llifodd y presennol yn ôl.

Dywedodd wrth y Chwaer am ofyn i Ian Richards fynd i'w stafell; byddai yntau yno ymhen deng munud.

Wel, dyma hi, meddyliodd Ian. Roedd Ceri ac yntau wedi cellwair am hyn fwy nag unwaith. 'Beth am eich bwriada chi, ŵr ifanc? Anrhydeddus, gobeithio?' Llais Ceri: 'Yn hollol fel arall. Dwi'n dy garu di, yr hen benci bach!'

Edrychodd Owen arno'n dod i mewn ac yn araf dech-reuodd y drwgdeimlad oedd wedi bod yn tyfu rhyngddynt wasgaru. Beth bynnag fu rhwng Ceri a'r bachgen yma, roedd o wedi'i glwyfo i'r byw.

Dywedodd wrtho am eistedd. 'Sut aeth y penwythnos?'

'Iawn. Fe fûm i'n cerdded y Banne.'

Pwysodd Owen yn ôl yn ei gadair. 'Lle braf. Ond dydan ni ddim yma i drafod cefn gwlad Cymru na manylu ar lawdriniaetha'r bore 'ma. Newydd glywed rydw i amdanoch chi a Ceri. Pam na ddwedodd hi ddim wrtha i amdanoch chi?'

Doedd yna ddim ateb i'r cwestiwn yna.

Sylweddolodd Owen iddo ofyn cwestiwn gwirion. Doedd yna ddim ateb i'r un o'r cwestiynau eraill a'i plagiai chwaith. Does dim modd croesi ambell riniog. Does gan riant ddim hawl mynediad awtomatig.

Roedd Ceri'n oedolyn ac os oedd hi wedi cysgu efo'r hogyn yma, oedd hefyd yn oedolyn, yna busnes iddyn nhw a neb arall oedd hynny.

Roedd yna un cwestiwn y gallai ei ofyn. 'Oeddech chi'n hoff ohoni?'

'Hoff?' wfftiodd Ian yn ffyrnig a meddyliodd am un funud ofnadwy ei fod yn mynd i feichio crio.

Doedd Owen byth yn cadw gwirodydd yn ei stafell, ar egwyddor, ond roedd yn edifar am hynny rŵan. Digon bregus oedd ei hunanfeddiant yntau ac roedd yn rhaid iddo dendio. Wnaeth o ddim edrych ar Ian nes iddo synhwyro fod y pwl wedi pasio.

Nid perthynas ffwrdd-â-hi oedd hi, felly.

Dywedodd yn dawel ac yn foesgar, ac roedd yn dweud rhywfaint o wir hefyd: 'Mi fydda 'na groeso wedi bod i chi petai hi wedi byw, a phetaech chi wedi penderfynu rhoi cynnig arni efo'ch gilydd. Mi fyddwn i wedi bod yn ddigon bodlon.'

(Gair defnyddiol ydi bodlon. Fyddwn i ddim wedi gwirioni ar yr un mab yng nghyfraith. Mi fyddwn wedi dy dderbyn oherwydd d'ymrwymiad emosiynol iddi hi. Ac mi dwi'n dy dderbyn di rŵan am yr un rheswm.)

Roedd Ian yn fud.

Daeth pelydryn o haul drwy'r ffenest a ffurfio saeth o olau ar y carped glas tywyll.

Roedd y tawelwch yn rhyfedd o gyfeillgar, fe pe bai Ceri yno'n dal gafael yn y gadwyn oedd yn ymffurfio rhyngddynt. Byddwch yn ffeind wrth eich gilydd. Rydach chi'ch dau mewn poen.

Siaradodd Owen am y cwest. ' ''Wedi'i llofruddio gan berson anhysbys.'' Ond nid anhysbys am hir, gobeithio. Mae'r plismyn wrthi'u gora glas.'

'Ydych chi'n meddwl y llwyddan nhw?'

'Mi fydd yn rhaid iddyn nhw.' Tystiai tôn llais Owen ei

fod yn ewyllysio iddynt lwyddo. Wnâi o ddim goddef methiant.

'Ac os na lwyddan nhw?'

Edrychodd y gŵr canol oed ar y dyn ifanc. Roedd yntau wedi gofyn yr un cwestiwn iddo'i hun berfeddion nos—ac wedi'i ateb. Ond dim ond un ateb fyddai yna i hyn, ac amser yn unig a ddangosai sut y deuid at y diwedd hwnnw. Châi neb ladd Ceri a mynd â'i draed yn rhydd. Neb byw bedyddiol.

'Gawn ni weld,' atebodd yn sarrug.

Mae'r bastad yn rhydd yn rhywle, meddyliodd, yn cerdded o gwmpas, yn anadlu, yn bwyta, yn cysgu ac yn cachu. Mi gân nhw fo'n hwyr neu'n hwyrach. Dwi'n credu hynny. Ac mae'n rhaid i titha gredu hefyd. Dyna'r unig gysur sy gynnon ni.

Aeth Enid adre gydag Owen y noson honno. Roedd hi wedi cadw draw tra bu Marie France yno. Os oedd gan Claude ddigon o dact i aros gartre yna roedd ganddi hithau hefyd. Ond erbyn hyn roedd Marie France wedi dychwelyd i Ffrainc a Claude yn gwneud popeth a allai i'w chysuro. Dywedai Owen y deuai hi'n ei hôl o bryd i'w gilydd ond roedd yn well iddi fod gartre yn ei chynefin ar hyn o bryd tra oedd yr ymchwiliadau'n mynd rhagddynt. Doedd yna ddim byd y gallai hi ei wneud ac allai o ddim rhoi'r gorau i'w waith yn yr ysbyty i fod gyda hi. Yr oedd o wedi awgrymu'n gynnil mai ei waith yn yr ysbyty oedd yr unig beth a'i cadwai rhag drysu. Doedd o wedi sôn yr un gair mor anodd oedd dychwelyd i dŷ gwag, ond pan gynigiodd Enid ddod adre gydag o doedd o wedi yngan yr un ebwch o brotest.

Roedd y ddynes lanhau a alwai bob dydd wedi gadael cig cyw iâr oer a salad ar hambwrdd y gegin. Gwnaeth Enid *fricassee* gyda'r cyw iâr ac agorodd botelaid o win. Cogydd digon ffwrdd-â-hi oedd hi, ac roedd llanast yn y gegin ar ei hôl, ond roedd y bwyd yn boeth ac yn flasus. Doedd Owen ddim wedi sylweddoli ei fod mor llwglyd. Chofiai o ddim pryd y cawsai flas ar fwyd ddiwethaf. Roedd o wedi dal i fwyta drwy'r cyfan, ond bwyta er mwyn bwyta oedd hynny. Bwyta i fyw.

Fe eisteddon nhw wrth y ffenest Ffrengig fawr agored yn y lolfa wedyn. Edrychai'r gwelltglas yn dywyll fel olewydd yng ngolau'r haul hwyr. Gorweddai Smwt, y terier bach brown, wrth y pwll yn yr ardd gan geisio pysgota'n ddioglyd â'i bawen bob hyn a hyn.

Ci Ceri.

Ei hanrheg pen blwydd yn bedair ar bymtheg oed.

Doedd ar Owen ddim eisio siarad amdani, a gobeithiai na fyddai Enid yn ceisio gwneud hynny chwaith. Teimlai fel claf ar beiriant arennau, yn cael ei orfodi i fod yn llonydd tra âi'r broses angenrheidiol rhagddi.

Teimlai Enid yr oerni drwy ei sgert gotwm a'i blows wen denau, a cherddodd allan o gysgodion y stafell ar y teras. Roedd hi'n gynhesach yno. Daeth Smwt draw i fusnesu a cherddodd y ddau draw i'r berllan.

Roedd Ceri wedi gadael ei hôl yn annileadwy ar y lle hwn ac ar Owen yn ystod y deuddeng mis y bu'n byw yma. Teimlai Enid yn ddieithr yma bellach. Ni wyddai beth i'w wneud yn iawn. Roedd y cyfnodau tawel, a arferai fod yn gyfeillgar gynt, bellach yn byliau o anniddigrwydd. Synhwyrai fod ar Owen ofn y byddai hi'n siarad am Ceri. Oedd o'n meddwl ei bod hi mor ansensitif â hynny? Roedden nhw'n nabod ei gilydd ers chwe blynedd ac roedd hi wedi bod yn gywely ysbeidiol iddo am dair o'r blynyddoedd hynny.

Dim ond am flwyddyn y cawsai o ei ferch ifanc. Ond doedd amser ddim yn cyfri. Gallai'r cwlwm gwaed fod yn jôc, neu'n dennyn bywiol neu'n llif o boen.

Aeth yn ei hôl ato ymhen sbel. Roedd ei lygaid yn gaead a meddyliodd ei fod yn cysgu. Cyrcydodd yn ei ymyl a phwyso'i grudd ar ei ben-glin. Mi fydda i'n ddwy a deugain ymhen y mis, meddyliodd. Mae gen i glamp o ben-ôl a chlunia nobl. Hanner cant wyt ti ond rwyt ti'n edrych yn hŷn. Mi allai Ceri fod wedi bod yn blentyn i ni, pe bai amgylchiada wedi bod yn wahanol. Fe allwn i ddal i gael dy blentyn di. Plentyn fy nghanol oed. Rhodd o 'nghorff i.

Gwenodd. Gwallgofrwydd canol oed.

Mwythodd Owen ei gwallt gyda'i law. 'Am be rwyt ti'n meddwl?'

Roedd yna adeg wedi bod pan fyddai hi wedi dweud wrtho. Ond nid heno. 'Meddwl ella y dylwn i fynd.'

'Wyt ti eisio mynd?'

'Dwi eisio be rwyt ti'i eisio.'

Roedd yn ddig am ennyd—efo fo'i hun yn fwy nag efo hi. 'Bydd yn normal efo fi. Dyna be dwi'i eisio. Paid â bod mor ofalus. Dydi profedigaeth ddim yn rhyw fath o arglwydd mae'n rhaid i ti blygu glin o'i flaen o—nac yn wahanglwyf, damia fo.'

'Wyt ti eisio i mi gysgu efo chdi heno?' gofynnodd Enid heb flewyn ar ei thafod.

'Oes, cysgu,' atebodd yntau'n blaen. 'Ond mae'n gwestiwn gen i alla i wneud dim arall.'

Roedd yna gynfasau glân ar wely Marie France ond daeth Enid o hyd i hances fach ymyl les wedi'i stwffio i un o'r gobenyddion. Rhoddodd hi ar y bwrdd glàs. Teimlai'n fawr ac yn ddi-siâp o'i chymharu â Marie France. Cododd ar ei heistedd yn y gwely ac edrych ar ei bronnau mawr llawn. Deniadol? Ond doedd arno ddim eisio hynny heno. Mamol? Cysurlon?

Bu Owen yn hir iawn cyn dod ati. Tywalltodd wisgi iddo'i hun, ac wedyn un arall. Cyn i Ceri ddod ato i fyw roedd yna sôn wedi bod am briodi ond roedd y berthynas wedi llacio a cholli rhywfaint o'i gwres tra bu Ceri o gwmpas. Roedd hi wedi llenwi pob cornel ohono gyda chariad—a thynerwch rhwystredig—ac ambell bwl o wylltineb cynddeiriog. Roedd o wedi colli nabod arni am flynyddoedd ar ôl yr ysgariad a buasai hwn yn gyfnod o wneud iawn am hynny. Doedd hi ddim wedi bod yn flwyddyn naturiol—anferth o wledd gastronomaidd fu hi yn hytrach na pherthynas bara a menyn tad a merch. Fu yna ddim cyfle i syrffedu, heb sôn am gael ei ddadrithio. Roedd y ffaith ei bod hi mor ddiog wrth natur yn mynd ar ei nerfau ond roedd perffeithrwydd a thipyn o dolc ynddo'n fwy diddorol o beth wmbredd na rhywbeth rhy dda a neis-neis. Ceri oedd hi, ei Geri o, beiau a chwbl, ac roedd ei hegni hi wedi ei gario ar don o ffyniant corfforol. Doedd o erioed yn ei fywyd wedi teimlo cystal.

Ond roedd o wedi blino rŵan.

Pam roedd Enid wedi mynd i'r llofft sbâr? Cyn dyddiau Ceri roedden nhw bob amser wedi cysgu yn ei lofft o. Oedd hi'n gweld fan'no fel ryw le hanner y ffordd cyn cyrraedd adre? Ynteu ai trio dangos tact yr oedd hi?

Pan ddaeth o ati o'r diwedd sylweddolodd Enid ei fod wedi bod yn yfed. Atgoffodd ei meddwl disgybledig hi nad oedd yr un ohonynt ar ddyletswydd. Petai hi wedi bod ar *call* byddai wedi aros gartre. Doedd staff yr ysbyty erioed wedi cael cyfarwyddyd i gysylltu â hi yma ac roedd Owen a hithau wedi gwneud ymdrech i roi'r argraff mai perthynas waith oedd rhyngddynt, a'i ffiniau oddi fewn i waliau'r theatr. Amheuent weithiau nad oeddent wedi bod mor drylwyr ag y dylent yn hyn o beth, ond ddywedon nhw erioed mo hynny wrth ei gilydd. Doedd o'n fusnes i neb arall, p'run bynnag, dim ond nad oedd eisio gwneud rhyw sioe fawr o'r peth.

Teimlai Enid yn anniddig wrth sylweddoli ei bod wedi meddwl am yr ysbyty—ac wedyn wedi nodi'r ffaith ei fod o wedi cael diod neu ddau, yn y drefn yna. Pan oedd hi'n bymtheg ar hugain y cawsai swydd yn anaesthetegydd ymgynghorol. Roedd ganddi fwthyn bendigedig ar gwr y ddinas ac roedd llwyddo'n broffesiynol a chael arian da am y gwaith a wnâi wedi llenwi ei chwpan i'r ymylon— bron. Mae'n anodd rhoi trefn ar eich blaenoriaethau ambell dro.

Tynnodd Owen oddi amdano a dringodd ati i'r gwely, gan deimlo cynhesrwydd ei chorff. Roedd o wedi gobeithio y byddai'r wisgi'n help i godi min ond yr unig effaith a gafodd oedd peri iddo deimlo'n gysglyd. 'Mae'n ddrwg gen i, Enid.'

Roedd hi'n effro'n rhywiol, roedd arni ei eisio fo, ond doedd dim gwahaniaeth am hynny. 'Rwyt ti wedi blino— yn y bore, ella.' Pwysodd drosto a diffodd y lamp ymyl gwely.

Rai munudau'n ddiweddarach dywedodd Owen wrthi fod Ian Richards wedi bod yn caru efo Ceri.

Ni wyddai Enid sut i adweithio—p'run ai dweud y drefn ynteu cadw cefn Ian. Pan oedd hi tua'r un oed â Ceri bu'n byw am sbel gyda chyw-doctor. Roedd ganddo godiad parhaol bron a chofiai iddo ei deffro ganol nos unwaith i ddangos iddi sut yr edrychai heb yr un. Teimlodd ysfa gref i chwerthin.

Roedd Owen yn aros iddi ddweud rhywbeth pan sylwodd, er syndod, ei bod hi'n piffian.

Bu'n rhaid iddi ddal ei gwynt cyn mentro siarad. 'Un waith, pan oeddwn i tua'r un oed â Ceri . . .' Dywedodd weddill yr hanes wrtho—a'i hanes yn fyfyrwraig, ac yn ferch ifanc.

Rhoddodd Owen y gorau i wrando ymhen tipyn. Doedd ei gorff o ddim yn teimlo'n ddiffrwyth rŵan. Pwysai ei chluniau'n galed yn ei erbyn, fel rhan ohono fo'i hun. Dechreuodd ei blysio hi fel roedd hi'n ei flysio fo. Hi a gymerodd yr awenau heno ac roedd hi'n amyneddgar. Roedden nhw'n dîm da.

Cysgodd Owen wedyn, a'i ben yn braf ar ei bronnau.

7

Roedd y Prif Inspector Dditectif Ellis wedi cael benthyg tair stafell yn adran weinyddol yr ysbyty iddo gyf-weld y staff yno. Gwaith caib a rhaw oedd hwn ac fe gymerai ddyddiau lawer. Byddai'r rhai oedd yn adnabod Ceri'n cael eu cwestiynu'n fanwl. Gofynnid i'r rhai nad oeddynt yn gyfarwydd â hi (ac nad oeddynt ar ddyletswydd yn yr ysbyty ar y noson dyngedfennol), ble'r oeddynt pan gafodd hi'i llofruddio. Byddai pob un oedd yn adnabod Ceri, ac nad oedd yn gweithio y noson y cyflawnwyd y drosedd, yn cael ei gyf-weld gan yr heddlu. Gadawodd Ellis i Sarjant Mathews wneud y rhan fwyaf o'r gwaith holi. Roedd Mathews yn fwy gwerinol ei ffordd rywsut, roedd mwy o flas y pridd arno, a pharai hynny i ambell un fod yn fwy rhwydd ac agored. Atebion cwta, moesgar a gâi Ellis gan bawb, dim ond yr esgyrn sychion, ond byddai'r dynion yn ymhelaethu yng nghwmni Mathews—roedd o'n un ohonyn nhw—y math o foi y medrech chi fynd am beint efo fo. Os bydden nhw'n siarad gormod yna byddai Mathews yn rhoi taw arnynt. Allai dyn ddim peidio â synhwyro'r duedd ormesol, ymosodol oedd ynddo, ond gan mai plisman oedd o roedd y rhan fwyaf yn derbyn mai dyna'i ffordd. Gwneud ei job yr oedd o.

Holwyd y merched—y nyrsys, a'r merched glanhau a'r ysgrifenyddesau—yn fyr ac yn ffurfiol. Gan mai cymhell-iad rhywiol oedd tu ôl i'r llofruddiaethau, doedd dim achos i'w hamau nhw.

Ar ben dau ddiwrnod o holi yn y stafell liw hufen a'i charped glas, teimlai Ellis mor chwerw a chaeth â char-charor yn ei gell. Byddai'n dda ganddo pe bai ambell aelod beirniadol o'r cyhoedd yn cael bod yn bresennol gydol ymchwiliad llofruddiaeth i gael gweld beth yn union a ddigwyddai. Roedd Mathews gyda'r cryfaf yn gorfforol ac eto roedd ganddo yntau ffedogau o dan ei ddau lygad a chlwt gwelw o gylch ei geg. Ac i wneud pethau'n waeth, roedd hi wedi troi'n boeth ddifrifol.

Aeth Ellis at y ffenest agored a phwyso allan. Roedd gan ysbytai ryw aroglau neilltuol, fel sydd gan longau. Ceisiodd ei wared o'i ysgyfaint drwy anadlu'n ddwfn o awyr yr haf. Bedwar llawr odano gwelodd ambiwlans yn sefyll o flaen y cowt blaen a chlaf wedi'i orchuddio â blanced goch yn cael ei gludo ohoni. Ai blanced goch oedd hi, tybed, ynteu a oedd hi'n waed drosti? Bu'n gwylio'n chwilfrydig am funud neu ddwy heb allu pen-derfynu. Er ei fod yn aelod o'r heddlu ers dros ddeng mlynedd ar hugain, roedd gweld gwaed yn dal i godi cyfog arno. Symudodd draw oddi wrth y ffenest a tharo golwg ar restr Mathews.

'Mi holwn ni ryw ddau arall cyn cinio. Richards a'r llall.' Roedd o wedi bod yn darllen y nodiadau ar Richards, a'i ddatganiad, ac roedd ganddo eithaf syniad beth i'w ddisgwyl.

'Stalwyn ifanc poeth' oedd disgrifiad Mathews ohono.

Doedd stalwyni ifanc poeth oedd yn cael eu tamaid heb drafferth ddim yn troi'n fwrdrwyr gwyrdroëdig dros nos. Roedd Mathews wedi dweud fod Richards yn un gwyllt, hawdd ei gynhyrfu, ond siawns nad oedd hynny'n ddigon dealladwy ag ystyried yr amgylchiadau. Roedd ei gariad wedi cael ei llofruddio'n gïaidd—pa syndod fod dwylo'r llawfeddyg yn crynu ryw fymryn?

Edrychodd Ellis yn graff arno pan ddaeth i mewn i'r stafell. Mistar neu Ddoctor? Doctor, mae'n debyg, mor ifanc â hyn. Fe fyddai yna fwy o arholiadau—rhagor o rwystrau. Edrychai'n flinedig. Gwaith? Ei gydwybod, ella? Nid yr olaf, mae'n debyg. Pam dylai ei gydwybod fod yn ei blagio? Am nad oedd o wedi danfon Ceri adre, fel y dylai? Roedd 'na lawer i'w ddweud dros ganlyn henffasiwn, parchus ei ieuenctid o.

Mi all'sai fod wedi cribo'i wallt, o leiaf.

Pe byddai o, Ellis, yn gorwedd ar fwrdd y theatr, byddai'r llawfeddyg o'i ddewis yn un trwsiadus. Os bydd gen i diwmor yn f'ymennydd ryw dro, ŵr ifanc, mi ofynna i'n arbennig am Harris. Wnaiff ei wallt tena fo ddim syrthio i'r ceudod. Ella nad ydi'i lygaid o ddim cyn gliried â dy rai ifanc di, ond maen nhw wedi gweld mwy o beth cythgam. Mae gen i fab tua'r un oed ag wyt ti. Mae yntau'n hel merched hefyd, yn ddigon pell o adre. Mi fydda fo wedi cymryd at Ceri, pe bai o wedi cael ffatsh arni. Dydw i ddim yn credu mai ti lladdodd hi ond alla i ddim dangos hynny a gwneud i'r holl gyfweliad yma ymddangos yn ffars. Fi ydi'r llawfeddyg rŵan, Doctor, a ti ydi'r claf. Gen i mae'r awdurdod ac os ydw i'n bodio'r clwyf, ac yn peri i ti wingo gan boen, yna mi fydd yn rhaid i ti ddiodde hynny.

Amneidiodd yn ffurfiol ar Richards a dweud wrtho am eistedd.

'Derbyniwch 'y nghydymdeimlad i. Maen nhw'n dweud eich bod chi a Ceri'n ffrindia. Oeddach chi'n gariadon?'

Sylweddolodd Ian ar unwaith fod yr Inspector am fod yn filain o uniongyrchol a theimlodd ei hun yn cloi. Gwnaeth ymdrech fwriadol i ymlacio. Cofiai hen uffar fel hwn ar un o'r byrddau arholi. Bu bron iddo fethu un arholiad pwysig am iddo fynnu tynnu'n groes iddo.

'Roedden ni'n cysgu 'da'n gilydd.' Gwyddai beth fyddai'r cwestiwn nesaf a llwyddodd i achub y blaen ar Ellis. 'Roedd gyda ni berthynas rywiol normal.'

'Felly aethoch chi ddim â hi i fyny i'r comin ac ymosod yn rhywiol arni?'

'Naddo, wnes i ddim.'

'Beth oeddech chi'n wneud yn ystod yr amser pan ymosodwyd arni, ac wedyn pan gafodd hi'i thagu?'

'Ro'n i yn yr ysbyty—yn y theatr am beth o'r amser—ac wedyn yn y cantîn.'

Edrychodd Ellis ar y nodiadau. 'Rydyn ni wedi cael cadarnhad ynglŷn â'r amser dreulioch chi yn y theatr ac mae rhai o'r staff yn dweud eu bod nhw wedi'ch gweld chi yn y cantîn, ond maen nhw braidd yn amwys ynglŷn â pha mor hir y buoch chi yno. Roedd 'na awr a thri chwarter o amser rhwng y ddwy lawdriniaeth. Wnaethoch chi dreulio bob munud o'r amser hwnnw yn y cantîn yn yfed coffi?'

'Ro'n i wedi cael cyri i swper ac roedd hwnnw wedi codi syched arno i.'

'A sawl paned yfoch chi i ddiwallu'r syched mawr 'ma?'

'Tair neu beder.'

'Dros hanner awr i yfed pob cwpaned? Dydach chi 'rioed yn disgwyl i mi gredu hynna!'

'Dyw e ddim yn afresymol.'

Nac ydi, ella, meddyliodd Ellis, os ydi rhywun mewn cwmni difyr. Ond roedd Richards wedi eistedd ar ei ben ei hun. Roedd o wedi cael y coffi o beiriant. Fe allai fod wedi mynd a dod heb i neb gymryd unrhyw sylw ohono. Doedd rhywun ddim yn dal sylw ar unigolion mewn ysbyty mor fawr â hwn os nad oedd rhywbeth neilltuol ynglŷn â nhw.

'Pan ofynnodd Ditectif Sarjant Mathews i chi a oeddech chi wedi ffonio i weld a oedd Ceri'n dal yn y fflat, mi ddywedoch chi nad oedd 'na ddim digon o amser.' Cododd Ellis ei nodiadau a dweud: 'Dwi'n dyfynnu rŵan: "Ches i ddim cyfle i'w ffonio hi. Roeddwn i yn y theatr gyda'i thad tan ar ôl hanner nos ac wedyn fe ddaeth 'na achos arall i mewn y gwnaeth y bòs 'i ddirprwyo i'r cofrestrydd. Fe gwples i am bump." Dwi'n cymryd mai Harris ydi'r bòs rydach chi'n cyfeirio ato fo?'

'Ie. Ro'n i gydag e—fel y dwedes i. Doedd hi ddim yn

bosib i mi ffon'o Ceri bryd hynny. Gymeres i'n ganiataol
'i bod hi wedi mynd sha thre ar ôl hanner nos.'

'Ond ar ôl hanner nos roedd gynnoch chi amser i ffonio.'

'Oedd, ond doedd 'na ddim pwynt, achos ...'

'Dim o reidrwydd. Mae'n debyg 'i bod hi'n dal yno.'

'Wel, doedd dim modd i fi wybod hynny.'

'Os nad oedd hi yn eich fflat chi, lle arall roedd hi'n
debygol o fod?'

'Sdim syniad 'da fi.'

'Oedd 'na rywun arall—ffrind—cariad ella?'

'Nac oedd!'

'Fyddech chi wedi bod yn flin ac yn genfigennus iawn
petai 'na?'

'Doedd neb.'

Doedd yna ddim rheswm i amau. Penderfynodd Ellis
adael y trywydd yna—am y tro.

'Mae'ch datganiad chi'n awgrymu fod y naill law-
driniaeth wedi dilyn yn syth ar sodla'r llall.'

'Doedd hynny ddim yn fwriadol. Roedd 'na fwlch o
ryw awr rhwng y ddwy.'

'Awr a thri chwarter.'

'Ie.'

'Ac yn y cantîn y buoch chi gydol yr amser hwnnw?'

'Ie.' Petrusodd. 'Wel, bron iawn ...'

'Da iawn,' cymeradwyodd Ellis. 'Rydach chi'n dechra
cofio. Wel, Doctor?'

'Es i i'r stafell 'molchi.'

'I gael gwared o rywfaint o'r coffi?' awgrymodd Ellis
gan ofalu peidio â gwenu.

Edrychodd Ian arno. Wenodd yntau ddim chwaith.

'Be wnaethoch chi wedyn?'

'Es i i'n stafell i gael sigarét.'

'Eich stafell yn yr ysbyty, neu'r fflat?'

'Yma.'

'Lle smocioch chi, yn eich stafell, neu aethoch chi allan i'r awyr iach? Ro'n i'n meddwl fod smocio wedi'i wahardd yn yr adeilad 'ma?'

'Ma' fe,' cytunodd Ian. 'Ond yn 'yn stafell ges i fwgyn.'

'Ar eich pen eich hun?'

'Ie.'

'Hen dro.'

'Mae'n flin 'da fi nad oes 'da fi ddim *alibi* boddhaol,' meddai Ian yn sychlyd.

'Wel, daliwch i grafu,' ebe Ellis gyda gwên gynnil. 'Mi synnech be gofiwch chi, dan bwysa. Gora'n y byd i chi os medrwch chi dyrchu rhywbeth yn ychwanegol at y coffi a'r sigaréts a'r lle chwech i lenwi'r amser 'na.'

Trodd ar ei sawdl yn sydyn a daeth y cwestiwn fel ergyd. 'Sut fath o ferch oedd hi?'

Teimlodd Ian ei fochau'n cochi. Fyddai hwnna ddim yn gwestiwn hawdd ei ateb. A châi o'r un ateb chwaith.

Arhosodd Ellis am funud neu ddwy ond wnaeth o ddim ailofyn y cwestiwn. Petaen nhw wedi bod yn trafod ei wraig, mi fyddai o wedi adweithio yn yr un ffordd yn union—heblaw na fyddai o wedi gwrido. Glaslanc oedd hwn.

Roedd o'n ei hoffi fo.

Doedd o ddim yn credu am eiliad mai fo oedd wedi llof-ruddio Ceri. Roedd yn ddrwg ganddo'i fod wedi gwneud iddo chwysu. Crisialodd y sefyllfa yn ei feddwl. Dau o bethau ifanc mewn cariad efo'i gilydd. Hi'n loetran am dipyn ac yna'n mynd adre ar ei phen ei hun. Yn cerdded—yn anffodus. Rhyfedd o beth na fyddai ei thad hoff wedi ceisio car iddi. Fe ddaeth ar draws ei llofrudd, a dyna'i diwedd.

Dywedodd yn gwta wrth Richards fod y cyfweliad drosodd. 'Mae'n bosib y bydd yn rhaid i ni eich gweld chi eto, wrth gwrs, neu i chi ein gweld ni.'

Ond doedd hynny ddim yn debygol iawn.

62

Ar ôl iddo fynd trodd i wynebu Mathews. 'Wel?'

'Dwn i ddim, syr. Mae unrhyw beth yn bosib.'

'Choelia i fawr. Lle'r oedd o y noson y cafodd Llinos Rees 'i llofruddio?'

'Efo Ceri Harris, yn ôl 'i ddatganiad.'

'Wnaeth hi gadarnhau hynny?'

'Do.'

'Roedd gynno fo dipyn o feddwl ohoni. Aeth drwy'r cyfweliad yn eitha da.'

Doedd eu job nhw ddim yn un ddymunol iawn, meddyliodd Ellis. Gyda'r nos, os byddai'r tywydd yn braf, byddai'n hoffi mynd i'r ardd i stwna. Yr oedd o'n fyd gwahanol, gwâr, a gellid cael gwared o lot o rwystredigaeth wrth balu yn y clwt llysiau. Byddai wrth ei fodd yn cael hanner awr o hoe ar y fainc ac arogli ei rosod Queen Elizabeth. Y funud hon yr oedd wedi glân syrffedu a byddai'n dda ganddo pe byddai ar fin ymddeol, yn lle bod tair blynedd hir arall yn y job yn ymestyn o'i flaen. Gofynnodd i Mathews sut y byddai o'n ymlacio. 'Chwarae golff? Neu bysgota?'

Doedd gan Mathews yr un diddordeb hamdden ac ni thrafferthodd ateb y cwestiwn hyd yn oed. Pwyntiodd ei fys at yr enw nesaf ar y rhestr: Hardwick. 'Fasa wahaniaeth gynnoch chi holi hwn ar eich pen eich hun, syr?'

'Pam?'

'Mae o'n gymydog i mi. Mae'i wraig o a 'ngwraig inna'n ffrindia. Mae o wedi gwneud datganiad yn barod— fi ddaeth â fo i mewn. Mae o'n gweithio yn yr adran cofnodion meddygol. Ydach chi'n cofio?'

Na, doedd Ellis ddim yn cofio. 'Atgoffwch fi. Oes gynnoch chi gopi?'

Estynnodd Mathews gopi i Ellis a darllenodd yntau ef. Fel arfer, yn ei brofiad o, byddai datganiadau un ai'n gryno neu'n troi mewn cylchoedd. Un cwta oedd hwn, fel un Richards o'i flaen. 'Iawn. Dwi'n derbyn eich pwynt chi. Anfonwch rywun i'w nôl o a chadwch yn glir nes ein bod ni wedi gorffen.'

Bu bron iawn iddo â gofyn rhywbeth, ond roedd yn falch yr un funud na wnaeth o ddim. Dydi rhywun ddim yn gofyn am dystysgrif cymeriad gan ffrind, yn enwedig os ydi'r ffrind hwnnw'n blisman. Ffrindiau? Edrychodd Ellis ar gefn Mathews yn gwanu am y drws ac ni allai lai nag amau.

Amheuodd drachefn pan ddaeth Hardwick i mewn.

Roedd golwg ddeallus ar hwn. Be ar y ddaear mae hynny'n ei olygu, gofynnodd iddo'i hun. Gwyddai o'r gorau beth a olygai. Un o blant y pridd oedd Mathews ond ymddangosai'r dyn hwn fel pe bai'n ddi-gnawd bron. Dyma greadur oedd yn meddwl, rhywun eithaf sensitif. Un tal, esgyrnog, gyda gên gul a chernau uchel. Roedd wedi'i wisgo fel pin mewn papur.

Roedd Richards yn ddeallus hefyd, ac yn fwy sensitif, o bosib, ond ni chawsai'r argraff ei fod yn arbennig o aeddfed o ran ei bersonoliaeth. Roedd hi wedi bod yn rhwydd chwarae rhan y giaffar gydag o; yn wir bu'n rhaid iddo ddal arno'i hun rhag bod yn anffurfiol, glên. Ond synhwyrodd ryw newid yn y berthynas pan gerddodd Hardwick i mewn ac er syndod iddo'i hun cododd ar ei draed cyn dweud wrtho ble i eistedd.

Yn wahanol i Ian Richards, roedd Alun Hardwick yn ymwybodol iawn o bopeth o'i gwmpas, a sylwodd ar bob manylyn. Gwelodd yr ysgrifenyddes llaw-fer yn y gornel, plismones fer, bengoch, debyg i Tess mewn ffordd. Meddyliodd tybed a oedd Tess wedi cael ei chyf-weld eto. Roedd wedi ei gweld yn y cantîn yn ystod yr awr ginio ond gan ei bod gyda chriw o ffisiotherapwyr eraill doedd o ddim wedi mynd ati i siarad. Yn ôl y sôn roedd pawb a ddeuai i'r stafell hon yn cael ei astudio â chryn ddiddordeb. Edrychodd Hardwick ar Ellis â chryn ddiddordeb rŵan gan weld dyn canol oed digon clên yr olwg, un boliog, byr o goes, a wnâi well argraff ar ei eistedd nac ar ei draed. Gwisgai sbectol ymyl aur sgwâr, a syllai'n ddi-syfl. Byddai dyn cyffredin wedi edrych draw ac amrantu. Gwnaeth Alun y ddeubeth ac yna craffodd drachefn ar Ellis.

Roedd Ellis yn un da fel arfer am synhwyro adwaith nerfus, ond am unwaith, doedd o ddim yn siŵr. Ymddangosai Hardwick yn ddigon digyffro. A pham lai? Mae'n debyg nad oedd ganddo unrhyw achos i deimlo fel arall.

Dechreuodd drwy fynd trwy'r datganiad. 'Mae'n debyg eich bod chi o fewn tua chanllath i'r fan lle digwyddodd y llofruddiaeth.'

'Felly maen nhw'n dweud,' cytunodd Alun.

'Ac mi allech chi fod wedi bod yno tua'r adeg y lladdwyd y ferch.'

'Gallwn—a nifer o bobol er'ill yr un fath â fi.'

'Mae'n rhaid i ni ofyn y cwestiyna 'ma, wyddoch chi,' meddai Ellis gan wenu'n ffurfiol.

'Debyg iawn.'

Ehedodd gwenyn i mewn drwy'r ffenest ac ymdrechu'n orffwyll i ddianc drachefn. Ceisiodd y blismones ei drawo gyda'i nodlyfr.

Edrychodd Hardwick ar Ellis eto.

'Oeddach chi'n nabod Ceridwen Harris?'

'Na. Ro'n i'n gwybod amdani, debyg iawn, ond doeddwn i ddim yn 'i nabod hi.' Ceisiodd ymhelaethu, fel y disgwylid. 'Mae'i thad hi'n ymgynghorydd yma. Ro'n i wedi clywed fod 'i ferch o'n gwneud cwrs SRN.'

'Oeddach chi'n 'i nabod hi o ran ei gweld?'

'Na, dwi ddim yn meddwl. Ddim i mi gofio.'

Dangosodd Ellis lun o Ceri iddo—llun pasport wedi'i chwyddo. Doedd o ddim yn un da iawn ond edrychai'n ddel er hynny. Craffodd i weld pa adwaith a gâi'r llun ar Hardwick.

Doedd yna ddim adwaith o gwbl. 'Mi alla'r wyneb fod yn gyfarwydd.' Ychwanegodd wedyn fod y rhan fwyaf o nyrsys ifainc yn edrych yn ddigon tebyg i'w gilydd. 'Fel ael o foch bach. Nythaid o gywion. Llond ward o fyfyrwyr.' Bu bron iddo ychwanegu 'neu buteindy o hwrod', ond llwyddodd i ddal arno'i hun. Byddai hynny'n gofyn amdani. 'Rhaid i chi graffu i fedru nabod unigolion.'

'Oeddach chi'n nabod yr unigolyn yma?' gofynnodd Ellis gan estyn llun o Llinos Rees. Llun wedi'i dynnu mewn stiwdio oedd o, a dangosai Llinos ar ei gorau.

Roedd yna fymryn o adwaith, dim byd amgenach nag adnabyddiaeth, o bosib. 'Ydw. Nyrs Rees. Mae gen i ddatganiad ar hynna yn eich ffeilia chi yn rhywle.'

'Mae'n ddrwg gen i,' meddai Ellis gan wenu'n gwta. 'Mi ddyla'r ddau ddatganiad fod wedi bod efo'i gilydd. Roedd y ddwy lofruddiaeth yr un fath yn union â'i gilydd.'

'Oeddan. Yn ôl y papura.'

Rwyt ti'n wyliadwrus, meddyliodd Ellis. Rwyt ti'n ofalus iawn, frawd.

Gwyddai Alun hynny hefyd a cheisiodd ymlacio.

Cynigiodd Ellis dda-da poeth iddo. Gwrthododd Hardwick ond cymerodd Ellis un ei hun. Roedd o wedi meddwl mai deng munud a barai'r cyfweliad yma. Roedd o'n anghywir. Dyn a ŵyr pa bryd y câi ginio.

'Be wyddoch chi am Llinos Rees?'

'Roedd hi'n Sister yma—fel y gwyddoch chi. Mi fuodd yn nyrsio 'ngwraig ar ôl y ddamwain.' Roedd cofio bob amser yn brifo, ond roedd yn rhaid dweud. 'Mi gafodd Nia, 'y ngwraig, godwm yn yr ardd. Roedd hi wedi mynd i ben coeden i nôl pêl y bychan. Mi dorrodd y gangen ac mi ddisgynnodd hi a chracio'i hasgwrn cefn. Mi gafodd driniaeth gan Owen Harris ond fu honno ddim yn llwydd-iant. Mae hi'n baraplegig.'

66

'Be? Wedi'i pharlysu?' Roedd cydymdeimlad ddiffuant yn llais Ellis.

'Does ganddi fawr iawn o deimlad yn 'i choesa.'

'Dwi'n gweld. Mae'n ddrwg gen i.' Arhosodd Ellis am ennyd ac yna gofynnodd, 'Be oeddach chi'n 'i feddwl o Llinos Rees fel nyrs?'

'Un dda wrth 'i gwaith.'

'Fel unigolyn?'

'Wnes i erioed feddwl amdani felly.'

'O'r gora. Ond triwch feddwl amdani felly rŵan. Ydach chi'n meddwl 'i bod hi'r teip o berson i gael gelynion?'

'Dwn i ddim. Dim ond fel nyrs roeddwn i'n 'i nabod hi. Alla i ddim dadansoddi'i chymeriad hi wrth feddwl yn ôl fel'na.'

Cofiodd yn sydyn am Nia'n wylo ym mreichiau Llinos a honno'n ceisio codi'i chalon. 'Mae o'n beth y bydd yn rhaid i chi ddysgu byw efo fo, Mrs Hardwick. Mi lwyddwch chi'n well o lawer nag ydach chi'n meddwl. Nid chi ydi'r unig un yn y sefyllfa 'ma. Edrychwch o'ch cwmpas.'

Doedd edrych o'i chwmpas ar y cleifion a'r cloffion, a'r dewr a'r digwyno wedi gwneud fawr o les i Nia. Doedd syllu ar gluniau nobl a chrothau coesau cryfion Llinos fel y martsiai i fyny ac i lawr y ward wedi gwneud fawr o les iddi chwaith. Dichon ei bod hi'n angel trugarog ond byddai ei sgyrsiau codi-calon wedi bod yn fwy effeithiol pe bai hi'i hun heb fod mor ddiawledig o iach.

Dyma Ellis yn newid ei drywydd. 'Mi sonioch am eich mab gynna. Faint ydi'i oed o?'

'Mae Dylan bron yn bump.'

'Oes gynnoch chi blant er'ill?'

'Nac oes.'

'Wela i.'

Gwyddai Alun yn iawn beth oedd ar ei feddwl ac ailadroddodd yr hyn roedd Harris wedi'i ddweud. 'Mi allen ni gael mwy o blant. Dydi'r ddamwain ddim wedi gwneud hynny'n amhosib.'

Mae ein meddylia ni'n rhedeg yn gyfochrog, meddyliodd Ellis. Doedd dim rhaid i ti fod wedi dweud rhywbeth nad oeddwn i wedi'i ofyn, ond o leia mi ges i sbario'r annifyrrwch o orfod stilio.

Troi i gyfeiriad arall wedyn. 'Pa fath o gymwystera academaidd sy 'u hangen i weithio yn eich adran chi?'

'Dim—ar y lefel dwi arni. Dim ond cymwystera ysgrifenyddol cyffredin.'

'Pa fath o gymwystera academaidd sy gynnoch chi?'

'Mi astudies i Hanes yn Rhydychen.'

'A graddio?'

'Naddo.'

'Pam?'

'Ydi hynny'n berthnasol?'

'Nid holi er mwyn busnesu ydw i,' cyfarthodd Ellis yn flin. 'Mae gweithredoedd pobol yn rhan ohonyn nhw. Methu'ch arholiada wnaethoch chi, 'ta cael eich hel odd' yno?'

Atebodd Alun yn flin hefyd, ac yn ddifeddwl. 'Pe bawn i'n dweud 'mod i wedi cael fy hel odd' 'no, yna mi fyddach chi'n trio dweud 'mod i'n ansefydlog, ac yn meddwl am y ddwy ferch gafodd 'u lladd. Lofruddies i'r un ohonyn nhw. Ches i mo fy hel odd' 'no. Mi adawes i am fod addysg brifysgol yn fy nharo i fel gwastraff amser. Ro'n i wedi cyfarfod Nia ac roedd arna i eisio'i phriodi hi. Mi fydda wedi bod yn fwy hwylus i'r ddau ohonon ni petaen ni 'rioed wedi priodi, ond dydw i wedi difaru'r un diwrnod a dydw i ddim yn meddwl 'i bod hitha chwaith. Ydi hynna'n ateb eich cwestiwn chi?'

Nac ydi, meddyliodd Ellis, ond mae o'n mynd ran o'r ffordd. Dwi'n dechrau gweld sut un wyt ti. Rwyt ti'n amddiffynnol, ac yn hawdd dy ddarfu. Rwyt ti wedi alaru ar dy job ond rwyt ti'n 'i sticio hi achos bod yn rhaid cael

arian i fyw a dwyt ti ddim yn ddigon sgut, neu bender-
fynol neu awyddus i drio am ddim byd arall. Mae'n
amlwg dy fod ti'n caru dy wraig—nid sioe ydi hynny—ac
rwyt ti'n methu dygymod â'r ffaith 'i bod hi wedi'i
pharlysu. Ond pwy allai dderbyn y fath beth? Mae gen i
fwy o ddiddordeb ynot ti na neb dwi wedi'i gyf-weld yn
ystod y deuddydd dwaetha, Mr Hardwick. Ac mae gan dy
gymydog ddiddordeb ynot ti hefyd; dyna pam y gofyn-
nodd o i ti sgwennu datganiad cyn bod angen hynny,
mewn gwirionedd. Ond mi fydden ni'n siŵr o fod wedi
dod ar dy draws di'n hwyr neu'n hwyrach. Doedd dim
angen iddo fo geisio cyflymu'r broses.

Edrychodd drachefn ar y datganiad. 'Rydach chi'n
dweud yma eich bod chi ar eich ffordd adre o ymarfer.
Ymarfer ar gyfer beth?'

'Perfformiad o *Otello,* Verdi. Dwi'n perthyn i'r
Gymdeithas Operatig.'

'Dipyn o gantor?'

'Naci. Canu'r ffidil.'

'Pryd y gorffennodd yr ymarfer?'

'Tua un ar ddeg.'

'Be wnaethoch chi wedyn? Ydw, dwi'n gwybod eich
bod chi wedi nodi yn eich datganiad, ond mae arna i
eisio'ch clywed chi'n dweud yn eich geiria'ch hun.'

'Doedd gen i ddim car felly mi gerddes i adre. Mi fûm
i'n eistedd ar y comin am sbel.'

'Tua faint o'r gloch oedd hynny?'

'Tynnu am hanner nos.'

'Welsoch chi rywun tra buoch chi'n eistedd yno?
Roeddach chi'n eistedd ar y fainc sy'n wynebu'r afon—
lle mae Lôn Las yn rhedeg gydag ymyl y comin.'

'Oeddwn. Dyna chi.'

'Lle poblogaidd ganol haf fel hyn. Ar eich pen eich hun
oeddach chi, ia?'

'Ia.'

'Welsoch chi neb?'

'Naddo.'

'Ac felly does 'na neb fedr gadarnhau'r amser?'

'Nac oes, yn anffodus.' Dau o betha ifanc wrthi mewn car. Dwi wedi penderfynu peidio â sôn am y rheini'n barod. Doeddwn i ddim wedi meddwl faint o'r gloch oedd hi.

Synhwyrodd Ellis fod y gŵr a eisteddai gyferbyn ag o'n celu rhywbeth. 'Ydach chi'n siŵr?'

'Ydw.'

'Mi gerddoch chi adre ar hyd Stryd y Plas—dafliad carreg o Tan'rallt lle cafodd y ferch 'i lladd. Rydach chi'n dweud yma fod 'na bobol o gwmpas—pobol ifanc ar 'u ffordd adre o ddisgo. Ond dydach chi ddim wedi disgrifio'r un ohonyn nhw. Ydach chi am roi cynnig arni rŵan?'

'Jîns. Gwalltia rhy gwta. Maen nhw i gyd yn edrych yr un fath â'i gilydd i mi,' meddai Alun gan sgrytio'i ysgwyddau.

'Allwch chi ddim cofio dim byd neilltuol ynglŷn â'r un ohonyn nhw?'

'Na fedraf, mae arna i ofn.'

'Faint o'r gloch oedd hi'r adeg honno?'

'Dydi amser ddim mor ofnadwy â hynny o bwysig i mi. Ro'n i wedi bod yn chwarae yn y gerddorfa. Ro'n i'n meddwl am y miwsig. Rywbryd ar ôl hanner nos, mae'n rhaid.'

'Mi alla "rywbryd ar ôl hanner nos" olygu unrhyw bryd—gan gynnwys yr adeg y llofruddiwyd y ferch. Triwch fod yn fwy penodol.'

'Roedd hi cyn un,' cynigiodd Alun o'r diwedd. 'Iawn?'

Mi fydd rhaid iddo wneud am rŵan, meddyliodd Ellis, ond be wnaeth i ti ddweud un o'r gloch? 'Oeddach chi'n cario'ch câs ffidil?' gofynnodd.

'Oeddwn.'

'O, da iawn. Ardderchog. Os nad ydach chi'n cofio neb y tebygrwydd ydi y bydd 'na rywun yn eich cofio chi. Neu'r ffidil.'

Tynnodd Ellis feiro o'i boced ac estyn dalen lân o bapur. 'Rŵan mi awn ni trwy'ch datganiad chi eto—gam wrth gam—i weld fedrwn ni ymhelaethu dipyn arno fo.'

Ar ben hanner awr roedd y datganiad rywfaint yn fwy cynhwysfawr, ond roedd y bylchau yno o hyd. Ni ellid peidio â theimlo fod y tro ar hyd y comin wedi bod yn dro annaturiol o hir. Meddyliodd Ellis tybed a fyddai rhywun yn eistedd yn y tywyllwch yn meddwl am arias Eidalaidd a chanddo wraig wedi'i parlysu gartre—a mab bach. Ond ofynnodd o mo hynny. Cyfweliad rhagarweiniol oedd hwn nid *interrogation* yng ngwir ystyr y gair.

Cododd a diolch i Hardwick am ei gydweithrediad.

'Gobeithio na wnaeth 'run o'r cwestiyna'ch tramgwyddo chi—doedd gen i ddim dewis ond 'u gofyn nhw. Dwi'n gobeithio na fydd yn rhaid i mi'ch poeni chi eto.'

Ond mi wna i, meddyliodd, paid ti â phoeni, boio, dwi'n berffaith siŵr o wneud.

8

Roedd hi'n ben blwydd Dylan yn bump oed y dydd Sadwrn wedyn ac roedd Nia, a Tess wrth ei phenelin, wedi gwneud teisen lemon ar siâp 5 gydag eisin a phum cannwyll arni. Y flwyddyn cynt cafwyd te parti a gwâdd plant y cymdogion, ond byth eto! Roedd yn rhaid i rywun gael pâr o goesau abl i fedru cadw trefn ar griw o blant bywiog; doedd dim byd yn bod ar rai Alun a Tess ond doedden nhw byth yn y lle iawn ar yr amser iawn. At hynny roedd Alun wedi colli ei limpin sawl tro a Tess

71

druan wedi mynd i'r pot yn lân. Ei syniad hi oedd y parti. 'Mae'n rhaid i ti fyw bywyd normal, Nia,' oedd ei thiwn gron. 'Mor normal ag sy'n bosib. Er mwyn Dylan, yn ogystal â chdi dy hun. Mae plant yn licio partis.'

Eleni, dywedai Tess fod plant yn licio picnics. Dewisodd Dylan Elin a Rhys, yr efeilliaid oedd yn byw drws nesaf, i ddod gyda nhw. Roedd o i fod i fynd am wyliau efo'r teulu i'w carafán yn Aberdaron cyn i'r ysgol ailagor ym mis Medi. Poenai Nia'n arw am hynny ar ambell awr wan. Roedd Joyce, eu mam, yn un gwbl ymarferol ac ni fyddai dim perygl i Dylan foddi na mynd ar goll na dim arall, ond ni fedrai Joyce hyd yn oed sicrhau na fyddai ar y pumlwydd ddim hiraeth am adre. O leiaf, byddai'r picnic yn gyfle i Nia gael gweld sut roedd y tri'n gyrru 'mlaen â'i gilydd. Cynigiodd i Joyce ddod gyda nhw, ond gwrthod a wnaeth. 'Mi fydda'n difetha'r cwbl i Tess. Ei babi hi ydi'r picnic 'ma. Mae arni hi eisio eich mwytho chi i gyd a gofalu amdanoch chi fel mam. Ddrwg gen i, Nia.'

Sylweddolodd Nia'r pryd hynny fod cenfigen fel dŵr sy'n rhedeg o dan y ddaear. Dydi rhywun ddim yn ymwybodol ei fod yno o gwbl weithiau. Deallai'n awr pam nad oedd Joyce wedi dod i'r te parti y llynedd.

Buont yn gyrru am awr a mwy ar hyd yr arfordir cyn cyrraedd traeth tywodlyd. Ar eu ffordd i Borth Iago yr oedden nhw, ble'r oedd Nia wedi chwarae ar wyliau pan oedd hi'n blentyn, ond doedd hi ddim wedi cofio tan rŵan lle mor anodd oedd o i gyrraedd ato. Aethai Tess o'u blaenau gyda'r plant ac roedd wedi parcio'i char ar ben gallt y môr.

Parciodd Alun yn ei hymyl a daeth allan o'r car. Gallai glywed Tess yn galw ar y plant wrth iddynt fowndio i lawr y llwybr serth. Hanner rhedai hanner llithrai hithau ar eu holau; baglodd pan oedd bron â chyrraedd y gwaelod a rowlio din dros ben i'r tywod. Eisteddodd Dylan ar ei bol gan floeddio chwerthin. Ysgydwodd hithau'r tywod o'i gwallt a'i gofleidio gan anghofio'r cyfan am Nia oedd yn llonydd rywle uwch eu pennau.

Ni allai Alun beidio â theimlo'n flin wrth edrych i lawr arni. Roedd y lle yma'n blydi amhosib, ac fe ddylai hi wybod hynny. Aeth yn ei ôl at Nia a chynnig eu bod nhw'n mynd yn eu holau i lan môr Morfa Nefyn.

Ond doedd dim troi ar Nia. 'Mi fydda'n haws 'y nghario fi i lawr na chael Tess i berswadio pawb i ddŵad i fyny yn 'u hola.'

'Mi a' i i'w nôl nhw. Pum munud fydda i.'

Ond roedd arni eisio mynd i lawr. Roedd y lle yma'n rhan o'i chof am ei phlentyndod. Roedd arni eisio gweld ei phlentyn yn llawen yma.

Roedd ei chadair olwyn ymhlyg yng nghist y car. Fyddai hi'n dda i ddim yma. Estynnodd Alun y fasged bicnic a mynd â honno i lawr yn gyntaf.

Daeth Tess draw ato. 'Ydan ni am aros yma? Ro'n i'n meddwl ella y basa'n well gen Nia fynd yn 'i blaen i rywle arall.'

'Na. Er y bydda hynny'n gallach peth.' Gosododd y fasged bicnic yng nghysgod craig. 'Eistedd ar hon i wneud yn siŵr nad ydi'r plant ddim yn mynd iddi, wnei di?'

Gwisgai Alun drowsus cwta a chrys cotwm gwyn ac roedd y gwynt wedi sbybio'i wallt. Bron nad edrychai'n ddiofal. Doedd Tess erioed yn cofio'i weld yn edrych felly o'r blaen. Gwenodd arni. 'Mi fuest ti'n lwcus gynna! Frifest ti?'

'Naddo. Dwi'n iawn.' Edrychodd arno'n dringo i fyny eto. Roedd o'n fain ond eto'n ddigon cryf i godi Nia dros ei ysgwydd a chychwyn yn bwyllog i lawr y llwybr gyda hi. Gallai Tess synhwyro'i dynerwch o bell wrth iddo afael ynddi. Disgynnai gwallt du Nia i'w hwyneb. Edrychai ei choesau siapus yn gwbl normal ac roeddent yn lliw coffi hyfryd ar ôl oriau lawer yn eistedd yn yr ardd yn darllen. Roedd Alun a hithau'n siwtio'i gilydd yn feddyliol—y ddau ohonyn nhw'n ddarllenwyr. Roedd hi wedi nôl llyfrau i Nia o'r llyfrgell unwaith neu ddwy ond roedd yn gwestiwn ganddi a gawsent eu darllen. Alun fyddai'n nôl rhai iddi'r dyddiau yma, gryn ddwywaith yr wythnos ac yn dod â chyfrol iddo'i hun yr un pryd. 'Mi faswn i wedi gwneud gwraig tŷ anobeithiol, hyd yn oed petawn i'n gallu symud,' cyfaddefodd Nia unwaith. 'Da o beth bod yn gas gen i llnau a gwneud bwyd.'

Ac fel rhyw fath o gynnig ar wneud iawn am ei thŷ disglair roedd Tess wedi dweud bryd hynny ei bod hi wedi meddwl tan yn ddiweddar mai stori i blant oedd *Hunllef Arthur*.

Sylweddolodd Nia ei bod o ddifri ac roedd hi wedi chwerthin, gan deimlo hoffter sydyn at y ferch. 'Rwyt ti'n ffeind wrtha i, Tess. Ydw i wedi dweud hynny o'r blaen, dwed?'

Nac oedd, doedd hi ddim.

Ffeind?

Ond pam?

Am fod arni wirioneddol eisio helpu?

Roedden nhw wedi cyrraedd y gwaelod erbyn hyn a rhedai'r plant o'u cwmpas. Gafaelodd Dylan mewn dyrnaid o wallt Nia, a'i daro dan ei drwyn, fel mwstas, a dywedodd Alun wrtho am ei gwadnu hi a chwilio am le i'w fam eistedd. Cliriodd y plant glwt o wymon a chregyn ac yna eisteddodd Rhys ar ei ben-ôl a throi'n ôl ac ymlaen. Cododd toc a phwyntio at y cafn, yn llawn balchder. 'Steddwch yn fan'ma.'

Diolchodd Nia iddo a gostyngodd Alun hi'n ofalus ar ei gorsedd. Aeth Elin yn ei chwrcwd a thynnu'i sgert dros ei phengliniau a dweud yn henffasiwn wedyn, 'Roedd eich blwmar chi yn y golwg, Anti Nia.'

74

Chwarddodd Nia ac ymestyn am law Alun i'w gwasgu. Roedd hi'n falch ei bod wedi dod yma. Roedd y traeth yn hardd ac yn wag, diolch byth. Doedd hi ddim wedi dysgu dygymod eto â phobl yn rhythu. Ei hunig ffordd o daro'n ôl oedd rhegi'n arw dan ei gwynt. Ond doedd dim angen yr araith fan yma. Yma, gallai eistedd heb wneud dim a heb falio. Cadwai olwg ar y plant ond doedd dim angen poeni; fe ddôi Tess ac Alun i ben â nhw. Byddai'n llawer iawn gwell ganddi pe bai Alun yn gallu dod i ben heb Tess, ond roedd yn rhaid bod yn realistig. O leiaf, câi gysur o wybod y byddai'n well ganddo fo pe bai'n gallu ymdopi hebddi. Roedd yn ei natur o i gadw'r byd mawr y tu allan.

Neu i gerdded ar ei ben ei hun ynddo gefn trymedd nos.

Daeth gwylan heibio ar ei haden a gollwng tamaid o fara yn ymyl Nia. Ehedodd cwmwl o flaen yr haul. Crynodd a chau ei llygaid. Pan agorodd nhw roedd yr haul yn cerdded ar hyd y tywod fel llif aur a rhywun wedi sodlu'r bara o'r golwg i'r melyndra.

Mae 'na fwy o'i le ar dy ddychymyg di nag ar dy goesa, meddai hi wrthi'i hun. Mae o'n hwyr yn cyrraedd adre weithia. Be am hynny? Does dim rhaid iddo ddŵad adre o gwbwl. Mae o'n dy fwytho di, yn dy ddiodde di—yn dy garu di. Os ydi o'n cysgu efo rhyw hŵr i gael rhywbeth rwyt ti'n methu'i roi iddo fo, wel dyna fo.

Stopia feddwl am y peth.

Roedd o wedi sôn wrthi am y cyfweliad gydag Ellis. 'Os gofynnith y plismyn i ti pryd dois i i'r tŷ, dweud hanner awr wedi hanner—ddigon agos.'

Rho'r holl beth o dy feddwl.

Roedd gallt y môr yn gysgod rhag y gwynt ac roedd yn ddigon cynnes i ymdrochi. Aeth Tess ac Alun i'r môr efo'r plant ac eisteddodd Nia ar y traeth yn eu gwylio. Roedd hi fel golygfa o deulu a hithau'n chwarae rhan y nain yn gwylio'n ddiddig. Ond doedd hi ddim yn ddiddig. Nac yn chwerw chwaith, o ran hynny.

Roedd Tess ac Alun yn nofwyr da ond wnaethon nhw ddim nofio'n rhy bell oddi wrth y plant. Ceisiai Rhys ddysgu Dylan sut i wneud y *doggy paddle* ac roedd Elin yn arnofio ar ei chefn, fel pelen fach gron. Roedd y tri i'w gweld yn bennaf ffrindiau. Ella y byddai'r gwyliau'n llwyddiant. Ceisiodd Nia ddychmygu sut y byddai Dylan pan fyddai o'n saith oed. Byddai wedi gadael Adran y Babanod. Roedd o wedi cael dipyn o gam, mewn ffordd, yn ystod y ddwy flynedd ddiwethaf ac weithiau byddai hi'n mynd dros ben llestri wrth geisio gwneud iawn am hynny. Gobeithiai y byddai o'n cael tyfu i fod yn rhydd o bryder ac o'r ymrwymiad caethiwus roedd ei dad yn gorfod ei diodde. Edrychai'n debyg iawn i Alun ond roedd o'n dra gwahanol o ran ei natur. Pan fyddi di'n fawr, Dylan, meddai hi wrtho yn ei meddwl, penderfyna be wyt ti eisio'i wneud a gwna hynny. Paid â gadael i neb dy droi. Ac os priodi di ryw dro—a does dim brys, cofia—paid â phriodi hogan sy'n dueddol i gael damweinia. Dwi'n dy garu di, siwgwr, a dwi'n caru dy dad.

I Tess, roedd o'n ddiwrnod perffaith. Haul a gwynt a chacen ben blwydd dywodlyd. Cyrff oer, gwlyb y plant—llieiniau meddal—a blas heli ar wefusau. Pan chwarddai Alun o dro i dro llenwid hi â phleser. Roedd o'n dda efo plant a chrafangent arno, gan ei droi a'i rowlio yn y tywod.

Eisteddodd Tess sbel oddi wrth Nia, a'i chefn yn gor-ffwyso'n erbyn craig, yn gwylio Alun. Dychmygodd mai ei phlant hi oedd y tri yma ac mai fo oedd eu tad. Roedden nhw i gyd yn byw yn Connemara—ar ffarm. Ond yna newidiodd ei meddwl—nage, nid ar ffarm. Fyddai hynny ddim yn gweddu iddo. Roedd rhai agweddau ar fywyd ffarm yn siwtio Celt i'r dim—dal cyw iâr a rhoi tro yn ei wddw neu fynd â hwch at y baedd. Nage, mewn bwthyn pysgotwr yn Galway roedden nhw'n byw—y fo allan ar y môr drwy'r dydd ac yna'n darllen gartre gyda'r nos. Tân mawn. Gwely wenscot yn y siambar—gwely cynnes gyda matres blu, feddal, fel pwdin—ac Alun odani, yn ei mwytho hi—Alun tu ôl iddi—Alun ym mhob un o'r ffyrdd hynny a fynnai Celt ond a wrthodai hi—Alun yn ei charu yn gyfan ac yn gyflawn—yn rhan o'i chnawd hi. Caeodd ei llygaid a breuddwydio ar lawn hwyl.

Cymylodd yr awyr tua phump o'r gloch a dechreuodd oeri. Taflodd Dylan dywod i glust Rhys a throchodd Alun ei hances mewn pwll heli i'w golchi'n lân. Roedd hi'n bryd mynd adre.

Roedd hi'n fwy o gamp cario Nia i fyny'r llwybr a cheisiodd Alun beidio â dangos ei fod yn mygu. Cyrhaeddodd y top o'r diwedd, a'i gosod hi ar y gwelltglas. Tynnodd hithau o ati, a'i gusanu. 'Paid â meiddio cael trawiad ar 'y nghownt i. 'Ti'n clywed?'

Gwelodd Tess hyn, ond doedd hi ddim yn malio gan ei bod hi'n dal yng ngwead pêr ei breuddwyd. Roedd ei dynerwch gyda Nia'n rhan o'r ddelwedd ohono. Roedd o'n ddyn da. Atgoffai o hi o'r Tad Leary. Cofiai ffantaseiddio amdano fo pan oedd hi'n ddeuddeg oed—yn gwbl barchus fel pob Pabyddes fach selog. Roedd ei lygaid yr un lliw â'r môr adeg machlud. Doedd ei dychymyg ddim wedi crwydro dros rannau eraill ei gorff.

Pan gyrhaeddodd adre cafodd fod Celt wedi bod ac wedi mynd gan osod nodyn ar y rhewgell. 'Pam fod hon bob amser yn wag? Wedi mynd allan am bryd.'

Daeth yn ei ôl tua deg yn drewi o gwrw a sglodion tatws. Twt twtiodd hithau o weld nad oedd wedi trafferthu eillio hyd yn oed cyn mynd allan.

'Ro'dd arna i eisio bwyd,' meddai'n flinedig. 'A rŵan mae arna i eisio cysgu. Mae'n debyg nad oes yna ddim tsians am . . .'

Cafodd ddweud wrtho'n ddigon gonest fod ganddi fisglwyf.

Meddyliodd mor grêt roedd hi'n edrych, wedi cael lliw haul ac yn tywynnu gwres a chynhesrwydd, er na châi o'r un dafn ohonynt. Roedd hi'n edrych yn flêr, yn goman hyd yn oed. Gofynnodd iddi ble'r oedd hi wedi bod ac atebodd hithau.

'Mi gest ti ac Alun ddiwrnod bach neis 'ta.'

Herio yr oedd o.

'A Nia a'r plant.'

'O, ia,' cytunodd, 'a Nia a'r plant . . . pa blant?'

'Yr efeilliaid sy'n byw dros y lôn.'

Alun a Nia a chriw o blant, meddyliodd. Parchus iawn. Propor iawn. Roedd ar fin cellwair am y peth pan gafodd ras i beidio. Doedd hi ddim yn hoff o'i jôcs o. Ac mewn gwirionedd, doedd yna ddim byd yn ddigri ynglŷn â'r holl beth. Arf a ddefnyddiai i'w amddiffyn ei hun oedd yr hiwmor tŷ tafarn cras a chwerw, ond ni wnâi byth ddim lles i'w achos. Roedd o'n gwybod ei fod o'n troi arni, ambell dro. Ac ambell dro byddai yntau'n ei brifo hi'n fwriadol. Os nad oeddech chi'n malio am rywun yna fe allech chi eu trin nhw'n foneddigaidd dros ben. Doeddech chi ddim yn dod yn ddigon agos atyn nhw i'w cyffwrdd. Ond roedd rhaid iddo fo gwffio i dorri trwodd at Tess. Byddai'n dda gan ei galon pe bai'n gallu troi ei gefn arni, a pheidio â malio.

9

Chwe wythnos ar ôl i Llinos Rees gael ei llofruddio bu bron i Carol ladd Cwnstabl Arwel Morris gyda chyllell, ym mynwent yr eglwys gadeiriol. Fo a gawsai'r job o'i dilyn hi ond doedd o ddim yn cael hwyl arbennig ar y gwaith. Yr oedd o wedi penderfynu nad oedd o'n blisman arbennig o dda ac roedd arno eisio gadael y Ffors.

Prif fantais bod yn gyw ditectif yn hytrach na chwnstabl mewn iwnifform oedd y gallai fynd am beint i'r tafarndai lleol heb i neb sylwi arno. Gweithiai yn ei ddillad ei hun ers blwyddyn bellach ac roedd wedi bod yn hel diod tra oedd ar ddyletswydd ers chwe mis da, heb gael ei ddal. Y nos Fercher yma roedd wedi gwneud nyth iddo'i hun yn y Feathers nes ei bod yn bryd iddi hi basio heibio. Pan na fyddai'n gweithio shifft nos byddai Carol fel arfer yn cerdded ar hyd y llwybr a droediai ei chwaer y noson y lladdwyd hi. Roedd Arwel wedi cael llond bol ac yn ei dilyn hi'n ddi-ffrwt. Doedd o ddim yn rhy agos ati ond fe allai'n hawdd fod wedi gwneud mwy o ymdrech i aros o'r golwg. Roedd hi'n bwrw a dafnau glaw yn disgyn oddi ar y coed yw fel dagrau galarwyr. Cawsai ei nain ei chladdu ar yr ochr orllewinol i'r fynwent hanner blwyddyn yn ôl. Roedd o'n hoff ohoni a chafodd y syniad o bicio draw yno i chwilio am ei bedd. Roedd Carol wedi newid ei thrywydd yn annisgwyl hefyd ac aeth y ddau benben yn nhywyllwch hanner nos. Baglodd Arwel a syrthio drosti.

Roedd hi'n crynu gan ofn a cheisiodd ei daflu fel y dysgwyd hi yn y dosbarth jiwdo—ond y cyfan a wnaeth o oedd rowlio oddi arni'n syn. Estynnodd hithau'r gyllell dorri papur a'i hanelu am ei frest. Torrodd fotwm ei gôt law yn ei hanner, a byddai wedi gwneud dipyn mwy o lanast oni bai iddo afael yn ei garddwrn a bachu'r gyllell. Agorodd ei cheg i sgrechian drwy'i dagrau a rhoddodd o'i law dros ei hwyneb i'w thawelu. Gan feddwl ei fod ar fin ei thagu, llewygodd Carol am y tro cyntaf yn ei bywyd.

Pan ddaeth ati'i hun roedd yn eistedd ar y gwelltglas a'i phen rhwng ei choesau a'i hymosodwr, a oedd wedi cynhyrfu cymaint â hithau bob tamaid, yn dweud wrthi am geisio sadio. 'Mi fuo jest i ti'n blydi lladd i,' gwaeddodd yn flin arni. 'Trio d'arbed di ydw i, i ti gael dallt. Dwi wedi bod yn dy ddilyn di ar y troeon gwallgo 'ma ers dyddia.' Helpodd hi i godi ar ei heistedd.

Dechreuodd Carol grio. Roedd hi'n falch ei bod hi'n fyw. Wyddai hi ddim a oedd hi'n ei gredu ai peidio ond roedd hi'n fyw ar hyn o bryd beth bynnag. Synhwyrodd yntau ei hamheuaeth a dangosodd ei gerdyn adnabod iddi. Roedd yn rhy dywyll iddi allu ei weld felly goleuodd ei dorts a rhusiodd pan welodd weddillion botwm ei gôt: 'Iesu gwyn!'

Dechreuodd hi chwerthin ac aeth un o'r dagrau i lawr ei chorn gwddw'r ffordd groes. Tagodd ac ymladd am ei gwynt. Chwydodd.

Trodd Arwel Morris ei ben draw a throi'i drwyn. Pan aeth y pwl heibio cynigiodd ei hances iddi. Ond gwrthododd. Roedd ganddi hi un ei hun.

'Mi fydd yn rhaid i mi dy riportio di am gario arf peryg fel'na,' meddai fo o'r diwedd, 'ac am drio'i iwsio fo.'

Dywedodd hithau bod yn ddrwg ganddi fel hogan fach dda a gofyn plîs a gâi hi'r gyllell yn ôl.

'Na chei, wir.'

Awgrymodd hi eu bod ill dau yn mynd i eistedd ym mhorth yr eglwys i drafod y mater ymhellach. Roedd o'n ei hatgoffa o athro Mathemateg ifanc yn yr ysgol erstalwm, un arall a arferai gadw pethau pobl. Bu bron iawn i hwnnw â chrio ryw bnawn Gwener pan ddechreuodd ryw ryffians alw enwau arno. Dipyn o fabi oedd hwn yn y bôn hefyd, diolch i Dduw am hynny. Meddyliodd beth tybed oedd wedi peri iddo ymuno â'r heddlu.

Gwrthododd Arwel Morris fynd i eistedd yn y porth gan ddweud yn ddigon rhesymol y bydden nhw'n fferru ar y meinciau llechi yno.

'Be wyt ti'n mynd i'w wneud rŵan 'ta?'

'Mynd â ti'n ôl i'r stesion a sgwennu adroddiad.'

'A chyfadde be ddigwyddodd—dy fod ti mor dda am 'y nilyn i nes i ti syrthio drosta i?'

Ceisiodd Arwel gael gwared o beth o'r mẁd oddi ar ei gôt law. Beryg ei bod hi'n iawn. Os oedd o am adael yr heddlu, ac roedd o wedi penderfynu gadael, mwy neu lai, yna byddai arno angen geirda go-lew. Châi o fawr o glod am y perfformans hwn heno.

Penderfynodd daro bargen efo hi. 'Os ca i wared o'r gyllell 'ma, addo i mi na wnei di ddim ceisio un arall.'

Babi clwt, meddyliodd hi gan synnu at ei ddiniweidrwydd. Ac yna arogleuodd ei wynt a sylweddoli ei fod wedi yfed yn o helaeth. Yr un funud bron meddyliodd am rywbeth arall—petai o wedi bod yn llofrudd fyddai'r gyllell yna wedi bod yn dda i ddim. Pwy oedd yn ddiniwed, felly?

'Iawn 'ta,' meddai. 'Dwi'n addo.'

Fedrai hi ddim peidio â gwenu wrth ei weld yn martsio draw i'r tywyllwch. Cymerodd bum munud da iddo ddod o hyd i fedd ei nain a chladdodd y gyllell wrth ei thraed—ble'r oedd y mẁd yn feddal o dan y graean. 'Amen,' meddai, wrth y gyllell, a'i nain hefyd. Roedd yna ddiwedd i bopeth—hyd yn oed y blydi job yma.

Pan ddychwelodd at Carol dywedodd wrthi na fyddai'n ei dilyn hi eto.

Wel, roedd hynny'n weddol amlwg. Gofynnodd hi a fyddai rhywun arall yn gwneud.

'Bydd—os dweda i wrthyn nhw am heno.'

'Ond wnei di ddim.'

Teimlodd ei gydwybod yn ei bigo, ac meddai: 'Mae'n rhaid i rywun edrych ar d'ôl di. Os wyt ti'n mynd i ddal ati i herio'r anga fel hyn, rwyt ti'n siŵr ohoni yn y diwedd.'

'Diolch i ti am boeni cymaint,' meddai hi'n goeglyd, ac yna ymddiheurodd, ar yr un gwynt. Doedd hi ddim wedi hanner dod ati'i hun. Wnâi hi byth gerdded y ffordd hyn ar ei phen ei hunan yn y tywyllwch eto, ac roedd hi'n eithriadol o ddiolchgar fod yr heddlu'n malio digon i yrru rhywun—y gwirion hwn, hyd yn oed—i gadw golwg arni.

Sylweddolodd yn sydyn y byddai mewn perygl o gael ei gardiau petai'n mynd yn ei ôl i orsaf yr heddlu yn ei gyflwr presennol, ac awgrymodd y byddai'n syniad mynd draw i Gaffi Elin am gwpanaid neu ddwy o goffi cryf, a phaced o Extra Strong.

Gofynnodd yntau iddi mor urddasol ag y gallai a oedd hi'n amau ei fod wedi bod yn yfed. Atebodd Carol yn llawn tact fod coffi'n dda gefn nos a bod blas da ar Extra Strong ar ei ôl.

Doedd o ddim yn dwp ac roedd o'n ddiolchgar.

Am ei fod o'n ddiolchgar yr agorodd o'i geg wrthi. 'Mi ddweda i wrthat ti sut fath o foi laddodd dy chwaer, a Ceri Harris, ac mi lladdith di hefyd, os na chym'ri di ofal—nytar a chinc ynddo fo. Mae gen y Prif Inspector restr fer. Alla i ddim cofio enw neb sy arni ond mae un ohonyn nhw'n actio—neu'n canu—neu'n canu'r ffidil—neu'n gwylio bale—ryw blydi lol fel'na. Oedd dy chwaer di'n dawnsio?'

'Nac oedd,' atebodd Carol yn ddistaw, a'i llais hi'n oer. 'Doedd hi ddim yn medru dawnsio. Dwed fwy wrtha i.'

Roedd o'n ddigon sobor i wybod ei fod o wedi dweud gormod yn barod. 'Dwi ddim yn gwybod dim mwy. Dos adre rŵan—a chymer ofal.'

Rhoddodd Carol ei llaw ar ei fraich a gofyn yn daer, 'Enwa—meddwl yn galed. Plîs.'

Gwylltiodd yntau'n sydyn, gwylltio wrtho fo'i hun yn hytrach nag wrthi hi. 'Be wyt ti'n drio'i wneud—'y mhrynu fi?'

'Os mai trio dweud rwyt ti y dwedi di wrtha i am bres, dweud faint wyt ti eisio.'

Trodd yntau a cherdded ymaith wedi'i frifo gan yr ensyniad.

Gwaeddodd Carol ar ei ôl drwy'r glaw fod yn ddrwg ganddi. Fflamia, meddyliodd, go fflamia. Mi fues i'n flêr. Mi ddylwn i fod wedi mynd â chdi adre a rhoi mwy o ddiod i ti. Damia, go damia!

Ond ar ôl iddi ymdawelu sylweddolodd nad oedd y noswaith wedi bod yn fethiant llwyr wedi'r cyfan.

Roedd hi'n fyw.

Roedd gan yr heddlu restr fer.

Roedd enw rhywun oedd yn ymwneud â'r celfyddydau— mewn rhyw ffordd neu'i gilydd—ar y rhestr honno.

Doedd hynny ynddo'i hun ddim yn llawer, ond roedd o'n gychwyn.

10

Roedd Owen wedi prynu dau docyn i'r opera ymhell o flaen llaw—un iddo fo ac un i Ceri. Doedd cynyrchiadau'r gymdeithas operatig leol ddim o safon broffesiynol, ond roedden nhw'n ddigon da i'w mwynhau. Ond bellach roedd gweld y tocynnau ar y ddesg yn ei stydi yn ei atgoffa'n boenus am sefyllfa y gwyddai na allai fyth ei derbyn. Roedd ar fin eu rhoi yn y bin pan gofiodd fod Enid yn hoff iawn o weithiau Verdi, a chlywsai hi'n dweud wrth rywun ei bod wedi methu cael tocynnau. Rhoddodd nhw yn ei boced a mynd â hwy i'r ysbyty.

Mynnai Enid ar y dechrau nad oedd arni eisio mynd ond yna newidiodd ei thac a cheisio'i berswadio fo i fynd gyda hi. Roedd Owen yn galaru gormod i ymboeni ynglŷn â sut y dylai rhywun sy mewn profedigaeth ymddwyn. Ella'i bod hi braidd yn fuan iddo ddechrau mynd allan yn gymdeithasol, ond nid dyna oedd yn ei boeni. Yr hyn a'i poenai, a'i plagiai, a'i poenydiai oedd y byddai Ceri wedi bod yno, yn eistedd wrth ei ymyl, oni bai ei bod hi wedi'i lladd. A dywedodd Owen hynny'n blwmp wrth Enid, er y gwyddai y gallai ei brifo drwy awgrymu iddi fod yn ansensitif.

Deallodd hi ar ei hunion ar ôl iddo ddweud, ac ymdrechodd yn galed i beidio â dangos ei fod wedi'i brifo. Dywedodd yr âi hi, efo unrhyw un arall a fyddai'n falch o'r tocyn sbâr.

Yn y diwedd penderfynodd ofyn i Ian Richards er gwaetha'r gwahaniaeth yn eu hoedran a'u safle broffesiynol yn y gwaith.

'Fyddwch chi ddim yn gweithio'r noson honno fyddwch chi, Ian?' gofynnodd pan oedden nhw wrthi'n sgwrsio ar ôl llawdriniaeth un pnawn ddiwedd yr wythnos honno.

Petrusodd yntau cyn ateb gan fflamio'n ddistaw bach na fyddai ar ddyletswydd. Eisio gwrthod yr oedd o, heb deimlo'n euog. Doedd ganddo ddim math o fywyd cymdeithasol ers i Ceri gael ei llofruddio. Treuliai bob awr sbâr yn astudio ar gyfer Prif Gymrodoriaeth.

'Mi fydda'n lles i chi fynd allan i rywle,' meddai Enid yn ffeind. 'Oes gynnoch chi neb nes at eich oed? Mi gaech 'y nhocyn i â chroeso.'

Doedd yna neb arall, ac allai o ddim gwrthod ar ôl iddi ofyn fel'na mor annwyl.

Synnodd Owen pan glywodd am y trefniant. O ystyried yr amgylchiadau go brin y byddai Richards ar dân i fynd i weld yr opera. Roedd o wedi dechrau cymryd diddordeb yn y llanc, ac nid ar gyfrif ei berthynas â Ceri'n unig chwaith. Roedd o'n llawfeddyg addawol. Y pnawn hwnnw roedd Owen wedi traddodi darlith ar diwmors yn y system nerfol berifferal ac wedi iddo orffen bu'n trafod dirwyiad yr acson gydag Ian.

'Dwi'n gweld nad ydach chi ddim yn un o'r rheini sy'n rhy brysur yn cymryd nodiada i wrando. Ga i weld?' gofynnodd gan gyfeirio at nodlyfr y llanc.

Edrychodd Owen yn fanwl ar y llyfryn. Roedd y nodiadau cryno'n benigamp. 'Fel'na byddwn i'n arfer

84

cofnodi hefyd. Mae'r diagrama'n dda. Stwff fel'na sy'n plesio arholwyr. Peidiwch â bod ofn dŵad i ofyn os byddwch chi eisio trafod unrhyw beth.'

'Diolch.'

Ceri. Ceri wy eisie trafod. Dy ferch di drwy'r holl flynydde cyn 'mod i'n 'i nabod hi. Wy'n moyn gweld hen lunie ohoni—ar 'i gwylie, yn yr ysgol, draw yn Ffrainc. A'r cartre lle bu hi'n byw gyda ti. 'I stafell wely hi. 'I gwely hi. Oedd hi'n cael haul y bore? Oedd yr haul yn 'i dihuno hi ambell waith? Y stafell 'molchi. Persawr 'i sebon hi. Roedd gyda hi gi, on'd oedd e. Nagw i 'rioed wedi'i weld e. Wy am glywed 'i chi hi'n cyfarth. Dim ond am dri mis y ces i hi. Mor glòs. Bob modfedd o'i chnawd meddal. Ond wy eisie mwy na 'ny, wy eisie cael Ceri'n gyflawn. Wy eisie'r holl atgofion sy 'da ti nad oes dim modd i fi'u cyrraedd nhw.

Wy am gau'r noson olaf yna ma's o'r cof.

Wy am dorri atgof ma's fel diwreiddio cancr gwyllt, i fi gael dechre gwella.

Siarada 'da fi amdani.

Edrychodd Owen yn feddylgar ar Ian wrth gasglu'i bapurau ynghyd. Gwyddai fod ar y bachgen eisio rhywbeth, ond doedd ganddo ddim syniad beth. Gallai drafod gwaith gydag o tan Sul y pys ond dyna ben draw eu cyfathrach. Oedd pob person ifanc yn cael cymaint o drafferth i'w fynegi ei hun? Ai'r ffaith ei fod o'n llawfeddyg ymgynghorol oedd y broblem?

'Mae natur y gwaith rydan ni'n 'i wneud yn golygu nad ydan ni'n cael cyswllt mor agos â hynny efo'n cleifion, Ian,' cynigiodd. 'Organa diddorol ar y bwrdd yn y theatr ydyn nhw i ni, gam amla. A phan ydan ni'n 'u cwarfod nhw yr hyn rydan ni'n 'i weld fel arfer ydi unigolion poenus, ofnus. Dim ond profiad fedar helpu rhywun i ddelio efo'r ochor yna i betha. Ydach chi'n ffeindio'r cyswllt efo cleifion yn anodd?'

'Mae'n rhaid bod rhywun yn gwybod beth yw poen, cyn y gall e'i weld e yn rhywun arall,' atebodd Ian. 'Wy'n dysgu'n glou.'

Trodd Owen ei ben draw. 'Does 'na ddim rhagor o newydd. Mae'r Prif Gwnstabl yn 'y nghadw i yn y pictiwr. Mi gewch chi wybod unwaith y clywa i rywbeth.'

'Odi e wedi dweud unrhyw beth o werth wrthoch chi?'

'Dim ond fod gynnyn nhw restr o enwa. Mae 'na dri sy'n diodde o broblema seico-rywiol a phedwar arall sy wedi treulio cyfnoda yng ngharchar—ond sy'n normal fel arall, os oes 'na'r fath beth â normal. Mae 'na amryw o rai er'ill—chofia i ddim faint yn union—nad ydyn nhw ddim yn perthyn i'r un o'r ddau gategori yna ond sy â'u henwa ar y rhestr am ryw reswm arall. Chawn ni wybod dim i chi nes caiff rhywun 'i gyhuddo—mae plismyn yn gwybod sut i gau'u cega.'

'Ond os caiff bob un o'r rhei'na lechen lân 'da'r polîs—beth wedyn?'

Dyma'r ail dro i Ian Richards ofyn yr un cwestiwn. Cofiai Owen y tro cyntaf yn dda. Roedd y mater yn prysur droi'n obsesiwn ganddo. Ac nid y fo oedd yr unig un.

'Rydach chi wedi clywed yr ymadrodd "helpu'r heddlu gyda'u hymholiada". Ella bydd rhaid, ond gobeithio na ddaw hi ddim i hynny.'

Piso'n erbyn y gwynt, meddyliodd Owen wrth gerdded yn ôl i'w stafell ymgynghori. Os methith yr heddlu sut y galla i na neb arall lwyddo? Roedd o wedi gwneud ei orau glas i gael enwau o groen Japheth, ond roedd hwnnw fel mul. 'Yr unig un y sonia i amdano fo ydi'r un grybwyllest ti, Owen. Iwan Llewelyn ydi'r Iwan hwnnw. Roedd o'n ffrind i Ceri, fel y dwedest ti. Ella na wyddet ti ddim mai un o ochra Powys oedd o. Mae'r teulu wedi symud i Lerpwl erbyn hyn. Athro ysgol wedi ymddeol ydi'i dad o. Mi gollodd 'i fam ddwy flynedd yn ôl. Roeddat ti'n iawn

86

mai Economeg ydi'i bwnc o. Wyddat ti'i fod o'n Farcsydd, nid fod hynny'n gwneud unrhyw wahaniaeth? Y rheswm dwi'n dweud hyn i gyd ydi er mwyn i ti sylweddoli ein bod ni'n tyrchu am bob sgrapyn o wybodaeth am bawb oedd yn gyfarwydd â Ceri a all fod yn berthnasol i'r achos. Mi rydan ni'n drwyadl. Ond dydan ni dim yn gwneud ryw sioe fawr o'r peth. Dydi Llewelyn ddim ar y rhestr. Pe bai o mi fyddwn i wedi smalio anghofio dy fod ti wedi crybwyll 'i enw fo 'rioed. Dydw i ddim yn cerdded i mewn i dy theatr di ac yn gofyn am sgalpel, Owen. Dwi'n gadael i chi gario 'mlaen efo'r job.'

O'r gora 'ta, meddai Owen gan estyn am ei lyfr apwyntiadau, mi adawa inna lonydd i chitha, ond gwnewch siâp arni. A daliwch o.

Siaradodd â'i ysgrifenyddes ar yr intercom. 'Mae 'na nodyn yn fan'ma fod un o'r staff eisio trafod 'i wraig. Ym mha adran mae o'n gweithio?'

'Yr adran cofnodion meddygol, Mr Harris.'

'Mae gen i ddeng munud rŵan, os ydi o'n rhydd. Ydi nodiada'r wraig gynnoch chi?'

Wrth gwrs eu bod. Eleri Tomos oedd yr ysgrifenyddes orau fu ganddo erioed, a'r ieuengaf. Un ar hugain oed oedd hi ond prin yr edrychai'n ddeunaw. Daeth â'r nodiadau drwodd a'u rhoi ar ei ddesg.

Roedd wedi dechrau eu darllen pan sylweddolodd ei bod hi'n dal i sefyll uwch ei ben. 'Be sy, Eleri?'

'Maen nhw wedi penodi Chwaer newydd i weithio yn y theatr, Mr Harris. Mi fydd hi'n dechra yr wythnos nesa.'

'Mi wn i,' atebodd, braidd yn ddiamynedd.

Cochodd Eleri fel petai o wedi'i tharo. 'Wel, ella nad ydi o ddim o bwys, ond ro'n i'n meddwl y dylach chi gael gwybod, os nad ydach chi'n gwybod yn barod.'

Atgoffodd ei dull rownd-sir-Fôn-o-fynd-i-Fangor hi o'r sgwrs a gawsai efo Japheth ynghynt. Roedd gan hwnnw rywbeth gwerth ei ddweud yn y diwedd. 'Gwybod be?'

Roedd yr hyn oedd gan Eleri'n werth ei ddweud hefyd. 'Carol Rees ydi hi. Chwaer Llinos Rees.'

'Felly.' Na, doedd o ddim yn gwybod. Dyma benodiad di-dact os bu un erioed. Pam y daeth y gair 'tact' i'w feddwl, tybed? Os nad oedd wahaniaeth ganddi hi am y cysylltiad pam y dylai o ymboeni? Meddyliodd tybed be wnaeth iddi ymgeisio am y swydd. Mae'n rhaid fod y cymwysterau priodol ganddi ac roedd 'na brinder ymgeis-wyr am swyddi fel hon. Mae'n debyg y gallai o rwystro'r penodiad yn awr, os oedd am wneud hynny. Ond i be? A pha ddadleuon oedd ganddo yn erbyn? Pan fydda i'n edrych arni hi mi wela i Ceri . . . a phan edrychith hi arna i mi welith hi Llinos Rees. Os bydd hi'n debyg o gwbl i'w chwaer yna mi fydd hi'n effeithiol ac yn ddibynadwy, ac yn nyrs dda. Os gallai'r ddau ohonyn nhw gau'r llofrudd-iaethau (gair drwg, anodd ei yngan, fel cancr gwyllt yn y gwddw) o'u meddyliau, yna fe allai'r berthynas weithio'n iawn.

Roedd Eleri'n aros am ei adwaith, a'i bochau'n dal yn binc.

Dywedodd yn dawel wrthi nad oedd o ddim yn gwybod, a diolchodd iddi. Ac yna ychwanegodd, 'Dydi o'n gwneud dim gwahaniaeth'.

'O, iawn 'ta. Mi yrra i Mr Hardwick i mewn pan ddaw o, os nad ydach chi eisio mwy o amser i fynd trwy'r nodiada.'

'Na. Gyrrwch o drwodd.'

Edrychodd ar y gynnwys y ffeil; gwyddai bopeth roedd angen ei wybod. Cofiai Nia Hardwick yn eithaf da. Roedd hi wedi cael niwed difrifol. Yr unig beth roedd o wedi gallu'i wneud oedd tynnu'r fflawiau esgyrn o'r fertebra toredig oedd wedi treiddio i fadruddyn y cefn, er mwyn rhyddhau'r cywasgedd. Doedd dim oll y gallai fod wedi'i wneud i osgoi'r parlys. Mewn ambell achos, pan oedd llygedyn o obaith y gallai llawdriniaeth lwyddo, a honno'n methu wedyn, roedd angen i ddyn wneud ymdrech fwriadol i beidio â'i feirniadu'i hun, achos dyna'r unig ffordd bosib i ddal ati yn y job. Ond doedd dim brych-euyn ar ei gydwybod yn yr achos hwn. Doedd dim mwy y gallai o na neb arall fod wedi'i wneud. Cofiai adwaith Hardwick y pnawn y d'wedasai wrtho na fyddai ei wraig byth yn cerdded eto. Doedd o wedi yngan yr un gair—dim ond sefyll yng nghanol y stafell ymgynghori a'i ddyrnau wedi'u cau'n dynn, a'r chwys yn torri'n ddonnau drosto.

Roedd yn eirionig ei fod ar fin delio â'r union fath o sefyllfa y bu'n ei thrafod gydag Ian gwta hanner awr yn ôl.

Safodd ar ei draed pan ddaeth Alun Hardwick i mewn a gofyn iddo eistedd. Fe ddylai o fod dros y gwaethaf bellach, ar ben dwy flynedd, ond tystiai'i wyneb llwyd a'i gorff esgyrnog nad felly yr oedd.

'Wedi dŵad i gael sgwrs am Nia rydach chi?'

Mae o'n trio bod yn gyfeillgar, meddyliodd Alun. Nia. Pe bai o wedi dweud eich gwraig—neu Mrs Hardwick, yna mi fydda holl naws y cyfarfod wedi bod yn wahanol. Fel tasen ni'n fêts. Yn gydweithwyr. Nia.

Synhwyrai Owen anniddigrwydd y dyn arall, ac ni welai fai arno, ond roedd yn barod i amddiffyn ei allu arbenigol yn ei faes, os byddai rhaid. Arhosodd iddo siarad.

'Ia, wedi dŵad i siarad am Nia ydw i,' meddai Alun. 'Dwn i ddim faint o amser sy gynnoch chi i'w sbario, ac mae'n ddigon posib y bydd hyn yn swnio'n amherthnasol i chi—ond roedd hi'n ben blwydd y bychan yr wythnos dwaetha. Mi aethon ni â fo am bicnic pen blwydd—efo dau ffrind a merch—tua'r un oed â 'ngwraig i. Ga i ddweud yr hanes wrthoch chi?'

Amneidiodd Owen.

'Roedd hi'n ddiwrnod braf, a'r haul yn sgleinio. Mi redodd y ferch arall a'r plant i lawr i'r traeth. Mi garies inna 'ngwraig i lawr. Mi aeth y plant a'r ferch arall a finna i ymdrochi a nofio'n egnïol. Mi eisteddodd Nia ar y traeth—yn yr union fan lle'r oedd hi wedi cael ei gosod—fedra hi ddim symud. Mi wenodd, a chodi'i llaw, a dal i eistedd. Roedd hi'n well nofwraig na fi erstalwm—roedd hi fel 'sgodyn. Pan ddaeth y plant o'r dŵr roedd yn rhaid gwisgo amdanyn nhw. Mi daflodd Dylan 'i sandal o'i chyrraedd, i'w phryfocio. Ro'n i'n ysu am 'i daro fo, ond chwerthin wnaeth hi. Mae hi'n un dda am chwerthin, weithia. Roedd yna ganhwylla ar y gacen ben blwydd ac mi oleuodd y ferch arall nhw. Mi fu'n rhaid iddi fynd ar 'i phedwar a symud bob ffordd i gysgodi'r fflama bach rhag y gwynt. Ac mi roedd Nia'n 'i gwylio hi. Mae hi'n un dda am wylio. Mi fuo'r ferch arall a'r plant yn chwarae pêl-droed ar ôl te. Mi ddwedodd Nia wrtha i am fynd atyn nhw, ac mi es, i'w phlesio. Mi gynheson ni drwyddan. Pan es i yn f'ôl at Nia mi afaeles yn 'i llaw hi. Roedd hi fel rhew. Roedd wedi dechra oeri ers meitin ond fedra hi ddim cyrraedd 'i chôt weu. Roedd y plant a'r ferch arall fel goleuada 'Dolig disglair. Mi gawson nhw ddiwrnod a hanner. Mi gafodd hitha ddiwrnod da hefyd, o fewn y ffinia gosodedig. Ond dwi'n cael y ffinia yma'n annioddefol o gaethiwus a dwi eisio gwybod be ellir 'i wneud ynglŷn â nhw.'

"Rhoswch funud,' meddai Owen. Galwodd ar Eleri a dweud wrthi am wneud cwpanaid o goffi iddyn nhw ac am beidio â throsglwyddo unrhyw alwadau ffôn os nad oedden nhw'n wirioneddol bwysig.

Ar ôl iddi fynd estynnodd ddalen o bapur a beiro goch a beiro las.

'Mi ddangosa i i chi sut fath o anaf gafodd hi, yn gynta, a be wnes i pan wnes i operetio,' meddai Owen, 'ac mi dria i fod mor eglur ag sy'n bosib.' Tynnodd linell hir dew ar hyd y papur. 'Dyma fo fadruddyn y cefn—a dyma lle cafodd hi'r anaf.' Gwnaeth farc croes. 'Dyma'r nerfa gafodd 'u heffeithio. Ydach chi'n gwybod unrhyw beth o gwbl am anatomi?'

'Does gen i ddim gwybodaeth feddygol arbenigol,' atebodd Alun yn ddiamynedd, 'ond mi allwn i fod wedi tynnu'r llun 'na â'n llygad yn gaead. Dwi wedi darllen pob llyfr meddygol sy ar gael. Dwi wedi cael ail a thrydydd farn gan ddynion eraill yn yr un maes â chi. Roeddan nhw'n cytuno efo chi ac yn canmol eich gwaith chi. Mae'n siŵr y gwnaech chitha'r un peth iddyn nhw. Maen nhw'n dal na fydda llawdriniaeth arall yn gwneud dim lles. Ella mai dyna'r peth iawn i'w ddweud. Ond chi ydi'r unig un sy'n gwybod. Chi roddodd y llawdriniaeth gynta. Ellwch chi roi cynnig arall arni? Ellwch chi'i gwella hi?'

Doedd dim pwrpas cynhyrfu a doedd tosturi'n dda i ddim felly cymerodd Owen arno ran y gŵr proffesiynol, tawel a hunanfeddiannol. 'Na fedraf, mae'n ddrwg gen i,' meddai. 'Mi fyddwn i wedi dweud wrthach chi pe byddai ail lawdriniaeth wedi bod o unrhyw les. Mae ansawdd bywyd Nia'n dibynnu ar ei phersonoliaeth hi—ac arnach chi. Mae genod er'ill yn yr un sefyllfa â hi wedi defnyddio'u talenta hyd eitha'u cyraeddiada corfforol. Mae hi'n ferch ddeallus, os dwi'n cofio'n iawn. Ac rydach chi'n dweud fod y mab yn bump oed. Mae o'n mynd i'r ysgol felly, tydi, ac mae hitha'n rhydd yn ystod y dydd. Mi alla hi wneud gradd efo'r Brifysgol Agored neu rywbeth. Ydi hi wedi meddwl am hynny? 'I choesa hi sy wedi'u parlysu, nid 'i 'mennydd hi. Mae'r byd mawr tu allan yn aros amdani. Os oes ganddi ddigon o blwc, mi fedr fentro allan i'w ganol. Mi fydd 'na ddigon yn barod i'w helpu hi. Mae'n rhaid iddi dderbyn 'i chyflwr—ac mae'n rhaid i chitha hefyd.'

Cododd Alun ar ei draed a gwthio'r gadair yn ei hôl. 'Dwi wedi clywed hynna i gyd o'r blaen. Yr agwedd bositif fondigrybwyll. Y Brifysgol Agored? Mae gen Nia radd yn barod. Mi roedd hi'n athrawes cyn i ni gael Dylan. Allwch chi'i dychmygu hi mewn ysgol gyfun fodern yn 'i chadair olwyn? O, dwi'n gwybod yn iawn fod 'na rai er'ill wedi gwneud. Ond doedd hi ddim yn mwynhau dysgu pan oedd ganddi ddwy goes sgut odani. Mae gynni ddigon o blwc. Dim llygoden ydi ac mi wnaiff hi gwffio os bydd rhaid iddi—ond pam dyla hi? Mae hi'n licio darllen—diolch i Dduw am hynny—ond petai hi am fynd i'r llyfrgell i ddewis ei llyfra'i hun mi fydda'n rhaid iddi groesi dwy lôn brysur—a does 'na'r un sebra. A sut y basa hi'n mynd i fyny'r grisia ar ôl iddi gyrraedd yno? Am betha felly dwi'n sôn—petha cyffredin, bob dydd fel ffyrdd a lot o draffig arnyn nhw—a—a grisia, a dim digon o le i gael lle chwech i lawr llawr. Dwi ddim eisio clywed am declynna—a'r gwasanaeth cymdeithasol—a pharaplegics sy'n ymdopi mor wych nes 'u bod nhw'n codi c'wilydd ar bawb. Hogan gyffredin ydi Nia. Mae hi'n trio'n galed iawn ambell dro, ond ddim bob amser. Roedd hi'n gweu jympar i Dylan yn ddiweddar ac mi syrthiodd y 'dafedd dan y dresel. Pan driodd hi'i dynnu fo'n rhydd mi gordeddodd am un o'r traed. Be wnaeth hi? Sgrytio'i 'sgwydda ac ailddechra darllen? 'I phowlio'i hun i'r gegin a gwneud cacen i bawb i de? Ella mai dyna fydda hi wedi'i wneud ar ddiwrnod da. Ond nid y diwrnod hwnnw. Mi estynnodd hi'r cyllyll a ffyrc gora a'u p'ledu nhw i bob cyfeiriad. Chriodd hi ddim nes i mi gyrraedd adre a dechra'u hel nhw at 'i gilydd. Dwi'n 'i charu hi. Petawn i'n medru rhoi unrhyw ran o 'nghorff i'w gwella hi, mi rown i. Dwi wedi gohirio dŵad i'ch gweld chi; ro'n i'n gwybod be fyddech chi'n ddweud. Dwi wedi mynd dros y sgwrs 'ma yn fy meddwl laweroedd o weithia. Dydi Nia ddim yn gwybod 'mod i yma a wna i ddim sôn wrthi hi. Mae hi'n meddwl o hyd y gall hi'i hewyllysio'i hun i wella, y bydd hi'n deffro ryw fore, a'r nef a'n gwaredo, mi fydd hi'n gallu gwneud y petha mae mama er'ill yn 'u gwneud . . . codi heb help . . . rhedeg at Dylan pan fydd o wedi cael codwm . . . dŵad ataf fi . . . i 'ngwely i, pan mae . . .'

Peidiodd y cenllif geiriau am ennyd wrth iddo geisio ymdawelu. 'A dyna i chi beth arall. Dydan ni ddim wedi cael cyfathrach rywiol ers y llawdriniaeth. Mae'i theimlada rhywiol hi mor farw â'i choesa. Dwi'n cofio be ddwedoch chi—y galla hi gael plentyn er gwaetha'r parlys. Ond ddwedoch chi ddim y bydda'r syniad o garu'n wrthun iddi. Roedd 'na lawer o betha na sonioch chi ddim amdanyn nhw—na wnaethoch chi mo'u cyfadde—nad oeddech chi ddim yn wybod. Dwi'n 'i charu hi, a dwi eisio hi, dwi eisio hi fel roedd hi cyn i chi gael eich blydi dwylo ''arbenigol'' arni.'

Roedd ei lais yn crynu ac ni allai weld yn glir wrth iddo anelu am y drws. Roedd yn rhaid iddo'i baglu hi odd'ma cyn iddo dorri i grio o flaen y bastad esgeulus a eisteddai wrth y ddesg. Wnaeth o ddim taro Eleri'n fwriadol pan ddaeth hi i'w gwfwr yn cario hambwrdd a choffi berwedig arno. Losgodd hi ddim ond roedd y carped a'r waliau'n un plastar.

'Rhad ras,' sibrydodd Owen. Aeth at Eleri i wneud yn siŵr ei bod yn iawn ac i'w helpu i glirio'r llanast. Ni chofiai i berthynas i glaf droi arno a lliwied fel hyn erioed o'r blaen, ac yn sicr ni bu'r un ymosodiad mor bersonol a chïaidd â hwn.

11

Doedd y ffrwgwd yn y fynwent wedi gwneud dim lles i ysgwydd Carol a phenderfynodd fynd i gael rhagor o driniaeth cyn dechrau ar ei swydd newydd yn y theatr. Roedd hi wedi ymgeisio am y job ar ei gwaethaf, fel y bydd rhywun yn methu peidio â ffidlan gyda dant sy'n mudboeni er ei bod yn fwy synhwyrol gadael iddo. Ond roedd hi'n prysur ddysgu nad oedd ganddi gymaint â hynny o synnwyr cyffredin. Fyddai Harris a hithau byth yn ffrindiau—cysylltiad proffesiynol yn unig fyddai rhyngddynt—ond roedd hi am fod gyda rhywun oedd yn teimlo fel y teimlai hi. Roedd casineb fel batri'n codi *charge*—ella y ceid gwell canlyniad gyda *charge* ddwbl. Âi hi ddim i gerdded gefn nos ar ei phen ei hun eto, ond roedd yn ddisyfl yn ei bwriad i ddal y llofrudd. Wnâi hi byth roi'r gorau i drio ac os oedd Harris yn debyg o gwbl iddi hi, roddai yntau ddim mo'r gorau iddi chwaith.

Aeth i'r adran ffisiotherapi i weld a allai Tess sbario ryw awr iddi. Roedd y lle'n llawn o gleifion dydd, chwyddedig eu haelodau a chloff eu cerddediad. Gwelodd Tess Mathews ym mhen draw'r stafell ac aeth draw ati.

Wrthi'n rhoi triniaeth gŵyr i ddwylo claf oedd yn diodde o gryd cymalau yr oedd Tess, gan fân siarad yn gysurlon ag o'r un pryd, 'Na, fydd o ddim yn anghyff-orddus—mi deimlith yn braf iawn. Ydi hynna'n well? Na, gadewch iddyn nhw rŵan. Ia, fel'na. Na, chaiff o ddim gwared ohono fo ond mi ystwythith rywfaint ar y cymala i chi, cariad.'

Daeth Carol i sefyll wrth ei hymyl a dywedodd ei bod wedi tynnu'r gewyn yn ei hysgwydd eto. 'Mi lithres i yn y llofft.'

Cydymdeimlai'r claf yn arw ond doedd gan Tess fawr o gydymdeimlad ati, a dywedodd nad oedd ganddi'r un funud sbâr drwy'r dydd.

'Be taswn i'n dŵad yn f'ôl ddiwedd y pnawn? Mi fasan ni'n medru mynd am lymaid fel roeddan ni wedi trefnu wedyn.'

'Mi alla i roi ugain munud o driniaeth wres i chi ond dwi'n gorfod cwarfod rhywun am hanner awr wedi pedwar,' meddai Tess yn anfoddog o'r diwedd.

Pan ddaeth Carol yn ei hôl am bedwar o'r gloch aeth Tess â hi i stafell driniaeth fach a throi'r lamp ymlaen. Doedd hi ddim yn hoffi Carol, ac roedd hi'n benderfynol nad âi byth am lymaid efo hi eto. Parodd hynny iddi fynd dros ben llestri wrth wneud esgusodion, a siarad gormod.

'Dwi'n mynd i brynu ffrog i ffrind i mi yn y funud. Mi fuo hi mewn yma am sbel go hir tua dwy flynedd yn ôl. Mae hi'n baraplegig. Ma'i gŵr hi'n gweithio yn yr adran cofnodion meddygol. Mae o'n canu'r ffidil efo'r Gymdeithas Operatig ac mae o'n gobeithio y gall o berswadio'i wraig i ddod i weld y perfformiad nesa os prynith o rywbeth iddi'i wisgo. *Otello* Verdi. Maen nhw'n ymarfer ers wythnosa. Mi ddyla fod yn dda iawn. Ydach chi'n mynd?'

Dywedodd Carol nad oedd hi'n hoffi opera. Teimlai'n boeth ac yn ddiog ac yn ddiflas. Roedd y ffisiotherapydd bach o 'Werddon yn siarad fel pwll y môr. Ac yna'n sydyn daeth rhywbeth dros Carol. Cododd ar ei heistedd gan daro'r lamp yr un pryd.

Daliodd Tess ei gafael yn y lamp ac ymddiheuro. 'Mae'n ddrwg gen i. Rhy boeth oeddach chi?'

'Na, dwi'n iawn.' Ailorweddodd Carol a chan geisio cadw'r chwilfrydedd o'i llais, gofynnodd pwy oedd y paraplegig.

'Nia Hardwick,' meddai Tess gan ychwanegu fod y teulu'n byw'n union gyferbyn â'i thŷ hi. 'Mae Alun yn ŵr ffantastig. Mae o'n meddwl y byd ohoni.'

Rhywun oedd yn canu'r ffidil, dyna roedd y plisman codog hwnnw wedi'i ddweud, neu ganwr neu rywun oedd yn dotio ar wylio bale neu ryw lol felly. Rhywun â phroblem ynglŷn â rhyw . . . gŵr a chanddo wraig wedi'i pharlysu? Tybed?

Roedd ei chalon hi'n curo fel gordd a theimlai'n sâl. Sychodd y chwys oddi ar ei thalcen efo'i llaw.

Roedd Tess wedi'i synnu braidd a diffoddodd y lamp. 'Rydach chi wedi cael mwy na digon. Wnaeth y gwres mo'noch chi'n sâl y tro dwaetha, naddo?'

'Ga i ddiod o ddŵr, plîs?'

Aeth Tess i nôl y dŵr a gwyliodd wyneb Carol yn bryderus wrth iddi ei yfed. 'Mi faswn yn picio â chi adre heblaw 'mod i wedi addo cwarfod Alun,' meddai hi, i geisio tawelu'i chydwybod.

'Alun? O, mae'r gŵr yn mynd efo chi i siopa?'

'Ydi.' Disgleiriai llygaid Tess, gan gymaint yr edrychai ymlaen at yr owtin'.

Gwyliai Carol hi'n ofalus dros ymyl ei gwydryn dŵr. Dyna sut yr oedd pethau, felly. Roedd y berthynas yma'n werth ei meithrin. Dyna biti fod y Tess 'ma wedi cymryd yn ei herbyn gymaint.

'Oedd Llinos yn nabod yr Hardwicks?'

'Oedd, wrth gwrs. Mi fuo hi'n nyrsio Nia.'

'Soniodd hi 'rioed amdanyn nhw. Mae'n siŵr nad oedd hi ddim yn 'u nabod nhw gystal ag yr ydach chi.' (Tan y diwedd, ella.)

'Doedd Llinos ddim yn gymydog iddyn nhw.'

'Wel nac oedd, mae'n amlwg. Roeddan ni'n rhannu fflat—ydach chi ddim yn cofio?'

Synhwyrai Tess ei bod hi'n bryd dirwyn y sgwrs i ben a dywedodd y byddai'n rhaid iddi fynd. 'Gorffwyswch eich braich a byddwch yn ofalus. Rydach chi'n lwcus mai gweithio i asiantaeth rydach chi—mae rhywun yn fwy rhydd o lawer felly.'

'Tan ddydd Llun.' Eglurodd Carol am y swydd fel Chwaer yn y theatr.

Doedd Tess ddim yn arbennig o falch o glywed y newydd.

Roedd gan yr Hardwicks ffôn a chafodd Carol hyd i'w cyfeiriad yn y llyfr. Galwodd heibio nos drannoeth gan obeithio y byddai'r ddau ohonyn nhw gartre ond Nia a agorodd y drws. Edrychodd yn ymholgar ar y ferch ar y trothwy a theimlodd Carol yn anghysurus am ennyd wrth edrych i lawr arni. Gwelodd wraig ifanc siapus mewn crys-T pinc, a phâr o jîns. Roedd ei gwallt tywyll yn llaes a gorweddai dros gefn ei chadair fel melfed disglair.

Roedd Carol wedi ymarfer ei haraith yn ei meddwl lawer gwaith. 'Mae'n ddrwg gen i'ch poeni ond dwi wedi bod yn trio cael tocynna i fynd i weld yr opera. Does dim dichon cael rhai a'r unig obaith ydi y gall fod gan rywun yn y cast rai dros ben. Mi ddwedodd eich ffrind Tess fod Mr Hardwick yn chwarae yn y gerddorfa.' Aeth yn ei blaen i egluro, nid fod angen a hithau'n gwisgo'i hiwnifform, mai nyrs oedd hi. 'Dyna sut dwi'n nabod Tess. A dyna wnaeth i mi feddwl ella. . .'

Gwahoddodd Nia hi i'r tŷ heb amau dim. 'Mae 'ngŵr i wedi mynd allan efo Dylan—yr hogyn bach. Fyddan nhw ddim yn hir iawn. Croeso i chi aros, os nad ydach chi ar frys.'

('Mi fydda'n hawdd iawn i rywun wneud niwed i ti a thitha mewn cadair olwyn,' dywedodd Alun un tro. 'Paid â gwâdd pobol ddiarth i'r tŷ.' Ac roedd hithau wedi cael y myll ac wedi gweiddi: 'Pam lai? Nefi wen! Does 'na neb yn mynd i 'nharo i dros 'y mhen i ddwyn y rybish sy'n fan'ma.')

Edrychodd ar yr hogan oedd newydd ddod trwy'r drws. Teimlai'n anniddig er gwaetha'r iwnifform gyfarwydd. Swniai'r esboniad gynnau'n debycach i esgus nag i reswm. Gwyddai hi mai dim ond tri thocyn oedd gan Alun—un bob un ac un i Tess.

Astudiodd Carol y stafell yn chwilfrydig. Cannoedd o lyfrau. Tameidiau o Lego ar y dresel. Pyjamas hogyn yn eirio ar y rheiddiadur. Piano bach modern a thocyn o lyfrau cerddoriaeth ar ei ben. Poteli o wisgi a jin a sieri ar droli tu ôl i'r drws. Blychau llwch yma ac acw a stympiau sigaréts ynddyn nhw. O'r diwedd trodd ac edrych ar Nia. Rywsut, fe roddai hi yn ei chadair olwyn urddas i'r lle. Doedd hi'n malio dim am y llanast a'r llwch o'i chwmpas. Dwi'n dy licio di, meddyliodd Carol, ond mi rwyt ti'n uffernol o amheus ohona i ac mi fydda'n dda calon gen i petait ti ddim.

Gwenodd yn onest ac yn agored arni.

Ymlaciodd Nia yng ngwres y wên. 'Sigarét?'

'Dim diolch.' (Mi fasa wisgi bach yn reit dderbyniol.)

Synhwyrodd Nia beth roedd hi'n 'i awgrymu ond wnaeth hi ddim osgo i estyn llymaid iddi. Allen nhw ddim fforddio cynnig diod i hwn a'r llall. Byddai'n rhaid iddi stwffio'r poteli i rywle o'r golwg pan gâi gyfle rhag eu bod yn godro mwy nag oedd raid ar eu cyfrif banc coch. Fe wnâi hi baned o de yn y funud os na fyddai Alun a Dylan wedi cyrraedd yn eu holau.

Am be mae rhywun yn dechrau sgwrsio efo rhywun diarth? Y tywydd? Oeri at y gyda'r nos a'r dydd yn colli? Nyrsio?

'Ers pryd rydach chi'n gweithio yn Ysbyty'r Ddinas?'

Gwnaeth Carol ei hun yn gyfforddus ar y soffa lympiog a chroesodd ei choesau. 'Nyrsio i asiantaeth ydw i. Mi fydda i'n dechra yn yr ysbyty ddydd Llun. Mae rhywun yn dod i nabod lot o bobol wrth nyrsio'n breifat. Dwi newydd fod yn gweld claf sy'n byw ym Mhant y Deri. A dyma fi'n meddwl y baswn i'n galw, wrth 'mod i'n ymyl. Dim ots gynnoch chi, gobeithio?'

Dywedodd Nia nad oedd ddim gwahaniaeth ganddi. 'Go brin fod gen Alun docynna sbâr. Os oes, mi fyddan nhw yn y ddesg.'

Powliodd ei hun draw ac agor y caead. Roedd y ddesg yn llawn o amlenni a hen luniau, pensiliau lliw, bar o siocled ar ei hanner, agoriad hen gloc, un o sanau Dylan (dyma lle'r oedd hi felly!) geiriadur a phren mesur, tystysgrif gyrru Alun ac odani amlen a '4 Peint—Diolch' wedi'i sgwennu arni. Yn honno yr oedd y tocynnau. Tri oedd yna. Estynnodd nhw a'u dangos i Carol.

'Mae'n ddrwg gen i. Tasan 'na fwy, dwi'n siŵr mai yn fan'ma y basan nhw.'

Gobeithio yr aiff hi rŵan, meddyliodd.

Diolchodd Carol iddi am ei thrafferth. 'Rydach chi'n rêl giamstar efo'r gadair 'na.'

'Mi fydda'n haws tasa'r stafell 'ma'n dipyn mwy. Mi fu'n rhaid i ni ledu'r pasej er mwyn i mi allu mynd drwodd i'r gegin. Mae hi'r un fath i fyny'r grisia—landin llydan a llofftydd bach.'

'Dwi wedi cael gwaith yn nyrsio paraplegig toc cyn y 'Dolig,' meddai Carol. Roedd o'n gelwydd digon diniwed.

'Felly wir? Ydach chi wedi nyrsio unrhyw *Nazis* yn ddiweddar?'

Roedd dicter Nia wedi chwythu'i blwc cyn iddi orffen ei brawddeg a gwenodd y ddwy ar ei gilydd, fel genod ysgol.

'Mae'n ddrwg gen i. Dwi'n deall sut rydach chi'n teimlo,' meddai Carol.

'Dydi'r rhan fwya o bobol ddim,' atebodd Nia'n chwerw. 'Ac mae nyrsys yn waeth na neb. Mae'n siŵr eich bod chi'n gwybod am therapi gweithgareddol. Ydach, debyg iawn. ''Fasach chi'n licio dysgu gwneud basgedi, Mrs Hardwick—neu wneud tlysa arian—neu be am beintio? Fedrwch chi weu, 'mach i?'' Maen nhw'n bwriadu'n dda, wrth gwrs, ac mi dwi ar fai'n beirniadu. Ond fi ydw i, damia nhw! Faint ydi oed eich paraplegig chi?'

Dywedodd Carol yn ofalus ei bod hi tua'r un oed â Nia—ar draws y deg ar hugain.

'Dyn 'ta dynes?'

'Dynes.'

'Priod neu sengl?'

'Wedi priodi.'

'Oes ganddi hi blant?'

'Merch saith oed.'

Allai hi byth fentro mwy. Doedd hon ddim yn ddiniwed. Teimlai fel pe bai ar fin cael ei dal.

Teimlai Nia'r anniddigrwydd yn dod yn ei ôl. ''Run fath â fi, felly?'

'Wel ia, mewn ffordd.'

Dyna pam y dest ti, felly? Rhywbeth i daflu llwch i'm llygad i oedd y tocynna? Ofynnodd Nia ddim, ond dyna a lenwai ei meddwl.

Cododd Carol ar ei thraed gan ei melltithio'i hun am fod mor fwngleraidd. 'Ddylwn i ddim fod wedi sôn. Mae'n ddrwg gen i. Diolch am chwilio am y tocynna.'

'Arhoswch funud.' Aeth Nia draw at y silff-ben-tân ac estyn llun oddi arni. 'Y tri ohonan ni ddwy flynedd yn ôl, cyn y ddamwain.'

Cymerodd Carol y llun o'i llaw a'i astudio'n ofalus. Craffodd ar y dyn yn arbennig. Roedd hi wedi'i weld yn gadael yr ysbyty yng nghwmni Tess ac ni allai gael gwared o'i wyneb o'i meddwl. Wyneb lladdwr? O bosib. Dyn tal, main a golwg wael arno. Siaradai Tess ag o bymtheg y dwsin ac er ei fod yn smalio gwrando roedd yn amlwg nad oedd ganddo ddim ffliwjan o ddiddordeb yn ei sgwrs. Edrychai'r dyn yn y llun yn ieuengach o lawer. Safai ei wraig wrth ei ymyl a gafaelai yntau amdani. Roedd y plentyn, a edrychai'n debyg iawn iddo fo, yn gafael yn llaw ei fam.

'Mae paraplegia'n fwy diawledig nag y dychmygech chi byth,' meddai Nia. 'Dwi eisio mynd yn ôl o hyd ond dwi'n cael fy nhroi i wynebu'r dyfodol. Dyna sut dwi wedi adweithio. Ella bydd y wraig y byddwch chi'n 'i nyrsio'n wahanol. Yr unig beth sy'n gyffredin rhyngon ni ydi nad ydi'n coesa ni ddim yn gweithio. Mae 'na adega da—pan mae'r haul yn gynnes—pan dwi'n mwynhau ffilm ar y teledu—neu'n darllen nofel dda—neu pan fydd Dylan yn cael pwl o chwerthin dwl, mi wyddoch chi fel mae plant . . .'

A be am dy ŵr di, meddyliodd Carol, sonia wrtha i am dy ŵr. Ond ddywedodd Nia'r un gair amdano. 'Mae 'na adega anodd hefyd,' meddai hi, 'nid jest i'r claf ond i'r holl deulu. Os na fydd eich claf chi'n angyles mi gyrrith hi chi'n wallgo' ar brydia. Dwi'n cydymdeimlo, credwch chi fi. Gobeithio y sticiwch chi hi.'

12

Rhoddodd Alun y ffrog i Nia ar un o'r adegau anodd. Er bod Dylan yn edrych ymlaen yn fawr at fynd ar wyliau efo Rhys ac Elin, roedd yn benderfynol na wisgai drôns rwber i fynd i'w wely yn y garafán. 'Ond rwyt ti'n ddigon bodlon i'w wisgo fo yn dy wely yma, 'dwyt blodyn,' mynnodd Nia. ''Ti'n 'i wisgo fo ers wythnos rŵan.'

'Dydi o ddim yr un peth. Mae adre'n breifat.'

'Mi fyddi di'n breifat yn y garafán hefyd. Mi fydd gen ti fync bach dy hun.'

'Mi goda i a mynd i'r lle chwech.'

'Dyna 'ti'n 'i ddweud wrthan ni bob nos ond 'ti'n pi-pi yn dy gwsg.'

'Wna i ddim cysgu 'ta.'

'Ella y basa'n well i ti beidio â mynd o gwbwl,' torrodd Alun ar ei draws.

Er ei bod wedi anwadalu hyd yma penderfynodd Nia'n sydyn bod yn rhaid i Dylan gael mynd. 'Mi gaiff o wylia naturiol, braf. Mae o angen newid oddi wrth hyn i gyd,' meddai hi gan gyfeirio at ei chadair olwyn a'r blerwch o'u cwmpas.

Roedd Alun wedi ymlâdd ac yn teimlo'n biwis ond aeth ati i gasglu teganau Dylan a'r petheuach eraill oedd hyd lawr. Cododd liain sychu llestri oddi ar fraich y soffa ac aeth â fo'n ôl i'r gegin.

Dywedodd Nia wrth Dylan am gadw'i deganau ei hun. 'Mae dy dad yn dy ddifetha di. Wnaiff tad Rhys ac Elin mo dy ddifetha di. Fyddwn ni ddim yn dy nabod di pan ddoi di adre.'

'Wna i ddim gwisgo trôns rwber.'

'Trôns rwber ne' ddim gwylia.'

Gwyddai Dylan ei fod wedi'i drechu ond sgrechiodd ei brotest am bum munud cyfan nes i'w dad ei godi dan ei gesail a'i gario i'w wely.

Powliodd Nia ei hun draw at y soffa a'i chodi ei hun i eistedd arni'n ofalus. Roedd pob plentyn yn cael stranc-iau, a chydymdeimlai â Dylan i raddau. Dywedai Joyce drws nesaf fod ei dau hi wedi gwlychu'u gw'lau am sbel ar ôl dechrau'r ysgol, a mynnai mai dyna oedd wedi effeithio ar Dylan hefyd. 'Mi ddo i i ben yn iawn, dim ond cael cynfas rwber a chynfasa sbâr. Paid â phoeni am y peth.'

'Fy mai i ydi o,' meddai Nia. 'Roedd o'n berffaith sych cyn y ddamwain.'

'Dwi'n dweud wrthat ti,' mynnodd Joyce, 'effaith dechra'r ysgol ydi o. Mi fydd yr hogyn yn *champion* y flwyddyn nesa.'

Mae 'nghymdogion i fel llamhidyddion yn codi odana i ac yn 'y nghludo i'n ddiogel i'r lan bob tro dwi ar fin boddi, meddyliodd Nia. Roedd yna amryw fendithion roedd hi wedi anghofio'u crybwyll wrth y nyrs ddienw. Tueddai i fwrw'r bendithion hynny o'i chof ac ymdrybaeddu mewn hunandosturi weithiau, yn arbennig pan oedd y dydd yn llwyd, fel yr oedd y funud hon. Doedd hi ddim wedi crybwyll ymweliad y nyrs wrth Alun. Anghofio oedd orau.

Ar ôl rhoi Dylan yn ei wely a dweud stori i'w gysuro penderfynodd Alun ddangos y ffrog newydd i'w wraig. Doedd ganddo ddim barn arbennig amdani. Roedd Tess wedi dewis tair ac wedi mynd i'w trio, gan eu bod hi a Nia tua'r un maint. Roedd yntau wedi eistedd tu allan i'r stafell wisgo yn teimlo'n rêl lembo wrth iddi ddod allan yn swil, fel hogan fach mewn ffrog barti, a sefyll o'i flaen a gofyn be roedd o'n feddwl. 'Del iawn,' meddai am bob un ohonynt. 'Ond p'run wyt ti'n lico ora?' 'P'run bynnag fydd yn siwtio Nia ora. Dewis di.' Roedd hi wedi dewis un las; ysgrifennodd yntau'r siec a lapiwyd y ffrog.

Roedd Nia a'i chefn ato'n tywallt wisgi iddi'i hun pan ddaeth o i mewn. 'Taswn i'n bump oed, faswn i ddim eisio gwisgo trôns rwber chwaith,' meddai hi dros ei hysgwydd. 'Meddwl am y c'wilydd. Y creadur bach.'

'Mi fasa arno fo fwy o g'wilydd tasa fo'n gwlychu'r gwely—ac mi fasa'n bownd o wneud,' atebodd Alun. Ac yna: 'Be wyt ti'n feddwl o hon?'

Trodd hithau ac edrych ar y ffrog. 'Pwy pia hi?'

'Ti.'

'Naci wir. Dwi 'rioed wedi'i gweld hi o'r blaen.'

Roedd hi'n wyliadwrus. Tueddai gelynion, ac Alun yn eu plith ambell waith, i ymguddio yn y llwyni ac yna neidio allan i roi gorchmynion iddi. Powlia dy gadair i waelod yr ardd ac mi weli di'r haul yn machlud drwy'r coed bedw. Paid â bod ofn y lifft gadair. Eistedd ynddi hi a dos i fyny'r grisia. Mae'r stof wedi cael 'i gostwng er mwyn i chi allu coginio. Defnyddiwch hi. Os oes arnach chi eisio bàth defnyddiwch y teclyn yma, ond gwnewch yn siŵr fod yna rywun arall yn y tŷ, rhag ofn . . .

Fyddai arni byth eisio bàth pan nad oedd neb yno; roedd yn fwy cyfleus gadael i Alun ei rhoi ynddo a'i chodi allan. Coginiai o gywilydd, heb unrhyw frwdfrydedd, ond fel arfer byddai'n gadael i Alun wneud y bwyd. Roedd hi'n gorfod defnyddio'r lifft gadair am fod y tŷ bach i fyny'r grisiau. Ambell dro fe ymlafniai i ben draw'r ardd i weld yr haul yn machlud, a theimlo fod yr ymdrech yn werth chweil.

Teimlai y byddai'n rhaid iddi wneud rhyw ymdrech neilltuol eto'n fuan. Ac roedd y ffrog yn rhan o'r cynllwyn.

Dywedodd Alun wrthi ei fod wedi'i phrynu er mwyn iddi'i gwisgo i ddod i weld yr opera nos Sadwrn.

'Est ti 'rioed i'w phrynu hi?'

'Mi ddaeth Tess efo fi.'

Doedd hynny'n syndod yn y byd i Nia. Roedd y ffrog yn edrych yn rêl Tess. Ffrog las ffansi efo blodau bach arni, a llewys llydan.

'Fel glöyn byw,' meddai hi'n chwerw. 'Mi goda i o 'nghadair a hedfan i'r entrychion. Iesu, dwi ddim yn mynd i wisgo honna.'

'Be sy'n bod arni?'

'Bob dim. Mae hi'n rhy neis. Mae Tess wedi'i sgwennu drosti i gyd. Rho hi iddi.'

Ymdrechodd Alun i beidio â cholli ei dymer. 'Paid â bod yn wirion. Fedra i mo'i rhoi hi iddi. Mi fasa'n haws gen i fynd â hi'n ôl i'r siop. Sut fath o ffrog fasat ti'n licio?'

'Dwn i ddim. Dwi ddim gymaint â hynny o eisio ffrog. Mae'r beth werdd honno'n dal gen i. Dos i'w nôl hi i mi gael golwg arni.'

Daeth Alun o hyd i'r ffrog werdd yn y wardrob. Edrych-odd Nia arni. Roedd hi wedi breuo o dan y ceseiliau. 'Wnaiff hon mo'r tro chwaith.'

'Wel, mi gymera i bnawn off fory, ac mi a' i â chdi i'r dre. Mi gei di ddewis un dy hun.'

A dyma hi'n cilio i'w chragen fel cranc. Roedd o wedi'i gweld yn gwneud yr un peth droeon o'r blaen; adwaenai'r arwyddion. Mi fyddai hi'n troi'r stori rŵan.

'Wnei di roi diferyn arall o soda yn y wisgi 'ma i mi?'

Rhoddodd yntau ddiferyn arall o soda yn y wisgi.

'Cymer un dy hun. Mae golwg wedi blino arnat ti heno. Mae gen ti wylia i ddod cyn hir. Pa bryd, dwed?'

'Ac ati, ac ati,' meddai fo.

'Be?'

''Ti'n troi'r stori fel'na bob tro. Dwi wedi cynnig mynd â chdi i'r dre. Pan gyrhaeddwn ni, mi wna i dy bowlio di i Debenhams neu ble bynnag ac mi gei di ddewis dy ffrog dy hun.'

Yfodd hi'r wisgi a golwg synfyfyriol arni ac yna rhoddodd y gwydryn o'i llaw. 'A sut dwi i fod i drio'r ffrogia 'ma?'

'Mynd i'r stafell wisgo a finna'n dy helpu di.'

'Ac wedyn mi fydd genod y siop i gyd yn tyrru o 'nghwmpas i ac yn cymeradwyo. Mae'r hogan fach anabl yn edrych yn ddigon o sioe.'

Ochneidiodd Alun. Roedd o wedi dweud wrth Harris fod yna ddigon o blwc ynddi—ac roedd hynny'n wir—ond gallai fod yn sobor o styfnig a hunandosturiol ar brydiau hefyd.

'Fasa'n well gen ti i Tess ddod efo ti?'

'Damia Tess!'

Sgrytiodd yntau ei ysgwyddau.

'Mae'n ddrwg gen i,' meddai Nia. 'Gwranda, os do i i weld dy opera di, mi ddo i fel ag yr ydw i.'

'*Os* doi di? Dwi wedi archebu sedd ar y pen i ti yn y rhes flaen. Mi fydd Tess yn eistedd wrth d'ymyl di. Mae'r lle chwech ar y llawr isa, a does yna'r un ris.' Ddywedodd o ddim ei fod o wedi bod yn ymarfer ar gyfer *Otello* ers tri mis, ei fod o'n chwarae'n weddol dda, ac er ei bod hi wedi'i glywed o'n ymarfer gartre nad oedd hi ddim wedi'i glywed gyda'r gerddorfa. Ddywedodd o ddim fod arno eisio iddi fod yno.

'Rwyt ti'n ddyn ymarferol iawn, Alun,' meddai hi'n goeglyd. 'A phaid â dweud nad oes gen ti ddim dewis ond bod. Diolch am tsiecio'r lle chwech. Mae'n gysur gwybod.'

Yna gwelodd ei wyneb, a difarodd iddi fod mor gïaidd. 'Tyd yma, 'nghariad i. Mae golwg bron â disgyn arnat ti.' Cymerodd y ffrog o'i law a'i dal o'i blaen. 'Be nesa!' ebychodd. Ond roedd ridens hysteria i'w clywed yn cwafro ar ymylon ei chwerthin.

Rhoddodd Alun ei freichiau amdani. 'Cau dy geg a phwysa yn f'erbyn i.' Cusanodd ei gwallt. Am beth fel hyn ro'n i'n sôn, Harris, meddyliodd.

Y noson honno, ar ôl iddo'i chario o'r tŷ bach i'r gwely, a'i swatio, tynnodd Nia ei wyneb ato, a'i gusanu. 'Ddim yn licio bod yng nghanol pobol ydw i, 'sti. Mi wnes i fwynhau'r diwrnod 'na ar lan y môr. Dyna pam dewisais i fan'na, am nad oes 'na fawr o neb yn mynd yno byth.'

'Ond mi ddoi di nos Sadwrn?' gofynnodd yn daer, gan esmwytho'r gobennydd o dan ei phen.

'Mi dria i ddŵad. Wir rŵan. Mi dria i 'ngora.'

Gwyddai Alun y funud honno na ddeuai hi ddim. Cyffyrddwyd ef gan ryw emosiwn a deimlai fel gwynt oer dieithr. Unigrwydd yn chwa. Gorweddai hi yna yn ei chocŵn o gynfasau gwyn a'i gwallt du bendigedig wedi'i daenu o gwmpas ei phen. Safodd yntau'n edrych arni, yn dyheu amdani. Dywedodd hithau nos da'n dyner, a throdd ei phen draw.

13

'Boito, bardd o'r Eidal sgwennodd y *libretto,*' meddai Enid, er mwyn gwneud sgwrs. 'Roedd o'n edmygydd mawr o Shakespeare. Maen nhw'n dweud fod *Otello* Verdi yn fwy o ddrama-gerdd nag o opera fel y cyfryw. Dwi ddim wedi'i gweld hi o'r blaen, ydach chi?'

Na, doedd Ian Richards erioed wedi'i gweld o'r blaen. Pe bai o wedi cael rhwydd hynt mi fyddai wedi dewis dôs go harti o Gilbert & Sullivan. Meddyliodd tybed a oedd hoffter Enid o gerddoriaeth yn mygu unrhyw ddiddordeb a all'sai fod ganddi yn y stori. Doedd gan Ian ddim iot o ddiddordeb yn nramâu Shakespeare pan oedd yn yr ysgol erstalwm, ond o leiaf gwyddai beth oedd stori'r rhan fwyaf o'r dramâu. Roedd o wedi ceisio ffeirio shifft gyda Wil Price, cydweithiwr iddo, ar y funud olaf un, ac wedi methu.

Gwingodd yn anghyfforddus ar y sedd felfed, goch. Doedd dim hanner digon o le i'w goesau. Roedd bron â marw eisio smôc, ond roedd arwyddion 'Dim Ysmygu' mawr i'w gweld yma ac acw hyd y waliau a ph'run bynnag, doedd hi ddim yn gwneud i feddyg ysmygu'n gyhoeddus. Cansar, llid yr ysgyfaint, strôcs, trawiad ar y galon, dolur gwddw. Dyna drueni na fyddai rheolwr y theatr yn dod ymlaen i gyhoeddi fod hanner y cast wedi cael dôs o ffliw a'u bod am orfod gohirio'r perfformiad.

Synhwyrai Enid fod Ian yn anniddig ond ni ddeallai pam a holodd a oedd o'n licio'r math yma o beth. Atebodd yntau fod hynny'n dibynnu ar y gerddoriaeth. Doedd y bwlch yn eu hoedran ddim yn amlwg yn yr ysbyty ond teimlai'r ddau yn ymwybodol iawn ohono'n awr. Roedd Ian yn bihafio ar ei orau. Cawsai dorri dipyn ar ei wallt cyn dod, hyd yn oed. Meddyliodd hi tybed a fyddai'n syniad cychwyn trafodaeth ar ryw bwnc megis syphilis yr ymennydd a gwenodd arno'n llawn cydymdeimlad.

'Gobeithio na fyddwch chi ddim yn meddwl 'i fod o'n ddiflas. A diolch am ddŵad yn gwmni i mi.'

'Diolch i chi am 'y ngwâdd i.'

Nage diflas yw'r gair, meddyliodd, wy'n teimlo'n uffernol.

Roedd o wedi prynu bocs o bethau da iddi. 'Suchards. Gobeitho'ch bod chi'n lico nhw.'

Diolchodd Enid o galon iddo. Roedd hi'n gwirioni ar siocled. Byddai gryn dipyn yn feinach oni bai am ei hoffter o bethau melys, ond ni faliai am hynny. Tynnodd y papur ac agorodd y bocs.

Yn yr ail res roedden nhw'n eistedd, braidd yn agos at y gerddorfa. Gwelodd Enid Tess, o'r Adran Ffisiotherapi, yn y rhes flaen, a sedd wag wrth ei hymyl. Pan ddaeth y gerddorfa ymlaen sylwodd ar un o'r feiolinwyr yn bowio'n gwta i gyfeiriad Tess, ac yna'n sgrytio'i ysgwyddau. Roedd hi'n ei adnabod o ran ei weld; aelod o staff yr ysbyty, neu'n gyn-glaf, ella? Wrth iddi syllu arno gan geisio dyfalu pwy ydoedd synhwyrodd yntau fod rhywun â'i olwg arno a chrwydrodd ei lygaid ar hyd y seddi nes iddo daro arni hi.

Doctor Enid Daniel. Anaesthetegydd ymgynghorol. Gwisgai siwt gotwm las tywyll a blows sidan binc golau. Smart. Enid ddeugain oed, nobl, gyda'i gwên agored ac awyrgylch llwyddiant fel cwmwl o'i chwmpas. A Doctor Richards yn gymar iddi, yn rhyfedd iawn.

Cododd Alun ei ffidil ar gyfer y corws agoriadol wrth i'r golau ddiffodd. Canwch, meddyliodd yn chwerw, codwch do yr hen le 'ma ac mi grafith yr hen ffidil fach 'ma'n gyfeiliant i chi. Dwyt ti'n colli dim, Nia. Pa wahaniaeth wnâi o petait ti'n eistedd yn y gynulleidfa heno? Damia'r sedd wag 'na. Mae'r lle'n llawn joc o Enids a'u partneriaid—neu beth bynnag ddiawl ydi o.

Enid Daniel a Harris—roedd y stori honno'n dew drwy'r ysbyty—partneriaid wrth eu gwaith ac yn y gwely.

Ciledrychodd arni eto. Gwrandawai'n llonydd, a'r mwynhad yn amlwg ar ei hwyneb. Eisteddai Richards wrth ei hymyl, a'i freichiau ymhleth, fel petai'n profi artaith, nid adloniant. Oedd o'n meddwl am Ceri, tybed? Buasai honno'n garwriaeth gudd ryfeddol, a dim ond yn ddiweddar roedd pobl wedi dod i wybod amdani.

Roedd yn rhaid i Ian gyfadde eu bod wedi gwneud gwaith da o lwyfannu'r opera. Roedd golygfa'r storm yn fywiog. Os gallai ei orfodi'i hun i fod yn ddigon gwrthrychol, yna byddai popeth yn iawn. Roedd o'n adnabod y sawl a chwaraeai ran Otello; Glyn Lewis oedd o, dyn hel yswiriant a nofiwr brwd. Mair Livingstone o fanc y Nat West oedd Desdemona. Doedd hi ddim yn edrych yn debyg o gwbl i Ceri. Criw o'r dre yn creu dipyn o ddifyrrwch oedd y rhain, ac yn cael hwyl eithaf arni hefyd. Ymlacia, bachan. Ymlacia.

Edrychodd ar ei raglen yng ngolau'r llwyfan. Cyprus: diwedd y bymthegfed ganrif. Sgwâr y castell. Ar ôl cythrwfl y storm, yr *ensemble* tân a'r gân yfed—a oedd wedi tawelu'r cynnwrf oddi mewn iddo—drylliodd deuawd y cariadon ei hunanfeddiant. Dyheai am i'r lleuad syrthio'n glewt i'r awyr gardbord ac i'r awyr syrthio'n un slwtsh i'r môr cardbord. Rhith. Rhith yw hyn i gyd. Dyw e ddim yn rhan ohonot ti. Cadw fe bant. Paid gadael i ti dy hunan deimlo.

Cymerodd ddeng munud i'r criw baratoi'r llwyfan ar gyfer yr ail act. Roedd Enid newydd lawn ddeall beth roedd hi wedi'i wneud ac ni allai feddwl am unrhyw bwnc mân siarad i lenwi'r amser. Pan glywsai Iago'n cymell y dorf i weiddi Mwrdwr, dyna pryd yr oedd hi wedi sylweddoli. Pam roedd Ian mor fud wrth ei hochr? Ai ceisio'i baratoi ei hun ar gyfer y weithred anochel yr oedd o? Mae'n ddrwg gen i, meddyliodd. Dduw mawr, mae'n ddrwg gen i. Ond be fedra i'i wneud?

'Neuadd yn y castell,' darllenodd o'r rhaglen o'i blaen, i dorri ar y distawrwydd rhyngddynt. 'Mae'r dillad a'r setia'n dda. Ydach chi'n meddwl mai wedi'u llogi nhw maen nhw?'

Doedd Ian ddim yn gwybod a doedd dim gwahaniaeth ganddo. Dywedodd fod safon y perfformiad yn uchel, ar y cyfan, ac awgrymodd efallai mai rhywun o Adran Gelf y coleg technegol lleol oedd wedi cynllunio'r setiau.

Allai hi, nac yntau, feddwl am ddim arall i'w ddweud. Cynigiodd hi siocled iddo a chymerodd yntau un.

Monolog Credo Iago oedd y rhan fwyaf arbennig o'r ail act. Canai glodydd drygioni gydag afiaith, a hisiai'r cytseiniaid fel nadredd gwenwynig. Ond digon siomedig, drwy drugaredd, oedd yr olygfa ble bygythiai Otello ddial yn ddigofus a llawn cenfigen ar derfyn yr olygfa. Roedd Ian o'r farn ei fod yn goractio. 'Na ti. 'Na'r ffordd i' neud e. Caria di 'mlaen i weiddi a thampan a theimla i ddim byd.

Awgrymodd Enid eu bod yn mynd i'r bar am ddiod yn ystod yr ail egwyl ond roedd bron pawb wedi cael yr un syniad a bu Ian yn ciwio am hydoedd. Pan gyrhaeddodd ati o'r diwedd gyda'u diodydd, canodd y gloch i ddweud mai prin bum munud oedd ar ôl. Yfodd hithau ei sudd oren gan wenu: 'Dwi ar *call*.'

'Gobeithio na chewch chi ddim galwad,' meddai Ian. Ond nid dyna a olygai. Petai hi'n cael galwad, yna mi fyddai o'n ei hebrwng oddi yma, ac yn falch iawn o gael dianc.

Dyfalodd hithau beth roedd o'n ei feddwl; wyddai hi ddim beth i'w wneud. A ddylai hi fod yn onest, cyfadde ei bod wedi cymryd homar o gam gwag, ac ymddiheuro, gan awgrymu eu bod yn gadael nawr, ynteu a fyddai'n well dal ati i smalio fod popeth yn iawn? Roedd hi'n haws

gwneud hynny, rywsut. Aethant yn eu holau i'r awdi-
toriwm.

Cynyddai'r elfen dreisiol yn raddol drwy gydol y
drydedd act wrth i Otello gynllunio sut i ladd Desdemona.
Ar y diwedd yn deg gwelwyd ef yn plygu dan y straen
emosiynol. Terfynwyd gyda'r sylw coeglyd *'Ecco il
leone!'* o enau Iago, ei ateb ef i'r ganmoliaeth a gafwyd
oddi ar y llwyfan i lew Fenis.

Toriad byr a gafwyd yn awr ac ni oleuwyd y goleuadau
mawr.

Roedd y bedwaredd act, a'r olaf, wedi'i lleoli yn llofft
Desdemona. Edrychodd Ian ar y *prie-dieu*—doedd dim
cysylltiad â Ceri yn fan'na. Ceri hwyliog—blentynnaidd—
hoff o hwyl—Ceri gableddus. Cân yr helyg—nid teip Ceri
o ganu—ac eto fe allai fod. Chwaraeai'r feiolinwyr y
rhan yn felys, brudd. Crogai'r miwsig yn yr awyr fel
arogldarth, ond pydredd ffiaidd a lenwai ei ffroenau o.
Paid edrych ar y llwyfan. Mae golwg angau ar y prif feiol-
inydd, y goleuade'n chware tricie, falle. Mae e'n gafael
yn gryf yn y *bow*; mae e'n chware'n dda. Mae e'n feistr ar
'i gyfrwng. Iawn, meddwl di am y gerddorfa—neu'r
gynulleidfa—neu'r ysbyty—unrhyw beth dan haul.

Desdemona'n ffarwelio â'i morwyn.

Mae'r gerddorieth yn newid nawr—node isel bygythiol.

Mae hi'n gorwedd ar y gwely. Daw Otello i mewn.

Dere 'mlaen. Glou nawr. Dere 'mlaen, er mwyn dyn.
Mygu nid tagu.

Mae'r gobennydd ar ei hwyneb.

Desdemona ffyddlon.

Ceri anffyddlon?

Yr hen gweryl 'na am Iwan Llewelyn.

Amser maith yn ôl, bellach.

Bob dim amser maith yn ôl.

Ceri.

Ceri.

Iesu, wy'n dy garu di, Ceri. Wy'n dy garu di.

Roedd hi'n chwarter wedi un ar ddeg ar Ian ac Enid yn cyrraedd ei chartre hi. Buasai hi'n ei wylio'n llechwraidd gydol rhan olaf yr opera gan geisio ewyllysio iddo beidio â theimlo dim. Roedd yntau wedi eistedd yn llonydd fel pren, gan edrych draw bron gydol yr amser. Pan ddechreuodd y gynulleidfa gymeradwyo ar y diwedd, roedd rhyw gryndod wedi meddiannu ei ddwylo a bu'n rhaid iddo'u sodro rhwng ei bennau gliniau. Edrychai'n well ar ôl y pwl hwnnw.

Roedden nhw wedi gyrru i'r opera yn ei char hi, a phan wahoddodd Ian yn ôl i'w chartre am ddiferyn, derbyniodd y cynnig. Tywalltodd hi wisgi bychan iddo ac eisteddodd Ian i'w yfed mewn cadair Queen Anne oedd wedi'i gorchuddio â melfed gwyrdd.

Dyma'r byd go-iawn.

Dyma'r presennol.

Bwthyn helaeth, wedi'i ddodrefnu'n chwaethus dros ben. Dyma'r byd a âi yn ei flaen gan wobrwyo'r sawl oedd yn gwneud ei waith yn dda. Enid, ugain mlynedd yn hŷn na Ceri, yn eistedd gyferbyn ag o, fel mam fwriad-da, bryderus. Roedd hi newydd ei howndio ar hyd coridorau tywyll y meddwl, gan rwygo'r llen oddi ar olygfeydd oedd wedi dechrau pylu, a dyma hi'n awr yn gobeithio y gallai wneud iawn am y tramgwydd gyda wisgi pymtheg oed a sgwrs fach neis-neis.

Byddai'n dda calon gan Enid pe bai hi'n gallu dod o hyd i'r geiriau a fyddai'n gwneud iddo deimlo'n well eto. Fe fyddai yna ferch arall ryw ddiwrnod—ac yna un arall wedyn. Doedd o mo'r teip i hunanymwadu'n fasocistaidd.

Daeth cath frech olygus drwy'r drws, gan fângamu dros y carped Tsieineaidd a neidio ar y soffa. Roedd Enid yn falch o'r cyfle i ysgafnu pethau ac aeth at y gath a'i

112

chodi. 'Dyma Ifan ap Rhydderch ap Tomos ap Llywarch,' meddai hi wrth Ian. 'Ifan i'w ffrindia.'

Rhoddodd Ian o-bach i Ifan. Canai rwndi'n fwythus. Allai o ddim cofio pa frîd oedd ci Ceri na beth oedd ei enw. Pam fod rhyw bethau bach fel hyn yn mynnu dianc o'i afael? Teimlai'n flin am ei fod yn methu'n lân â gweld ambell lun yn ei feddwl, ac eto ffurfiai rhai eraill ar ei waethaf. Pam na allai dyn reoli ei feddwl yn gyfan gwbl ac yn effeithiol? Roedd yr hunllefau wedi peidio'n ddiweddar. Ond roedd Enid ar fin ailagor y graith.

'Mae'n ddrwg gen i am heno,' meddai hi. Cyn iddo gael cyfle i ateb roedd hi wedi bwrw'n ei blaen. 'Mi fues i'n ddifeddwl iawn.' Ac yna: 'Mae'n anodd i chi dderbyn, dwi'n siŵr, ond gydag amser mi fydd y presennol 'ma'n rhan o'r gorffennol—ac o hen hanes, ryw ddiwrnod. Mae'n bosib nad ydi hynny'n ddim cysur i chi rŵan, ond dyna'r gwir i chi. Mi fydd y boen yn haws 'i diodde wrth i'r misoedd fynd heibio, ac mi ddaw 'na derfyn arno fo.'

Ailosododd y gath yn fwy cyffforddus yn ei breichiau. 'Mae Ifan 'ma'n licio mynd allan i'r ardd cyn clwydo. Mi a' i â fo toc. Gym'rwch chi ddiod arall?'

Gwrthododd Ian, a chodi ar ei draed. 'Na, bydde'n well i fi fynd sha thre nawr.'

'Ga i roi pàs i chi?'

'Dim diolch. Dim ond deg munud gymera i i gerdded gro's y comin.'

'Mi ddaw Ifan a finna efo chi at y giât.'

Roedd y bwthyn ar fin y comin a'r ardd yn llawn o goed a llwyni. 'Gas gen i arddio,' meddai hi. 'Mae hi'n haws fel hyn—dim gwaith chwynnu!'

Doedd hi ddim yn dywyll bitsh. Edrychai'r coed yn ddu a'r awyr tu cefn yn arianllwyd. Gewin o leuad. Sêr lliw llefrith.

Dywedodd Enid nos da wrth Ian a'i wylio'n cerdded ar hyd Rhyd y Bedw cyn troi i Ffordd Siôr. Llamodd Ifan o'i

113

breichiau a dilynodd hi o ar hyd yr ardd tua'r coed bythwyrdd oedd wedi'u plannu rhwng yr ardd a'r llwybr cyhoeddus. Byddai wedi arbed amser i Ian petai hi wedi dangos ei llwybr bach hi ei hun tua'r comin iddo—dros y wal ac ar hyd y trac graeanog. Neidiodd Ifan ar foncyff un o'r coed a dechrau crafu'r rhisgyll gyda'i ewinedd miniog. Syllodd hithau arno'n boddhau'i ysfa—mor hamddenol, mor hardd, mor ddifaol.

Dywedodd wrtho am roi'r gorau iddi ac ufuddhaodd yntau o dipyn i beth.

Ci Owen, meddyliodd, a 'nghath i. Ei dŷ o ynteu 'mwthyn i? Problemau. Penderfyniadau. Eisteddodd ar y fainc o dan y pren lelog am sbel gan adael i'r meddyliau hyn suo'n dawel drwy ei meddwl, fel gwenyn.

Roedd yr ardd yn gyforiog o bersawr rhosod a gallai deimlo'r gwlith ar y gwelltglas. Canai aderyn yn ddioglyd yn rhywle. Roedd hithau wedi blino hefyd. Roedd hi'n bryd mynd i glwydo.

Clywodd Ifan yn glanio'n afrosgo tu ôl iddi yn rhywle—a sŵn dail yn ymrwygo.

Galwodd arno heb droi rownd a dechrau cerdded am y tŷ.

Deffrowyd Owen am hanner awr wedi dau gan alwad brys o'r ysbyty. Roedd yna ddamwain car erchyll wedi digwydd a dau o'r teithwyr wedi anafu'u pennau'n ddifrifol. Addawodd y byddai yno ar ei union. Dywedodd Andrew Halstead, yr uwch gofrestrydd, wrtho eu bod wedi methu cael ateb gan Doctor Daniel. Roedd hynny'n beth dieithr a dywedodd Owen y galwai amdani gan ei fod yn pasio'r tŷ ar ei ffordd. Fe fyddai'r ddau ohonynt yn cyrraedd yr ysbyty gyda'i gilydd. Ac mi gewch chi feddwl beth bynnag fynnoch chi, latsh, meddai wrtho'i hun.

Meddyliodd tybed sut noson roedd hi wedi'i chael gydag Ian.

Pan gyrhaeddodd Owen y bwthyn gwelodd fod y drws ffrynt yn agored. Roedd y gwynt wedi chwythu petalau rhosod i'r pasej ac roeddent wedi cyrlio yn y gwres, fel dwylo pinc bychain. Teimlai'r nos yn oer iawn mwyaf sydyn. Chwiliodd drwy'r tŷ a chafodd hyd i Ifan yn cysgu ar ei gwely. Ystyriodd o ddim mynd i'r ardd i chwilio. Mae'n rhaid fod yr ysbyty wedi llwyddo i gael gafael arni ar ôl i'r uwch gofrestrydd ei ffonio fo. Roedd hi wedi mynd o'r tŷ ar andros o frys, heb ofalu cau'r drws yn iawn ar ei hôl, ac roedd y gwynt wedi'i chwythu'n agored. Dyna oedd wedi digwydd, siŵr.

Pam ei fod yn teimlo mor anniddig 'te? Y cwbl roedd yn rhaid iddo'i wneud oedd ffonio'r ysbyty i gael cadarn-had ei bod hi wedi cyrraedd.

Defnyddiodd y ffôn wrth ymyl y gwely.

Doedd Doctor Daniel ddim yno.

Gofynnodd am gael gair gydag Ian.

Dywedodd o ei fod wedi'i gadael yn sefyll wrth y giât, a'r gath yn ei breichiau. 'Rhaid i chi ddod ar unweth,' ceryddodd.

Yr ardd.

Awel y nos fel rasel ar ei groen.

Ni bu fawr o dro cyn dod o hyd iddi.

Dyma lofruddiaeth daclus arall. Doedd hi byth yn cario hances ond roedd y llofrudd wedi'i thwtio gyda thamaid o'i phais ac wedi plygu'r sgwaryn wedyn a'i osod o dan ei phen. Roedd ei breichiau wedi'u croesi dros ei bronnau. Gwraig fawr, hardd, yn heddychlon a llonydd iawn.

Enid wedi'i dibersonoli.

Nid Enid, na nid Enid!

Teimlai ei goluddion yn gollwng. Roedd o'n mynd i fod yn erchyll o sâl. Wrth ymyl y ddelw yma ... y peth yma ...

Baglodd oddi wrthi, gan chwysu a thuchan a nadu ei henw.

Rhan II

14

O'r diwedd dadebrodd yr ysbyty fel rhyw hen anghenfil a fu'n hir gysgu ond a ddeffrôdd yn gyforiog o gasineb a digofaint am y cam a wnaed. Merch glên, ddiymhongar oedd Llinos Rees, a Ceri Harris yn fawr mwy na phlentyn. Adwaenai pawb Enid Daniel fel cydweithwraig hoffus. Awgrymai'r papurau tabloid, a ddywedai unrhyw beth i werthu stori, fod seicopath ar gerdded. Ond pam fod rhyw wallgofddyn yn pigo ar staff yr ysbyty? Clywid y gair gwallgofddyn yn aml y dyddiau hyn.

Cyhoeddodd yr heddlu rybudd na ddylai'r un ferch fynd allan gefn nos ar ei phen ei hun. Aileiriodd yr ysbyty'r rhybudd gan orchymyn na ddylai'r un fenyw oedd ar y staff yno fynd allan heb gwmni wedi iddi nosi. Ond roedd Carol Rees yn fwy manwl fyth; ni ddylai'r un aelod o dîm niwro-lawfeddygol Harris gymryd siawns o unrhyw fath. Doedd Ceri ddim yn aelod o'r tîm ond roedd hi'n ferch iddo, ac felly'n nes fyth. Difarai Carol erbyn hyn ei bod wedi gwneud cais am y swydd fel Chwaer yn y theatr, ond doedd hi ddim am jibio a hithau wedi'i phenodi. Ar ddiwedd y sesiwn yn y theatr bnawn Llun gofynnodd i Harris a gâi hi air gydag o.

Byddai Owen bob amser yn groesawgar wrth aelodau newydd o'r staff a phe bai popeth wedi bod yn iawn byddai wedi mynd o'i ffordd i sgwrsio gyda Carol. Ond câi hi'n anodd canolbwyntio ar angenrheidiau'n awr, heb sôn am y ffigiaris. Roedd Elwyn Gwynne, yr anaesthetegydd, gystal ei waith ag Enid bob tamaid ond bob tro yr edrychai Owen arno cofiai amdani hi a rhoddai ei berfedd dro. Roedd y darlun erchyll ohoni'n farw wedi'i drawsosod yn ei feddwl dros y pictiwr hoff ohoni'n fyw,

116

fel negatif pwerus. Pan aethai i weld Ceri yn y mortiwari roedd y staff yno wedi ceisio'i chyflwyno iddo'n dyner a gofalus. Fu dim rhaid iddo wynebu delwedd y llofrudd-iaeth, ac er y crwydrai ei feddwl yn beryglus o agos at y dibyn hwnnw ambell dro roedd wedi dysgu bagio'n ôl a pheidio â chraffu gormod ar yr hyn na allai ddiodde'i weld. Ond roedd o wedi gweld Enid. Allai o yn ei fyw sgwrio'i feddwl yn lân. Roedd y llun yna. Yna, yn ofnadwy a dychrynllyd.

Nid oedd galar wedi ei gyffwrdd hyd yn hyn, na'r ymdeimlad ei fod wedi colli rhywun. Unwaith y byddai'n gallu ei gweld fel Enid unwaith eto, fe adweithiai'n naturiol. Roedd yn rhaid iddo gofio Enid yn y cnawd—nid ei chorff gwaedlyd yn yr ardd yn unig.

'Mae'n bwysig iawn ein bod ni'n siarad,' meddai Carol wrtho.

Roedd yn anodd ganddo gredu y gallai unrhyw beth fod mor bwysig â hynny. Un ai roedd cleifion yn gwella neu doedden nhw ddim. Roedd yr haul yn codi ac yn machlud. Byddai'n hoffi cael gorwedd yn awr, a chysgu am amser maith.

Arweiniodd hi i'w stafell ymgynghori a dywedodd wrthi am eistedd. 'Mae'n amlwg eich bod chi wedi arfer â gwaith theatr,' canmolodd. 'Roeddech chi'n effeithiol iawn.' Mae'n rhaid ei bod hi, meddyliodd; wnes i ddim sylwi arni o gwbl.

Yn awr y gwelai Owen hi fel unigolyn am y tro cyntaf, heb ei chap a'i gŵn. Roedd hi'n ifanc—fel pawb y dyddiau 'ma; yn ifanc iawn, yr un fath â'r lleill i gyd. Cofiai Llinos Rees yn dda. Gwallt brown lliw llygoden, a dwylo medrus. Ar ben cwta chwe mis yn y theatr roedd hi wedi mynd i weithio ar y ward, am ei bod yn hoffi'r cyswllt â phobl, meddai hi. Roedd Llinos Rees yn ddefnyddiol ble bynnag y byddai. Sister Rees. A dyma un arall rŵan. Byddai'n dda ganddo fod wedi cael osgoi defnyddio'r enw. Camgymeriad fu penodi hon ar y staff.

'Pam gwnaethoch chi drio am y swydd 'na?' gofynnodd yn flin. 'O, dim busnesu ydw i, peidiwch â meddwl hynny, na beirniadu ond o ystyried yr amgyl-chiada . . .'

'Ar gownt yr amgylchiada.'

Arhosodd Owen yn fyr ei amynedd iddi egluro a phan na ddywedodd hi ddim byd aeth i obeithio mai methu egluro'r oedd hi. Roedd y drychineb wedi dod ag Ian ac yntau'n nes at ei gilydd, am fod ganddynt Ceri'n gyffredin. Roedd yn ddrwg iawn ganddo dros y ferch yma ond allai o ddim cario baich ei galar hi hefyd. Digon yw digon.

'Ro'n i'n hoff o'ch chwaer ac mi roedd gen i barch mawr iddi,' meddai'n dawel. 'Roedd 'i marw hi'n beth sobor a thrist dros ben. Dwi'n cydymdeimlo . . .'

'Poen mewn tin ydi cydymdeimlad,' ysgyrnygodd Carol ar ei draws. 'Mi fydda i'n osgoi pawb a golwg cydymdeimlo arno fo. Nid dyna pam y dois i yma.'

Pigodd y geiriau ef fel Dettol ar friw, a theimlodd flas drwg ar ei dafod. 'Sut y galla i'ch helpu chi 'ta?'

'All neb fy helpu i,' atebodd Carol, 'ac all neb eich helpu chitha. Dydan ni ddim yn gofyn am help, nac ydan, yr un ohonan ni.'

Brysia, da ti, meddyliodd Owen, beth bynnag sy gen ti i'w ddweud, allan â fo.

Swniai'r cwbl yn ddigon carbwl. 'Roedd fy chwaer i yn eich tîm nerfo-lawdriniaethol chi. Mi gafodd 'i lladd. Roedd Doctor Daniel yn gweithio efo chi. Mi gafodd hitha'i lladd. Mae'ch merch—yr un oedd agosa atoch chi o bawb—wedi'i lladd. Mae'r papura'n dweud mai'r un un sy wedi lladd y tair. Alla i ddim credu iddyn nhw gael 'u llofruddio ar siawns.'

Rhiciai'r geiriau ei feddwl, fel taro blaen esgid bigfain

yn erbyn cnawd tendar. A'r peth gwaethaf oedd fod y geiriau'n gwneud sens. Ceisiodd eu dilorni, a'u dileu o'i feddwl, ond allai o ddim.

'Be ydach chi'n drio'i ddweud?'

Cododd Carol bensil oddi ar ei ddesg a chraffu arni fel petai wedi ymgolli am ennyd. 'Dydi hyn ddim yn beth hawdd i'w ddweud. Ond mae'n rhaid i mi ddweud be dwi'n feddwl. Ella 'mod i'n methu ... Dwi'n cofio Llinos yn siarad am 'i chleifion, "Maen nhw'n afresymol o ddiolchgar pan ydan ni'n llwyddo—ond mae hi fel arall yn hollol pan ydan ni'n methu. Mae'r peth yn mynd yn bersonol iawn weithia. Ddyla fo ddim ond ...".'

Cododd ei phen a syllu arno.

'Ac felly ...'

'Wel—mae 'na ganmol mawr i chi fel llawfeddyg—fel rydach chi'n gwybod—ond fedrwch chi, hyd yn oed, ddim cyflawni gwyrthia. Mae'ch cleifion chi'n marw weithia, neu'n gwaethygu ... neu'n methu gwella. Mae 'na batrwm yn fan'ma, does, a chi sy yn y canol. Dwi'n meddwl fod rhywun yn credu'ch bod chi wedi poitshio petha yn ystod llawdriniaeth. Rhyw fath o ddial seicotig, os liciwch chi.'

Ceisiodd Owen gymryd y peth yn ysgafn. 'Tasa pobol yn dechra meddwl felly fasa 'na'r un llawfeddyg ar ôl yn y wlad 'ma—pawb wedi ymddeol yn gynnar neu wedi cael 'u lladd!' Tawodd y chwerthiniad cwta ar ei wefus. 'Rydach chi'n siarad lol.'

Ond roedd o wedi dychryn. Doedd dim ond eisio edrych arno i weld ei fod wedi dychryn.

'Amser a ddengys,' meddai hi. 'Rydan ni yng nghanol y peth rŵan. Dwi'n cwffio dros Llinos. Chân nhw mo'i hanwybyddu hi, a'i gwthio i'r naill du, fel tasa dim gwahaniaeth amdani. Yn y dechra ro'n i mor gynddeiriog fel nad oedd dim ofn arna i. Dwi'n dal yn gynddeiriog, ond mae arna i ofn erbyn hyn hefyd. Nid y rhoith hynny

119

stop arna i.' Meddyliodd tybed a ddylai sôn wrtho am ei throeon drwy'r fynwent a'r cyffyffl gyda'r cyw ditectif, ond penderfynodd beidio. Os byddai'n meddwl ei bod yn rhy eithafol a herfeiddiol, yna fyddai o ddim yn fodlon iddi weithio gydag o yn y theatr. Doedd hi ddim wedi cael cyfle i ddangos ei gallu proffesiynol eto. Roedd arni ofn bod yn rhan o'i dîm, ond nid oedd ei rheswm dros fod eisio ymuno â'r union dîm hwnnw wedi newid. Teimlai angen i rannu'r wybodaeth oedd ganddi gydag o, gan obeithio y byddai hynny'n peri iddo fo fod yn fwy agored gyda hithau.

Gwyliodd ei wyneb am adwaith wrth iddi gyhoeddi fod gan yr heddlu restr o rai dan amheuaeth.

Roedd yn ddigon amlwg y gwyddai hynny eisoes.

'Mae'n debyg 'u bod nhw'n chwilio am ryw fath o *pervert* seicorywiol.'

Gwyddai hynny hefyd.

'Mae gen un o'r dynion sy ar y rhestr rywbeth i'w wneud â'r celfyddyda,' meddai hi. Arhosodd am funud cyn mentro yn ei blaen. 'Mae'n debyg fod gŵr cyn-glaf i chi, merch sy wedi'i pharlysu, yn canu'r ffidil i'r gymdeithas operatig leol. Alun Hardwick ydi'i enw fo. Wn i ddim ydi'i enw fo ar y rhestr ai peidio. Wn i ddim a oes gynno fo berthynas rywiol naturiol efo'i wraig ai peidio. Dwi'n sylweddoli nad oes gen i ddim hawl o gwbwl i enwi rhywun fel hyn. Ond roedd yn rhaid i mi gael dweud.'

Safodd ar ei thraed. Rho'r sac i mi rŵan 'ta, meddyliodd. Dangos y drws i mi. Gad i mi adael y lle 'ma—y dre 'ma, ac ailddechra byw.

Sylweddolodd Carol fod yr wybodaeth hon wedi bod yn ergyd i Owen Harris. Daeth golwg syn i'w lygaid fel petai newydd ddeall rhywbeth, newydd gyfadde rhywbeth wrtho'i hun. Trodd ei ben draw.

'Ydach chi wedi crybwyll y cyhuddiad 'ma wrth yr heddlu?' holodd yn sychlyd.

'Dydi o ddim yn gyhuddiad, dim ond syniad. Does gen i ddim tystiolaeth. Dwi wedi cwarfod 'i wraig o. Mae hi i'w gweld yn glên, normal. Hogan neis.'

Safodd yntau ar ei draed yn awr. 'Felly dydach chi ddim wedi bod at yr heddlu? Ydach chi wedi trafod y peth efo rhywun arall?'

'Dydw i ddim wedi sôn 'run gair wrth neb ond wrthach chi. Rhywbeth i chi a fi ydi o. Rydach chi'n 'i nabod o. Dydw i ddim. Dwi jest eisio gwneud yn siŵr 'i fod o'n O.K., ac na fasa fo ddim—mae gynnyn nhw hogyn bach pump oed—peth bach annw'l yr olwg. Dwi'n gwybod o'r gora na ddylwn i ddim awgrymu'r fath—'i fod o'n beth rong ... ond alla i ddim cael y peth o 'mhen. Ella fod hynna'n swnio'n wirion. Dydw i ddim yn geg fawr, fel arfer. Os dwedwch chi wrtha i am beidio â meddwl am y peth, ac na fasa'r dyn byth yn breuddwydio am ladd na dial—yna dwi'n gaddo na wna i byth grybwyll y syniad wrthach chi na neb arall eto.'

Cerddodd Owen at y drws a'i agor. Roedd Carol yn hanner disgwyl cael y sac—neu o leiaf awgrym y byddai'n rheitiach iddi fynd i wneud rhyw job arall haeddiannol ffiaidd—fel llnau tai bach.

Daliodd Owen Harris y drws yn agored iddi. 'Cym'rwch gyngor gen i, Sister Rees, a gadewch waith yr heddlu i'r heddlu. A gobeithio nad oes dim angen eich atgoffa chi y dyla rhywun fod yn deyrngar i'w gleifion. Ydach chi eisio gadael 'y nhîm llawfeddygol i ar eich diwrnod cynta?'

Oes. 'Nac oes,' atebodd.

'Wel, peidiwch â siarad am beth fel hyn efo fi byth eto 'ta, nac efo neb arall, heb sicrhau ymlaen llaw eich bod chi'n gwbwl siŵr o'ch ffeithia.'

Roedd hi hanner y ffordd ar hyd y coridor cyn iddi sylweddoli nad oedd o wedi gwrthbrofi dim yr oedd hi wedi'i ddweud.

Dyna fi'n rhydd felly, meddyliodd. Os wyt ti mor gaeth â hynna i ryw syniad gwyrdroëdig am deyrngarwch i dy gleifion, Harris, wel yna mi a' i i guro ar ddrws rhywun arall.

Yn ôl yr hanes roedd Ian Richards wedi bod yn caru gyda Ceri. Cawsai'i chyflwyno iddo yn y theatr y pnawn 'ma. Roeddent ill dau yn rhydd y noswaith honno ac felly ar ôl galw yn nhŷ un o'r nyrsys eraill i gael ei gyfeiriad aeth Carol draw i'w fflat.

Gwahoddodd Ian hi'n ddigon di-ffrwt i'r stafell fyw oedd yn un llanast o lyfrau. Doedd o ddim yn yr hwyl i gymdeithasu efo neb. Roedd yr heddlu wedi ei holi am ragor nag awr ynglŷn ag Enid y bore 'ma ac roedd 'na wahaniaeth cynnil yn agwedd Ellis y tro hwn. Rhyw dipyn o gêm fu'r cyfweliad cyntaf, ymarfer ar gyfer y gwffes go-iawn. Y tro hwn, anelid yr ergyd i frifo. Roedd y sgwrs yn dal yn glir iawn yn ei feddwl.

Pam roedd o wedi mynd i weld yr opera neilltuol o adleisiol yma gydag Enid Daniel?

Am ei fod wedi methu gwrthod y gwahoddiad.

Beth am gyflwr ei feddwl yn ystod y perfformiad?

Anghyfforddus.

A fyddai 'wedi cynhyrfu' yn ddisgrifiad mwy manwl gywir?

Falle—ond nid mewn ystyr baranoid.

Oedd o'n teimlo'n wrthwynebus tuag at Dr Daniel am fod mor ddifeddwl â pheri iddo orfod diodde'r fath brofiad?

Nac oedd.

Teimlo braidd yn flin?

O bosib.

Am be roedd o a Dr Daniel wedi sgwrsio ar ôl iddyn nhw gyrraedd 'nôl i'w thŷ hi?

Cathod, a threiglad amser.

Trio bod yn glyfar oedd o, 'ta be?

Nage—manwl gywir. (Roedd wedi ailadrodd y sgwrs fel y cofiai hi.)

Oedd y ffaith ei fod yn teimlo'n flin tuag at Dr Daniel wedi peri iddo fo deimlo'n ddialgar tuag ati? Oedd o eisio gwneud niwed iddi?

Nac oedd.

Oedd o eisio cael cyfathrach rywiol efo hi—mewn dull normal neu fel arall?

Nac oedd, a nac oedd.

Roedd o wedi ateb yn hunanfeddiannol iawn. Oedd o wedi rhag-weld y cwestiyna?

Oedd, debyg—ag ystyried yr amgylchiade.

Faint roedd o'n ei wybod ynglŷn â'r amgylchiada?

Dim ond beth roedd e wedi'i ddarllen yn y papure newydd.

Pam llofruddiwyd hi yn yr ardd?

Wyddai e ddim sut roedd meddwl y llofrudd yn gweithio.

Be roedd o wedi'i wneud, ar ôl iddo'i gadael hi?

Ar ôl iddo'i gweld—yn fyw—wrth giât yr ardd—roedd wedi cerdded adre.

Oedd rhywun wedi'i weld?

'Wy i ddim yn gwbod. Do, gobeitho.'

'Ia, gobeithio wir, er eich mwyn chi, 'te Doctor Richards.'

Ac felly ymlaen ac ymlaen. Roedd croglethi wedi'u gosod yn gelfydd yma a thraw a disgwylid iddo faglu iddynt. Gwylltiodd yn y diwedd: ''Sen i eisie blydi wel lladd rhywun nid Enid Daniel ddewisen i.' Am eiliad, rhoddodd meddwl am Ellis wedi'i osod ar rac arteithio ias o bleser iddo. Mae'n rhaid fod Ellis wedi sylweddoli beth a feddyliai achos syllodd arno'n fyfyriol am ennyd ac yna

123

ymlaciodd. Bu'r eiliad honno o golli tymer yn foddion achubiaeth i Ian. Roedd Ellis wedi'i wthio i'r fath dwll fel nad oedd ganddo ddewis ond tanio'n ôl a dangos ei wir emosiwn. Ac roedd y tân gwyllt wedi ffrwydro'n y cyfeiriad iawn. Dywedodd Ellis ei fod am dderbyn y ddau ddatganiad roedd o wedi'u gwneud—yr un ysgrifenedig, a'r un llafar, am y tro. Fydden nhw ddim yn ei gyhuddo, ar hyn o bryd.

A nawr dyma'r ferch yma'n eistedd ar y soffa ble'r arferai Ceri eistedd—a gorwedd—a charu gydag o—yn awgrymu'r peth mwyaf anhygoel a glywsai erioed yn ei fywyd.

Gwrandawodd arni heb gredu'r un sill ac yna dywedodd wrthi'n glên ei bod hi'n dechrau colli arni. 'Wedest ti mo'r dwli hyn i gyd wrth Harris, gobeitho?'

'Do, ond paid â sôn 'mod i wedi dweud wrthat ti. Dydi o ddim am i'r peth gael 'i drafod.'

'Synnu dim. Wedodd e dy fod ti'n malu cachu, sbo?'

'Naddo,' atebodd Carol, 'ddaru o ddim. Ac mae hynny'n 'y mhoeni fi.' Syllodd i fyw ei lygaid. 'O, mi ddwedodd wrtha i 'mod i'n siarad drwy fy het ar y dechra, ond dwi ddim yn meddwl 'i fod o'n meddwl hynny chwaith. Tasat ti wedi gweld 'i wyneb o pan ddechreuais i sôn am Hardwick. Roedd o'n ddigon tebyg i chwarae dartia mewn niwl—dwyt ti ddim yn disgwyl taro'r canol llonydd, nac wyt. Ond ar ôl i mi fynd o'i stafell o y sylweddolais i mai dyna'n union ro'n i wedi'i wneud. Ro'n i eisio iddo fo ddweud fod Hardwick yn berffaith olreit. Ro'n i wedi licio'i wraig o. Ond ddwedodd o mo hynny. Tasa fo wedi datgan hynny'n glir yna faswn i ddim yn fan'ma rŵan. Ond mae gynno fo Egwyddorion Aruchel—a cheith neb enllibio a thaflu baw at yr un o'i gleifion o, i ti gael dallt.' Syllodd ar Ian am eiliad ac yna meddai'n chwerw. 'Dydi egwyddorion yn golygu dim byd i mi ac mi wna i daflu baw at bawb a phopeth nes down nhw o hyd i'r dyn laddodd fy chwaer i, hyd yn oed os ydi hynny'n golygu y ca inna fy lladd yn y fargen.'

Doedd dim cymaint a chymaint o argyhoeddiad yn ei llais wrth iddi ddweud y frawddeg olaf, llai o gryn dipyn nag a fuasai fis ynghynt. Roedd blas ar fyw unwaith eto wrth i rywun ddod ato'i hun yn raddol bach, a dechrau dod i delerau â'r brofedigaeth.

Sylweddolai Ian ei bod hi'n siarad yn gwbl ddiffuant. Cynigiodd gan o gwrw iddi a derbyniodd hithau.

Agorodd un iddo'i hun hefyd a dechrau meddwl am yr hyn roedd hi wedi'i ddweud. Mae pob llawfeddyg yn methu. Weithiau maen nhw'n llwyddo ond fod natur yn ymyrryd wedyn, ymhen sbel, ac yn rhoi sbocsan yn yr olwyn. Ddwy flynedd yn ôl y cawsai gwraig Hardwick lawdriniaeth yn ôl Carol, oedd yn gwybod y ffeithiau tu chwithig allan. O ystyried y ddwy flynedd ddiwethaf yn unig, gallai o feddwl am ddyrnaid o achosion ble'r oedd rhiant neu briod neu blentyn wedi gorfod derbyn sefyllfa wirioneddol annerbyniol. A phetai rhywun yn cyfyngu eto, ac yn ystyried dim ond tad, neu fab neu ŵr, yna roedd hi'n dra annhebygol fod un o'r rhai hynny nid yn unig yn *pervert* seicorywiol ond yn llofrudd diatal hefyd, a'i fod wedi bod yn y lle iawn ar yr amser iawn—dair gwaith.

Oedd, roedd y peth yn dra annhebygol, ond doedd o ddim yn amhosib.

Roedd yr hedyn a blannwyd gan Carol ar fin egino—ac fe dyfai, a blaguro mewn byr o dro. Roedd ei damcaniaeth yn ddigon credadwy i haeddu trafodaeth ddifri. Druan o Hardwick, yn y cyfamser.

'Tasen i'n ti,' meddai Ian wrthi, 'cau 'mhen 'sen i. Mae digon o rai fel Hardwick i gael—ac mae'n bosib nad oes a wnelo fe ddim oll â'r peth, pŵr dab.'

'Dwi'n cytuno,' meddai hi. 'Cytuno'n llwyr.' Gosododd ei chan ar un o'i werslyfrau.

'Ac os yw e ar restr yr heddlu,' meddai fo wedyn, gan osod ei gan cwrw yn ymyl ei hun hi, 'yna'u job nhw yw mynd ar 'i ôl e.'

'Ac mi wnân nhw hynny, wrth gwrs.'

'Ond os na wnân nhw,' meddai'r ddau, fel un llais, a dal eu gwynt yr un pryd.

Gofynnodd Ian iddi'n sydyn a oedd hi wedi trefnu i fynd i rywle'r noson honno. 'Licet ti fynd draw i'r Llew am beint?'

Doedd o ddim wedi mynd â'r un ferch allan ers i Ceri gael ei lladd, a doedd hwn ddim yn ddêt fel y cyfryw, ond daethai awydd cwmni drosto'n sydyn, ac angen rhywun i gyd-drafod.

Roedd hi'n ddigon bodlon.

Fel undeb rhwng rhai galarus y gwelai hi'r peth. Dau'n dod at ei gilydd ac yn peri i bethau shifftio. Dyna biti, meddyliodd, nad oedd Harris, y pen dyn ei hun, ac achos yr holl erchyll, o bosib, am roi ei bwysau dan y baich efo nhw.

15

'Dwi eisio i ti drefnu fod pob aelod benywaidd o fy staff i'n cael 'u gwylio, ddydd a nos.'

Roedd hi'n ddeg o'r gloch yr un noson ac eisteddai Owen mewn cadair dro ledr yn stydi Japheth. Roedden nhw newydd orffen bwyta swper a fwriadwyd ar gyfer dau ond i Helen Japheth ei ymestyn. ''Run fath â'r ddwy dorth a'r pum pysgodyn,' meddai hi wrth ei gŵr yn y gegin, 'ond mai cawl a *croissants* a salad cranc tun ydan ni'n gael.' Doedd hi ddim wedi disgwyl i Owen alw'n ddirybudd, nac aros ar ôl galw, ond roedd ganddi hi galon ffeind ac roedd yn falch o estyn croeso iddo. Doedd o wedi bwyta dim mwy na chyw deryn, ond allai hi wneud dim ynglŷn â hynny; ei dyletswydd hi oedd gofalu fod yna ddigonedd o fwyd a'i fod yn flasus. Roedd ceisio cael sgwrs ag o fel tynnu gwaed o garreg; gŵr wedi colli ei ferch a'i gariad oedd o a doedd ganddi hi mo'r gallu i gamu o'i byd bach braf—cyfarfodydd Merched y Wawr a gwarchod yr wyrion—i gynnig unrhyw gysur o werth iddo. Roedd hi'n ddigon diolchgar pan ddywedodd Owen yn swta (a braidd yn ddifaners) wrth ei gŵr ar ôl bwyd fod arno eisio siarad yn breifat. Aeth y ddau drwodd i'r stydi.

Tu ôl i'w ddesg yr eisteddai Iorwerth, a'i ben yn pwyso yn ei ddwylo. 'Iawn,' meddai'n ateb i orchymyn ei ffrind, 'a dwi inna am i ti stopio rhoi'r peth a'r peth i dy gleifion a rhoi cyffur arall iddyn nhw yn 'i le—deirgwaith y dydd ar ôl bwyd.'

Deallodd Owen yr ergyd ar unwaith. 'Nid dweud wrthat ti sut i wneud dy job ydw i.'

'Mae'n dda gen i glywed hynny,' meddai Iorwerth a gwenu'n fingam. Deallai bryder Owen, hynny ar ben dwy anferth o brofedigaeth, a gwyddai hefyd fod cyfeill-garwch rhwng unigolion mewn swyddi o awdurdod yn ymestyn dros y ffiniau ar dro, gan fygwth gwyro'r rheolau. Byddai yntau wedi gwneud yr un peth pe bai yn sefyllfa Owen. 'Mi fyddi di'n falch o glywed ein bod ni wedi trefnu hynny'n barod.'

'Felly nid codl llwyr ydi'r syniad 'ma y galla rhywun fod yn lladd i ddial?' Roedd Owen wedi gobeithio y byddai Japheth yn chwerthin lond ei fol pan grybwyllai'r syniad ond y cyfan a wnaethai oedd eistedd yn dawel a gwrando.

Atebodd Iorwerth fod pob posibilrwydd yn cael ei archwilio'n drwyadl mewn achos fel hwn ble'r oedd hi'n ymddangos fod yna batrwm yn raddol ymffurfio.

'Wnaeth yr Hardwick 'ma dy fygwth di?'

'Naddo, ond mae o dan gryn straen, fel y dwedes i wrthat ti. Mi ddylwn i fod wedi cyflawni gwyrth. Mi ddylwn i fod wedi gwella'i wraig o. Dydyn nhw ddim yn cysgu efo'i gilydd ond roedd o cystal â dweud y bydda hi'n hollol iach pe bawn i wedi gwneud fy job yn iawn.'

'Fasa hi ddim yn well iddo fo dy sbaddu di ar noson dywyll os mai dial yn rhesymegol mae o eisio?'

'Paid â siarad lol.'

Gwnaeth Iorwerth luniau nifer o focsys efo'i feiro ac yna tynnodd linell drwy'r cyfan ohonynt. 'Diawl, dwn i ddim,' meddai ymhen tipyn, 'mae'n debyg fod y peth yn gwneud rhyw fath o synnwyr. Dwn i ddim pwy roddodd y syniad yma yn dy ben di—os nad dy syniad di dy hun ydi o. Diolch byth mai ata i doist ti i siarad, beth bynnag, a neb arall. 'Ti'n troedio tir peryglus ddifrifol, Owen. Mae cyfraith gwlad yn amddiffyn yr unigolyn, fel 'ti'n gwybod yn iawn.'

'Ydi'r unigolyn neilltuol yma ar eich rhestr chi?'

'Nac ydi, dydi o ddim,' atebodd Japheth. Roedd o wedi rhag-weld y cwestiwn ac ni throdd yr un blewyn wrth ateb.

Edrychodd Owen yn graff ar Iorwerth a syllodd yntau'n ôl heb syflyd. Gorweddai'r celwydd rhyngddynt—fel blaidd yn cysgu.

'Mae gen i feddwl ohonot ti fel cyfaill,' meddai Iorwerth yn ffurfiol. 'Caria di 'mlaen efo dy waith a cad yn glir o'n libart i. Mi gafodd pob aelod o staff yr ysbyty eu cyf-weld ar ôl i Ceri gael 'i lladd. Mae'r un peth yn digwydd eto rŵan. Ac nid jest pobol yr ysbyty—ond cyfran dda o bobol y dre hefyd. Mi roist ti enw i mi. Mae gen ti ddamcan-iaeth. Iawn, popeth yn dda, ond cyn y down ni i ben mi fydd gynnon ni ddwsina o enwa—ac o ddamcaniaetha. Gydag amser mi gawn ni enw a damcaniaeth fydd yn ffitio—dyna pryd y byddwn ni wedi taro'r jacpot.'

Ac elli di ddychmygu pa mor llethol fydd baich yr euogrwydd arna i yn y cyfamser, meddyliodd Owen. Roedd yn difaru iddo weld Carol Rees erioed. Roedd ei gydwybod, o leiaf, wedi bod yn ddigon tawel tan y pnawn yma. Doedd o ddim wedi caniatáu iddo'i hun ledamau, hyd yn oed, mai unrhyw beth roedd o wedi'i wneud (neu beidio'i wneud) oedd wedi tanio'r gwallgofddyn i weithredu mor erchyll. Ond bellach . . .?

Ar ei ffordd yma heno roedd o wedi gyrru heibio i Stad Maes Einion ac wedi parcio ar ben y stryd ble'r oedd Hardwick yn byw. Tai bach twt. Bywydau bach twt? Allai o ddim ymwthio i mewn yn gyhuddgar. Doedd o ddim yn gwybod, dyna'r gwir. Roedd y peth yn bosib, ella'i fod yn debygol, hyd yn oed. Ond doedd o ddim yn ffaith, ddim eto. Dal arni, da ti. Pwyll. Tân i'r injan ac awê. Dwed dy ofna wrth Iorwerth. Bydd yn amyneddgar. Paid â chau dy feddwl. Ymlonydda.

Aeth Iorwerth ag o drwodd i'r lolfa i gael cwpanaid o goffi gyda Helen cyn iddo droi am adre. Eisteddai hi ar y soffa wrth ymyl ei gŵr, a gorffwysodd ei phen ar ei ysgwydd yn ddifeddwl. Ond yna gwelodd Owen yn edrych arnynt a symudodd draw. Mae'n ddrwg gen i, ymddiheurodd yn fud, o mae'n ddrwg calon gen i.

Y funud honno fe welodd o Enid eto—yr Enid fyw y tro hwn, fel y cofiai hi. Pylodd y drychfeddwl dychrynllyd ac roedd yr atgof a ddaeth i gymryd ei le'n glir ac mor felys â'r gwin. Arhosodd am y boen, a phan ddaeth, cofleidiodd hi ato'n dynn. Dywedodd Helen rywbeth wrtho, ond ni chlywodd hi. Edrychodd hithau ar Iorwerth a gofid lond ei llygaid. Syllodd ei gŵr yn ôl arni ac ysgwyd ei ben yn dyner. Roedd hyn yn gyfran o gyfeillgarwch hefyd—y gyfran honno ble'r oedd dyn yn eistedd yn dawel heb ddweud dim, gan gynnig cysur cwmnïaeth fud.

Fore trannoeth roedd gan Japheth gyfarfod gyda'i brif swyddogion ac o ganol yr holl gybolfa o wybodaeth oedd

wedi dod i law tyrchwyd un ffaith a allai fod o ddiddor-
deb, ac o bwys. Roedd y ddaear o gwmpas Enid Daniel yn
damp a'r glaswellt wedi'i fflatio gan rywbeth hir,
gweddol drwm. Gwnaethai ffotograffydd yr heddlu ei
orau mewn amgylchiadau anodd ac roedd y lluniau'n
weddol glir. 'Mae'n demtasiwn beryg stumio posibil-
rwydd a cheisio'i droi o'n ffaith,' meddai Japheth. 'Ella
mai siâp câs ffidil ydi o ond mi alla fod yn gryn nifer o
betha er'ill. Pam bydda'r llofrudd yn cario câs ffidil efo
fo? Fydda fo wedi dringo dros y wal a'i gâs ffidil yn 'i
law? Pam na fydda fo wedi'i adael o ar ochr y comin i'r
wal? Neu yn y car? Pam roedd o eisio'r blydi câs ffidil
p'run bynnag?'

Gadawodd y Ditectif Arolygydd Clayton i'r Prif
Inspector ateb y cwestiwn ac eglurodd Ellis fod rhingyll
iddo, Mathews, wedi sylwi'r fath sglein oedd ar gâs ffidil
Hardwick drannoeth llofruddiaeth Ceri, er bod gweddill
y tŷ'n llanast ac yn dew o lwch. Cawsai hithau hefyd ei
llofruddio ar noson gawodog.

'Mi fu'n rhaid i mi roi cryn bwysa ar Mathews cyn
dwedodd o hyn. Mae o a Hardwick yn gymdogion. Mae
gwraig Mathews yn treulio llawer o amser yn nhŷ'r
Hardwicks.'

Roedd Japheth yn ddigon craff i sylweddoli y gallai fod
gan Mathews gymhelliad heblaw ei ymroddiad i'w swydd
dros gynnig yr wybodaeth, ond roedd yn rhaid derbyn ei
gyfraniad am ei werth. Doedd ganddyn nhw'r un trywydd
arall i'w ddilyn p'run bynnag. Gofynnodd a oedd yna
batsys o welltglas wedi'u fflatio yn yr un modd i'w gweld
yn y lluniau o lofruddiaethau Ceri a Llinos.

Nac oedd, doedd yna ddim.

'Mae'n rhaid i rywun fod yn weddol sicr cyn codi bys at
neb,' meddai fo. 'Os na fedr Hardwick brofi'i fod yn
ddigon pell yn rhywle arall pan gafodd Dr Daniel 'i
llofruddio, yna mi fydd yn rhaid i griw fforensig gael

golwg ar ei gâs ffidil o. Holwch o yma—mae dipyn yn llai cartrefol na'r ysbyty. A thapiwch y cyfweliad.' Byddai o wedi hoffi bod yn bresennol yn ystod y cyfweliad, ond roedd yn ddigon hirben i weld na fyddai hynny'n beth doeth.

Prif Inspector Powell oedd Swyddog y Wasg. 'Cadwch y cyhoedd yn hapus,' meddai Japheth wrtho. 'Dwedwch fod yr ymchwiliada'n mynd yn 'u blaena'n iawn. Dim enwa. Dim awgrym, hyd yn oed. Jest ein bod ni'n cadw'n llygaid—a'n clustia—yn 'gored.' Gwenodd ar ôl dweud 'clustia', ei weld ei hun wedi bod yn glyfar, a gwenodd pawb arall yn ufudd hefyd.

Cellweiriodd Clayton, a oedd yn dra amheus o ddamcaniaeth y dial, fod llawdriniaeth *prostrate* ei dad wedi bod yn fethiant llwyr, a'i fod o'i hunan yn arfer chwarae'r clarinet pan oedd o'n llanc. Chwarddodd pawb yn ddigymell y tro hwn. 'Petawn i am godi bys at rywun,' meddai fo, 'mi fydda'n haws gen i godi bys at Richards. Rydach chi'n cymryd yn ganiataol 'i fod o'n normal yn rhywiol, a'i fod o'n iawn yn 'i ben. Ella'ch bod chi'n methu.'

'O, dydi Richards yn cael dim cam,' meddai Ellis yn goeglyd. 'Ond dwi wedi dod ar draws digon o nytars dros y blynyddoedd i nabod un pan wela i un. Boi pedair ar hugain oed, dipyn yn ddiniwed weithia, craff dro arall, fydd yn priodi 'mhen sbel a magu plant—dyna Richards i ti. Ond Hardwick. Wel, dwn i ddim. Mae gen i ryw deimlad od ynglŷn â hwnnw er pan siarades i efo fo gynta.'

'Iawn. *Carry on,*' meddai Japheth wrtho. 'Ond os ydi'r "teimlad" yn bygwth troi'n rhagfarn, gofala dy fod ti'n dirprwyo'r job i rywun arall.'

Gwyrdd golau oedd lliw waliau'r stafell gyf-weld yn swyddfa'r heddlu. Bwrdd a dwy gadair bren a chwpwrdd ffeilio oedd yr unig ddodrefn yno. Roedd hi'n bum munud ar hugain wedi dau ar wyneb y cloc trydan ar y wal. Cawsai Alun ordors gan Ellis i ddod yma erbyn dau ond doedd dim lliw ohono fo'i hun byth.

Tric i 'ngwneud i'n haws 'y nhrin, meddyliodd Alun yn chwerw. Mae gorfod aros yn gwneud rhywun yn nerfus. Mae'n debyg fod 'na rywun yn cadw golwg arna i. Fetia i y bydd y sgwrs 'ma'n cael ei recordio.

Teimlai embaras, yn fwy na dim arall. Ar dir yr ysbyty yr oedden nhw wedi cyf-weld pawb ar ôl i Ceri Harris gael ei lladd. Dim ond un ymhlith degau o rai eraill oedd o bryd hynny. Digon gwir ei fod wedi cael ei holi gan Ellis, ond nid fo oedd yr unig un i gael y fraint honno. Ond fo oedd yr unig un o staff yr ysbyty i gael ei gyf-weld yma, am y gwyddai. Doedd hi ddim wedi bod yn rhwydd meddwl am gelwydd golau i egluro wrth ei gydweithwyr pam ei fod wedi gorfod gadael y swyddfa toc ar ôl cinio. Diolch i'r nef nad oedden nhw ddim wedi anfon car brechdan jam i'w nôl. Daethai yma yn ei gar ei hunan.

Roedd ganddo gur pen ac roedd arno angen Aspirin. Cadwai baced bach ohonynt yn ei waled ac estynnodd o. Allai o mo'u llyncu heb ddiod o ddŵr ac roedd blas rhy ddrwg arnyn nhw i'w cnoi fel da-da. Os oedd y glas yn gwylio, mi fydden nhw'n meddwl rŵan ei fod o'n cymryd rhyw gyffur neu'n ceisio'i wenwyno'i hun. Be fyddai eu hadwaith, tybed? Estynnodd ddwy dabled a'u cnoi'n araf, dan dynnu stumiau'r un pryd.

Gallai Nia lyncu heb unrhyw drafferth.

Be wyt ti'n wneud rŵan, Nia, ganol y pnawn fel hyn? Sgwennu at Dylan, ella. Mi fuo jest i ti â chrio pan oedd o'n mynd. Roedd mei-nabs yn rhy brysur yn chwarae efo'r hen fwnci ffwr 'na oedd yn crogi ar ffenest ôl y car i gofio codi llaw. Hiraeth? Dim peryg! Mi fydd yr hen Dyl' wrth ei fodd.

Agorodd y drws. 'Mae'n ddrwg gen i eich bod chi wedi

gorfod aros,' meddai Ellis. Sylwodd ar y paced Aspirin ond ddywedodd o ddim byd. 'Diolch i chi am ddŵad.'

'Oedd gen i ddewis 'ta?' gofynnodd Alun yn sychlyd.

'Wel petai gynnoch chi reswm da dros wrthod mi faswn wedi bod yn fodlon gwrando.'

'Ydw i'n "helpu'r heddlu efo'u hymholiada"?'

'Mae darllenwyr newyddion yr oes 'ma wedi rhoi ystyr newydd—neilltuol i'r dweud yna, tydyn. Does dim eisio meddwl am y peth rŵan.'

Dechreuodd Ellis drwy sôn am lofruddiaeth Llinos Rees, a chyfeiriai at ei faich nodiadau bob hyn a hyn. 'Roeddach chi wedi bod yn ymarfer *Otello* y noson honno hefyd, ac wedi gyrru adre wedyn. Mi ddywedoch chi eich bod chi wedi cyrraedd y tŷ am chwarter wedi un ar ddeg. Mi dderbynion ni'ch datganiad chi, ar y pryd.'

'Ar y pryd?' adleisiodd Alun yn gyrhaeddgar gan symud ei goesau hirion o dan y bwrdd er mwyn mynd i'w boced. Trawodd yn erbyn troed Ellis. 'Sori.' Estynnodd sigarét i geisio boddi blas drwg yr Aspirin.

Estynnodd Ellis ei daniwr a chynnau'r sigarét. 'Dwn i ddim.'

'Ydi'r cyfweliad 'ma'n cael 'i recordio ar dâp?' gofynnodd Alun.

'Be sy'n gwneud i chi feddwl hynny?'

'Does 'ma neb yn cymryd nodiada.'

'Nac oes. Ac ydi mae'r sgwrs yn cael 'i thapio.'

Edrychodd Ellis ar ei nodiadau eto. 'Y noson y lladd-wyd Ceridwen Harris mi gerddoch chi adre o'r ymarfer. Mi fuoch chi'n eistedd ar y comin. Roeddach chi'n reit amwys ynglŷn â phryd y cyrhaeddoch chi adre. Mi ddwedoch chi chwarter awr wedi un ar ddeg ar 'i ben y tro cynta. Yr ail dro mi ddwedoch chi nad oeddach chi ddim yn siŵr. Dydi amser—dwi'n dyfynnu rŵan—"ddim mor ofnadwy â hynny o bwysig" i chi. "Ro'n i'n meddwl am y gerddoriaeth," meddach chi, "ryw bryd ar ôl hanner

133

nos, mae'n rhaid.'' Pan ofynnes i am amser mwy pendant mi ddwedoch chi, ''Roedd hi cyn un.'' Roedd hi'n ddidd-orol eich bod chi wedi dweud hynny.'

'Dyna pryd y llofruddiwyd hi, mae'n siŵr.' Roedd hi fel petaen nhw'n chwarae gêm. Ni theimlai Alun fod a wnelo'r peth ag o o gwbl. Roedd ei ben yn dal i frifo.

'Allwn ni ddim bod yn hollol bendant, ond mi wyddon ni pryd roeddach chi ar y comin. Rydan ni wedi sgwrsio efo dau gariad oedd mewn car. Mi welson nhw chi'n eistedd ar fainc sy'n wynebu'r afon. Mae'n siŵr eich bod chi wedi difetha dipyn bach ar 'u hwyl nhw. Maen nhw'n cofio'r câs ffidil oedd gynnoch chi. Mi godoch chi a cherdded i ffwrdd i gyfeiriad y winllan am ugain munud wedi hanner nos. O ddilyn y llwybr hwnnw mi fyddach chi wedi cyrraedd y tir diffaith lle lladdwyd Ceri Harris.'

'Ond mae 'na dro i'r chwith sy'n arwain i Stryd y Plas. Es i ddim ar gyfyl Tan'rallt.'

'Ol reit 'ta, mi dderbynia i'ch gair chi, am y tro. Welsoch chi rywun pan oeddach chi'n mynd y ffordd arall—am y tir diffaith 'na?'

'Naddo.'

'Dydach chi ddim yn arbennig o graff, Mr Hardwick. Doeddach chi ddim wedi gweld y pâr ifanc chwaith . . . yn ôl y datganiad cynta wnaethoch chi. Ydach chi eisio newid y datganiad rŵan a chyfadde'ch bod chi wedi'u gweld nhw?'

Llofrudd posib—neu sbeciwr amheus ella—ynfytyn hanner pan nad oedd byth yn trafferthu edrych ar ei wats? Roedd y cyfan yn ddianghenraid o gymhleth, a gwirion. Penderfynodd Alun lynu wrth ei ddatganiad gwreiddiol.

'Weles i neb.'

Wnaeth Ellis ddim pwyso ymhellach. 'Mi ddwedoch chi eich bod chi wedi cerdded ar hyd Stryd y Plas rywbryd ar ôl hanner nos, a'ch bod wedi gweld criw o bobol ifanc

134

yn dŵad allan o ddisgo. Wnaethoch chi ddim disgrifio'r un ohonyn nhw'n fanwl. Roedd 'na un ferch ifanc eitha trawiadol—Pacistani—sy'n cofio gweld dyn yn cario câs ffidil. Roedd hi'n cofio'n union faint o'r gloch oedd hi achos 'i bod hi'n poeni y câi ffrae am gyrraedd adre'n hwyr. Roedd hi'n bum munud ar hugain wedi un, Mr Hardwick. Ydach chi'n 'i chofio hi?'

'Nac'dw.' Wrth gwrs ei fod o'n ei chofio hi. Ydi Pacistanis yn gwisgo breichledau ffansi am eu fferau? Ymddangosai hynny'n bwysig pan oedd o'n sgwennu'r datganiad. Indiad, neu ryw hil arall? Roedd hynny wedi ei boeni. Doedd ei ben fawr gwell byth. Fel arfer, fyddai Aspirin ddim jiff yn ei glirio.

'Ydach chi'n 'y nghyhuddo i o lofruddio Ceri Harris?' gofynnodd Alun yn hawddgar.

'Dwi'n eich cyhuddo chi o fod yn hollol gamarweiniol ynglŷn ag amseroedd.'

'Mae'n ddrwg iawn gen i. Mi tsiecia i i'r eiliad y tro nesa.' Camgymeriad. Ymddiheuro eto. 'Ddylwn i ddim cellwair.'

Caeodd gwefusau Ellis yn dynn. 'Mmm. Wel, mi rydach chi dan straen.'

Ydw i? meddyliodd Alun. Roedd o wedi blino ac roedd ganddo gur yn ei ben ond ar wahân i hynny ni theimlai ei fod dan unrhyw fath o straen. Roedd yr holl beth—Ellis, y cyfweliad, a'r stafell gyf-weld—fel golygfa o *The Bill*. Doedd y ffaith ei fod yn cael ei orfodi i chwarae rhan yr actor yn peri dim anniddigrwydd iddo. Hofrai'r holl linellau yng nghefn ei ben yn rhywle—a'r cwbl roedd angen iddo'i wneud oedd eu hadrodd nhw. Os oedd o'n dweud y llinell anghywir ambell dro—wel, bid a fo am hynny. Arhosodd am weddill yr olygfa.

Cododd Ellis ffeil arall o nodiadau. 'Mi wyddoch mai'r noson y perfformiwyd *Otello* y lladdwyd Dr Daniel. Mi gafodd cast yr opera, gan gynnwys aeloda'r gerddorfa, wrth gwrs, barti yng nghefn y llwyfan i ddathlu'u llwyddiant; roedd hi wedi hanner nos pan ddaeth o i ben. Pam nad aethoch chi ddim i'r parti hwnnw?'

'Dwi ddim yn berson cymdeithasol iawn. Mae'r gerddoriaeth yn rhoi mwy o bleser i mi na chwmni cerddorion er'ill,' atebodd Alun. (Mi faswn i wedi aros petait ti wedi dŵad, Nia. Mi fasat ti wedi cael croeso. Roedd y lle'n llawn dop o bara priod.)

'Be wnaethoch chi felly?'

'Gyrru adre.'

'Ar eich union?'

'Gan eich bod chi'n gwybod nad es i ddim i'r parti, mae'n siŵr eich bod chi'n gwybod nad es i ddim adre ar f'union chwaith.'

'Dowch yn eich blaen.'

'Mae'n debyg 'mod i'n cael fy nilyn, ydw?'

Trueni na fyddat ti, was aur, meddyliodd Ellis, waeth sut mae rhywun yn edrych arni. Tasat ti'n cael dy ddilyn, ella basa Dr Daniel yn fyw heddiw.

'Na, dydach chi ddim wedi bod dan arolygiaeth, ond mi rydan ni'n gwybod dipyn mwy nag yr ydach chi'n feddwl. Y gwir rŵan. I le'r aethoch chi?'

Bu bron i Alun chwerthin. 'Ella na choeliwch chi ddim. I gerdded ar y comin.'

'O, dwi'n coelio,' meddai Ellis yn wastad. 'Dwi eisio gwybod rŵan ble ar y comin—a pham.'

Roedd hi'n ddigon hawdd dweud *ble*. 'Mi barciais i 'nghar ar y lôn bengaead fach rhwng Ffordd Siôr a'r Gilgaint, ac wedyn mi gerddais i ar hyd y llwybr wrth yr afon.' Doedd hi ddim mor hawdd dweud *pam*. Bron nad oedd hi'n amhosib, ond rhoddodd gynnig arni, er hynny. 'Mae hi'n dawel gefn trymedd nos. Dwi angen amser i 'nyfnu fy hun yn raddol ar ôl profiad cerddorol. Ydi hynna'n gwneud synnwyr i chi?'

136

Ella y bydda fo petai'r amgylchiada'n wahanol, medd-yliodd Ellis. Dim ond gwaith deng munud o gerdded oedd o'r Gilgaint i Ryd y Bedw ble'r oedd bwthyn Dr Daniel. Roedd yn beth od iddo gyfadde ei fod wedi bod mor agos. Ella'i fod o weld gweld rhywun y tro hwn, neu fod rhywun wedi'i weld o. Gofynnodd hynny iddo.

'Mae'n bosib fod 'na bobol o gwmpas. Wnes i ddim sylwi.'

'Ac mae'n siŵr na wnaethoch chi ddim sylwi faint o'r gloch oedd hi?'

'Naddo.'

'Pan aethoch chi am dro, aethoch chi â'ch câs ffidil efo chi?'

Mae 'na wall yn y sgript yn fan'ma, meddyliodd Alun. Pam crybwyll y câs ffidil?

'Naddo, debyg. Pam baswn i'n trafferthu mynd â 'nghâs ffidil efo fi?'

Edrychodd Ellis ar ei nodiadau eto. 'Ar y pymthegfed o Chwefror eleni mi wnaethoch chi riportio fod rhywun wedi torri i mewn i'ch car chi a dwyn *briefcase* odd' ar y sedd gefn. Meddwl oeddwn i y basach chi'n debygol o fynd ag unrhyw beth o werth efo chi, yn eich llaw, ar ôl profiad fel'na.'

'Mi all'swn i fod wedi'i gloi o yn y bŵt.'

'Dyna be wnaethoch chi?'

Petrusodd Alun. Doedd o ddim yn siŵr ai hwn oedd yr ateb cywir. Penderfynodd ateb yn gadarnhaol. 'Ia.'

'Fasa wahaniaeth gynnoch chi i ni gael golwg ar eich câs ffidil chi?'

'Golwg arno fo . . .? O, dwi'n gweld rŵan. Y bobol fforensig. Doeddwn i ddim wedi deall mai wedi cael ei cholbio i farwolaeth efo câs ffidil roedd Dr Daniel.' Oni bai fod yr holl beth mor gwbl chwerthinllyd, mi fyddai'n demtasiwn bod yn ddifrifol.

137

Edrychodd Ellis arno'n chwilfrydig. Dydi hyn ddim yn taro adre o gwbl, meddyliodd. Rwyt ti wedi cloi dy feddwl. Dwyt ti ddim yn ystyried y peth yn rhesymegol, ddeallus. Ryw fath o jôc *macabre* ydi hyn i gyd i ti. Does 'na ddim cofnod o salwch meddwl. Dwyt ti 'rioed wedi cael *breakdown*. Rwyt ti'n ymdopi'n iawn ag ystyried mor anodd ydi'r amgylchiada gartre. Yn ymdopi, hyd yn hyn, hynny yw.

Cododd Ellis ar ei draed. 'Iawn—awn ni 'ta?'

Gwgodd Alun. Doedd o ddim yn deall. Mynd? I ble? I'r celloedd? I'w grogi? Yn ôl i'r ysbyty? Am dro ar hyd y comin?

'Mynd i le?'

'I'ch tŷ chi. I nôl y ffidil.'

'Hei. Hanner munud rŵan.' Trawodd realiti'r sefyllfa Alun yn ei dalcen, fel celpan galed. Roedd Nia gartre. Be roedd o i fod i'w ddweud wrthi hi—fod y llob plisman 'ma eisio'i ffidil i'w rhoi i'r bobl fforensig i'w harchwilio rhag ofn fod 'na ddafnau gwaed arni? 'Mi gafodd Enid Daniel 'i lladd yn yr un ffordd yn union â'r ddwy arall,' meddai. 'Mae hynny ym mhob adroddiad papur newydd. Mae pob copa walltog yn gwybod. Be sy a wnelo'n ffidil i â'r peth?'

'Dim byd, o bosib,' cysurodd Ellis. 'Mi fyddwn ni'n gwybod unwaith y cawn ni olwg arni hi.'

'Dwi ddim yn fodlon i 'ngwraig gael ei hypsetio—a mynd i boeni am beth mor hollol dwp. Gwnewch fel y mynnoch chi efo fi, ond cadwch hi allan o hyn.'

Credai Ellis fod pryder Hardwick am ei wraig yn gwbl ddiffuant. O gofio y byddai'r Prif Gwnstabl yn clustfeinio ar y sgwrs dâp hon ymhen y rhawg, meddyliodd yn ddwys cyn penderfynu awgrymu'n ddigon caredig: 'Dwi ddim mewn iwnifform, fel y gwelwch chi. Mi awn ni yn eich car chi. Mi fydd yn rhaid i mi ddŵad i'r tŷ, ond fydd dim rhaid i chi ddweud pwy ydw i. Mi gewch chi ddweud wrth eich gwraig eich bod am roi benthyg y ffidil i mi.'

Roedd o'n gynnig teg, amhroffesiynol o deg, mewn gwirionedd. Yn nes ymlaen, pan fyddai ganddo ddigon o dystiolaeth, byddai Ellis yn ymddwyn yn gwbl broffes-iynol. Ond doedd hi ddim yn bryd cyhuddo eto.

Chwarae *Scrabble* roedd Nia pan gyrhaeddon nhw. Pan chwaraeai yn ei herbyn ei hun câi dwyllo a defnyddiai'r geiriadur fel y mynnai. Roedd hi newydd ddysgu mai gair slang o Seland Newydd i ddisgrifio dyn cymorth cyntaf ydi *zambuk*. Roedd ei meddwl ar faterion meddygol a chymerodd yn ganiataol felly fod Alun wedi dod adre'n gynnar gyda chydweithiwr o'r ysbyty. Gobeithiai nad oedd wedi gaddo te iddo. Roedd yna sgons yn y tun ond roedden nhw'n dechrau mynd yn hen. Cynigiodd ddiod, rhag ei bod yn cynnig dim byd.

Gwrthododd Ellis.

Roedd hi'n wraig hardd. Daethai cudyn o'i gwallt du'n rhydd a chyrlio o dan ei chlust. Gwisgai sandalau agored ac roedd ganddi liw haul ar ei thraed. Traed da-i-ddim, atgoffodd ei hun. Doedd o erioed yn ei fywyd wedi gweld rhai o'r geiriau a addurnai'r bwrdd *Scrabble*, ond ddywedodd o mo hynny wrthi. Roedd y stafell lle'r eisteddai'n draed moch, ond doedd hi ddim i'w gweld yn poeni am hynny. Sylweddolodd Ellis y byddai yno'r un faint yn union o lanast hyd yn oed pe bai hi ddim mewn cadair. Yn ôl y dystiolaeth feddygol roedd hi'n abl i fodloni ei gŵr yn rhywiol—roedd hi'n bishyn a hanner, beth bynnag. Ond dywedai Harris fod ei libido mor farw â hoel. Anodd credu.

Roedd y câs ffidil yn y gornel yn ymyl y silff lyfrau. Fel roedd Mathews wedi tystio, disgleiriai'n loyw yng nghanol y llwch a'r lludw, fel morlo du, braf. Roedd yn gwestiwn mawr gan Ellis a lwyddai'r tîm fforensig i grafu dim tystiolaeth oddi arno. Dywedodd wrth Alun ei fod wedi edrych ar ei ôl yn dda.

'Mae ganddo fo ddwy gariad,' meddai Nia'n gellweirus, 'fi a'i ffidil.' Roedd hi'n synnu fod Alun yn fodlon rhoi ei benthyg i unrhyw un. Ac roedd yn ddigon amlwg ei fod yntau'n anfoddog iawn i'w rhoi. Edrychai'i gŵr yn ddigon gwachul a meddyliodd hi tybed a oedd o'n hel annwyd. Roedd o wedi bod yn flinedig ac yn flin oddi ar noson y cyngerdd a buasai'n afresymol o siomedig am nad aethai hi i weld yr opera. Cysgu ar y soffa yr oedd hi pan gyrhaeddodd o adre; deffrôdd pan oedd hanner y ffordd i fyny'r grisiau, yn ei freichiau. Roedd hi wedi dweud wrtho'n gysglyd fod aroglau gwelltglas arno fo—wnaeth o'r un sylw am hynny. Pan oedd yn ymolchi holodd o sut y bu'r perfformiad. Estynnodd yntau'r lliain iddi a sylwodd fod 'na staeniau gwyrdd ar ei fysedd. Gormod o resin, meddai fo, ac roedd hi'n rhy gysglyd i ddadlau. Edrychai'n chwerw ac yn bell ond roedd wedi'i chusanu mor dyner ag arfer ar ôl ei gosod i orwedd yn y gwely.

Roedd yr opera'n dda iawn, canmolodd wrthi, a llof-ruddiaeth Desdemona'n gampus.

16

Gorweddai Tess cyn daweled â lleian (er nad yn yr un ysbryd addolgar) yn gwrando ar yr hyn oedd gan Celt i'w ddweud. Roedden nhw newydd gnychu—fel ci a gast ar adeg cymharu. Gwelsai hi'r anifeiliaid wrthi lawer o weithiau gartre ar y ffarm yn Galway a rhoesai ei mam swadan iddi un tro pan ddaliodd hi'n rhythu. 'Rho'r gora iddi, hogan, er mwyn y nefoedd!' Roedd gan ei mam lais garw a llaw galed, a digonedd o gariad hefyd, i bob un o'i phlant. Fe gyffesodd hi wrth yr offeiriad ar ôl hynny. 'Mi weles i iâr a cheiliog yn cnychu, Tad, a hwch a baedd, a buwch a tharw.' Roedd cathod yn fwy llechwraidd wrth natur; doedd hi erioed wedi eu dal nhw. Roedd yr offeiriad wedi dweud wrthi am adrodd tair Afe ac am ddiolch i Dduw am y weithred sanctaidd o greu. Doedd hi ddim wedi deall ystyr rhan olaf ei frawddeg, na'r rheswm am y chwerthin yn ei lais.

Doedd dim byd yn ddoniol ynglŷn â ffordd Celt o garu. Eisteddai'n noeth ar erchwyn y gwely'n awr a'i groen yn ddisglair gan chwys. Os oedd yr holl duchan ac ochneidio'n ffon fesur, yna rhaid ei fod wedi'i fwynhau ei hun.

Ond swniai fel petai'n colli arni rŵan. Doedd hi erioed wedi ei glywed yn siarad y fath ffwlbri.

'Dwi ddim am orchymyn i ti beidio â mynd yno eto,' meddai wrthi, 'ond os oes gen ti rywfaint o sens mi wrandewi di arna i, a chadw draw.'

'Alun ydi'r dyn mwya addfwyn dwi'n 'i nabod,' meddai Tess yn oeraidd.

Sylweddolodd yntau fod ei eiriau wedi'i brifo. Hen dro, ond roedd hi'n gofyn amdani. Roedd y ffaith ei bod hi wedi diodde ei anwesu'n fud, gan syllu'n dduwiol tua'r nenfwd, wedi'i gynddeiriogi.

'Sut mae o'n gwneud 'ta? I gyfeiliant y ffidil? Serenâd bach efo un llaw a'i rhoi hi i mewn efo'r llall?'

Roedd ei siarad bras yn troi arni. 'Dydi o 'rioed wedi cyffwrdd pen 'i fys yno' i.'

Byddai'n dda ganddo pe gallai ei chredu. Doedd Hardwick ddim yn medru efo'i wraig, ond gan fod 'na hogan handi ac awyddus yn byw dros y ffordd . . . Hogan o gefn gwlad Iwerddon oedd wedi gwerthu wyau iddo fo unwaith pan oedd o'n gwersylla ar ffarm ei thad. Roedd ei choesau'n lliw mêl bryd hynny a'i bronnau'n fychan, grwn. Ei denu hi i'r gwrychoedd fu prif pleser y gwyliau.

Doedd o ddim wedi bwriadu ei phriodi'n anrhydeddus a dod â hi adre, ond aethai ei diniweidrwydd at ei galon. Ni bu dim gwaith perswadio arno i'w chymryd yn wraig. Roedd arno eisio edrych ar ei hôl bryd hynny. A'r un oedd ei deimlad o hyd.

Dechreuodd ei rwbio'i hun â lliain. 'Mae'r heddlu'n canolbwyntio ar Hardwick, ond ân nhw ddim â fo i'r ddalfa nes bydd gynnyn nhw fwy o dystiolaeth.' Sylwodd Tess mai 'nhw' a ddywedodd, nid 'ni'. Y rheswm am hynny, siŵr o fod, oedd ei fod am ei ddatgysylltu ei hun oddi wrth rywbeth a fyddai'n bownd o beri iddi deimlo'n fwy milain fyth tuag ato. Nhw. Y glas. Y criw garw o ddynion y gweithiai gyda nhw. 'Maen nhw'n gwneud profion fforensig ar 'i ffidil o.'

'Be?' Cododd Tess ar ei heistedd yn syfrdan. Tynnu arni roedd o, mae'n rhaid. Ond pan welodd ei wyneb gwelodd ei fod yn hollol o ddifri.

Ac yna aeth Celt gam ymhellach, a dywedodd beth na ddylai fod wedi'i ddweud, gan wneud iddo swnio'n llawer mwy pendant nag yr ydoedd hefyd. Roedd cysgod ar y llun a dynnwyd gan ffotograffydd y polîs adeg llofruddiaeth Enid Daniel yn dangos siap câs ffidil ar y glaswellt gwlyb, meddai. Doedd 'na ddim amheuaeth ynglŷn â'r peth.

Doedd hi'n credu'r un gair. Stori arswyd roedd ei hen ddychymyg gwyrdroëdig o wedi'i chreu oedd hon. Os oedd rhywun yn *pervert* seicorywiol, yna Celt ei hun oedd hwnnw. Roedd o wedi derbyn rheolau'r gêm hyd yn hyn ... gêm ... (gêm oedd peth fel hyn?), ond treiddiai'r islif o drais ohono i fêr ei hesgyrn hi. Byddai caru gydag Alun yn weithred lawen, naturïol. Roedd hi wedi darllen cerddi a storïau am gariad felly. Roedd ei chorff yn effro'n rhywiol pan fyddai Alun o gwmpas—er nad oedden nhw erioed wedi cyffwrdd yn ei gilydd. Caeodd ei llygaid yn awr a breuddwydio'n flysig.

142

Edrychodd Celt arni'n ddirmygus. 'Iawn 'ta,' meddai, 'dos di yno, os wyt ti eisio. Bydd di'n forwyn fach driw. Ond paid â dychryn pan gaiff y marchog addfwyn anrhydeddus 'i haeddiant.' Ymdrechodd i beidio â dangos ei ddicter. 'Bydd yn ofalus, Tess.'

Agorodd hi'i llygaid ac edrych arno. Roedd y consyrn yn ei lais fel pin yn swigen ei breuddwyd. Dwi ddim eisio i ti falio amdana i, meddyliodd. Plîs, paid â malio. Dwi eisio bod yn rhydd.

Roedd y rheswm pam ei fod yn malio'n rhy dwp i haeddu ystyriaeth ddifrifol. Heriai hi byth a hefyd, herio a phigo am yn ail. Doedd hi ddim wedi sylweddoli cyn heno mor ddychrynllyd o genfigennus roedd o o Alun.

Dechreuodd Celt wisgo amdano. Roedd hi'n tynnu at chwech o'r gloch a byddai'n ailddechrau gweithio toc. Gwyddai fod hynny'n plesio Tess yn fawr. Câi'r gwely i gyd iddi hi'i hunan heno—drwy'r nos. Meddyliodd tybed oedd hi'n deall mor flinedig roedd o—a phob un o'i gydweithwyr hefyd. Oni bai ei fod ar ddyletswydd byddai wedi picio i'r maestir saethu am ryw awr ac wedi mynd am beint wedyn cyn dod adre. Doedd o ddim wedi dweud wrthi eu bod wedi rhoi gwn iddo. Hoffai fod wedi brolio am hynny ond gwyddai o'r gorau beth fyddai ei hadwaith. A ph'run bynnag, roedd o wedi dweud gormod yn barod.

Ar ôl iddo fynd gwnaeth Tess deisen felen ac aeth â hi draw i Nia. Roedd hi'n dal yn gynnes yn y tun pan drawodd hi ar fwrdd y gegin. Wrthi'n golchi'r llestri oedd wedi hel yn ystod y dydd yr oedd Alun, a bu bron iawn i Tess ddweud wrtho na ddylai orfod gwneud hynny ar ben bob dim arall. Mae Nia'n hollol abl i'w phowlio'i hun drwodd i fan'ma a golchi'r bali llestri. Ond roedd hi'n ddigon call i beidio â dweud dim; dim ond estyn y lliain sychu a rhoi help llaw.

Diolchodd Alun iddi'n foesgar ond byddai'n well ganddo fod wedi cael llonydd ar ei ben ei hun. Trôi'r cyfweliad gydag Ellis fel chwyrligwgan yn ei ben, ond ni allai roi unrhyw drefn synhwyrol ar ei eiriau na'i ensyniadau. Roedd y cyfan yn jymbl, fel jig-sôs Dylan pan fydden nhw wedi syrthio ar lawr yn un gachfa. Roedd dyn yn codi tamaid, ac yn craffu arno, gan feddwl tybed i ba lun yr oedd o'n perthyn. Byddai'r meddwl yn gweithredu'n ffyddlon fel arfer, a phatrwm yn ymffurfio. Ond methai Alun yn lan â deall ble'r oedd ei gâs ffidil yn ffitio i'r patrwm. Ai'r arwydd cyntaf eich bod chi'n colli arni yw eich bod chi'n meddwl fod pobl eraill yn colli arni?

Roedd Tess yn mwydro rhywbeth am jam.

'Lle ydach chi'n 'i gadw fo,' holodd gan edrych yn y cwpwrdd bwyd, 'i mi gael rhoi peth ar y gacen 'ma?'

Clywodd Nia, a oedd yn darllen yn y stafell fyw, y cwestiwn a galwodd ei fod wedi gorffen. 'Dim ond caws lemon sy 'na.' Byddai'n dda ganddi pe bai Tess yn gadael y gacen ac yn mynd adre.

Daeth Tess o hyd i'r caws lemon a thaenodd beth ar y gacen yn ofalus. 'Os ydach chi eisio dipyn o neges gwna restr ac mi a' i i siopa i chi fory.'

Diolchodd Alun iddi'n gwta ond wnaeth o ddim ymdrech i wneud rhestr chwaith.

Edrychodd Tess arno'n bryderus a rhoi ei llaw ar ei un o. 'Wyt ti'n iawn?'

'Ydw, siŵr,' atebodd yn flin. Ceisiodd wenu arni. 'Wedi blino braidd. Diwrnod prysur yn yr offis 'cw. Mi wneith Nia restr i ti ryw ben.'

Aethant drwodd i'r stafell fyw a chaeodd Nia ei llyfr a'i ollwng ar lawr wrth ei hymyl. *The Birthday of the Infanta,* Oscar Wilde roedd hi'n ei ddarllen, a chodai'r felan arni. Cododd Tess y gyfrol a'i gosod yn daclus ar y silff. 'Stori am be ydi hi?'

'Corrach â choesa cam, sy mewn cariad efo tywysoges,'

meddai Nia gan aros am yr 'O!' syn a'r distawrwydd anniddig arferol.

'Mi roedd Wilde yn wrywgydiwr, doedd?' meddai Tess ymhen tipyn, rhag iddynt feddwl ei bod yn hollol ddiwybod.

'Oedd.' Dwi ddim eisio siarad amdano fo, meddyliodd Nia. Dos adre rŵan, Tess, adre at dy Gelt chwantus. Mae 'na rywbeth fel mur o niwl rhwng Alun a finna heno. Dwn i ddim be ydi o. Mae arna i ofn gwybod. Ond mae'n rhaid i mi gael gwybod.

Roedd Tess yn ddigon sensitif i sylweddoli fod rhywbeth yn bod. Cofiodd beth roedd Celt wedi'i ddweud am y ffidil. Doedd y câs ddim yn y stafell fyw a phan drodd ac edrych gwelodd nad oedd yn y pasej chwaith. Byddai Alun yn canu'r ffidil ambell gyda'r nos ac un ai Tess neu Nia (oedd yn gyfeilyddes dda, pan fyddai yn ei hwyliau) yn canu'r piano iddo. Awgrymodd Tess eu bod yn gwneud hynny'n awr.

Dywedodd Alun ei fod wedi rhoi benthyg ei ffidil i un o'i gydweithwyr.

'O, felly roedd Celt . . .' meddai Tess, cyn rhoi stop sydyn arni'i hun a gwenu fel giât. 'Mae o'n rêl ffwl, ar 'y marw.'

Pan ofynnodd Nia iddi beth roedd hi'n ei feddwl, gwrthododd ateb. 'Dim byd. Anghofia am y peth. Dim hanner call.' Trodd y stori'n sgut. 'Sut wylia mae Dylan yn gael efo Elin a Rhys?'

'Grêt! Dim gronyn o hiraeth ar y cena bach!'

A dyma sgwrsio am Dylan . . . ac am wyliau gyda rhieni Nia yng Nghlwyd, os daliai'r tywydd. A dyma Tess yn dweud fod Celt wedi gorfod gohirio'i wyliau ar gownt y llofruddiaethau. 'Roedd o eisio mynd i Sbaen, ond do'n i ddim. Dwi'n ddigon bodlon adre.' (I gael bod yn d'ymyl di, Alun. Gobeithio nad wyt ti ddim yn medru darllen fy meddwl i. Mae'n braf bod yma heno, a chael helpu.

Mae'r crys 'na sy amdanat ti fel tasat ti wedi cysgu ynddo fo. Pam na wnaiff Nia smwddio? Rwyt ti wedi mynd o dy ffordd i sicrhau y gall hi fyw bywyd gweddol normal. Corrach, â choesa cam . . . Oedd hi'n gwybod hynny cyn dechra darllen y stori, tybed? Ydach chi'ch dau'n cael rhyw efo'ch gilydd o gwbwl ynta' nac ydach?)

Teimlai Alun fod yr amser yn llusgo. Deg o'r gloch. Dos da ti, hogan. Rwyt ti'n ffeind, Tess, yn rhy ffeind. Dydan ni ddim yn dy haeddu di—yr un ohonan ni. Ond dos—er mwyn Duw.

Roedd hi wedi troi chwarter wedi deg pan gododd Tess i fynd o'r diwedd, ar ôl gwneud paned ac estyn tamaid o gacen yr un iddynt.

Teimlai Nia ei bod wedi bod braidd yn ddigroeso, a rhoddodd sws fach iddi ar ei boch. 'Diolch am bob dim.'

Danfonodd Alun hi at y drws.

Safodd Tess wrth giât yr ardd. ''Ti'n gaddo galw os byddi di eisio fi—dim ots pa bryd?'

Addawodd yntau.

Mae hi'n anodd cerdded i'r cyfeiriad iawn drwy fur o niwl, meddyliodd Nia. Ac mae angen dewrder hefyd.

'Mi roddodd 'i throed ynddi, do?' meddai hi'n betrus pan ddaeth Alun yn ei ôl, 'ond 'i bod hi wedi cuddio'i thracs yn reit dda.'

'Be 'ti'n feddwl?' gofynnodd yntau. Gwyddai o'r gorau beth roedd hi'n ei feddwl. Cododd a dechrau hel y llestri at ei gilydd.

Dywedodd Nia wrtho am adael iddyn nhw. 'Mae'n rhaid i ni siarad.'

'O? Am be felly?'

'Pwy oedd y dyn 'na y rhoist ti'r ffidil iddo fo pnawn 'ma?'

'Ellis.' Os nad oedd hi am gael ei harbed, yna allai o mo'i harbed hi. 'Y Prif Inspector Dditectif Ellis.'

146

'Roedd Celt yn gwybod ac roedd o wedi dweud wrth Tess.'

'Oedd, yn amlwg.'

Roedd hi yng nghanol y niwl yn awr—ac roedd ofn arni—ond daliodd yn ei blaen. 'Dweud wrtha i pam.'

Soniodd Alun wrthi am y cyfweliad, mor ffwrdd-â-hi ag y gallai. 'Mae 'na ddega o rai er'ill—rwtîn ydi o, a dim arall. Mi ddigwyddodd yr un peth ar ôl i Llinos Rees a Ceri Harris gael 'u lladd a rŵan Enid Daniel. Mae'n rhaid i'r polîs wneud 'u gwaith.' Estynnodd gadair ac eistedd wrth ymyl Nia. Roedd 'na friwsionyn ar ymyl ei gwefus. Roedd arno eisio'i dynnu oddi yno, ond allai o mo'i chyff-wrdd hi. Teimlai fel pe bai wedi fferru'n dalp.

'Ond be am y ffidil? Pam mae'r heddlu eisio'r ffidil?'

Dywedodd wrthi hi na wyddai o ddim.

'Be ofynnodd yr Ellis 'ma i ti?'

Cafodd glywed fersiwn cwta, golygedig, o'r cyfweliad.

'Ond dydi'r peth yn gwneud dim synnwyr. Be sy a wnelo ti â'r llofruddiaetha seicopathig 'ma—dyna be ydyn nhw, 'te? Dyna maen nhw'n awgrymu yn y papura newydd, beth bynnag.'

'Dwn i ddim.' Roedd o *yn* gwybod, ond allai o ddim dweud wrthi.

Cyflymodd curiad ei chalon wrth iddi sylweddoli ei bod hithau ar fin gwybod hefyd. Roedd y newyddiadur-wyr wedi cynnig sawl damcaniaeth—ac yn eu plith yr awgrym mai rhywun a gâi'i amddifadu o ryw oedd y llofrudd.

'Dwi'n gweld,' meddai hi. 'O, Dduw mawr.' Teimlai'n sâl fel ci.

Dywedodd Alun wrthi'n dawel ryfeddol ei bod yn methu. 'Dwi'n dy garu di. Dydi'r ffaith nad ydan ni ddim yn cysgu efo'n gilydd ddim wedi 'nhroi i'n llofrudd gwallgo'.'

Gafaelodd Nia yn ei ddwylo. Ond sut roedden nhw'n gwybod nad oedden nhw'n cysgu efo'i gilydd? Doedd dim rheswm corfforol i beri iddyn nhw feddwl felly. Roedd Harris wedi dweud yn ddigon plaen y gallai hi gael plentyn arall. Cofiodd y staeniau gwyrdd ar ddwylo Alun noson yr opera. Roedd aroglau gwelltglas arno. Ella'i fod wedi caru efo putain—allan dan y sêr yn rhywle. Os felly, pam na ddywedai'r gwir wrth yr heddlu a chael diwedd arni? Fe allai hi dderbyn y peth. Byddai'n rhaid iddi dderbyn y peth.

Tynhaodd ei gafael yn ei ddwylo a dywedodd hynny wrtho.

Tynnodd yntau ei ddwylo'n rhydd.

'Mi es i draw i'r comin. Mi fues i'n eistedd am dipyn, ac wedyn mi gerddais filltir neu ddwy. Dyna'r cwbwl i ti, Nia.'

'Paid â bod ofn 'y mrifo fi, 'nghariad i. Cha i mo 'mrifo. Mae o'n beth perffaith naturiol. Dydi hi ddim gwahaniaeth gen i. Os oes arnat ti angen *alibi*—a ti wedi bod efo rhywun—yna paid â bod ofn dweud. Ti sy'n bwysig rŵan, nid fi. Stopia feddwl amdana i.'

Roedd yn ddigon hawdd iddi ddweud fel yna.

Gwylltiodd hi wrtho'n sydyn. 'Elli di ddim derbyn y cyhuddiada ofnadwy 'ma. Paid â thrio 'ngwneud i'n rhywbeth . . . cysegredig, wnei di. Chdi sy mewn peryg', 'ti ddim yn gweld? Chdi!'

Ceisiodd ei thawelu. 'Nid jest y fi. Mae 'na rai er'ill. Does gen i ddim syniad pam roeddan nhw eisio'r ffidil. A does 'na ddim cyhuddiada.' Wnaeth o ddim ychwanegu 'eto'.

Ond gwyddai hi mor agos y bu i ddweud y gair hwnnw, a chynyddodd ei hofn. Roedd o wedi cyrraedd adre'n hwyr nifer o weithiau, ac wedi ceisio'i chamarwain ynglŷn â'r amser. Mae'n rhaid fod 'na rywun. Fyddai o ddim yn mynd i grwydro'r comin gefn nos er mwyn ceisio heddwch ysbrydol, yn na fyddai? Dduw annwyl dad!

Os nad putain, yna pwy? Nid Tess, yn sicr. Roedd hi'n dod yn fwyfwy amlwg fod Tess dros ei phen a'i chlustiau mewn cariad ag o, a'r un mor amlwg, i Nia nad oedd o'n ei ffansïo hi, heb sôn am ddim arall.

Ar ôl i Alun ei chario i fyny'r grisiau a'i swatio yn y gwely plygodd i roi cusan iddi yn ôl ei arfer. Gafaelodd hithau yn ei wyneb a cheisio anwesu'i geg â'i thafod. Roedd hi'n llwyd a theimlai'i hwyneb yn oer. Gallai ei chlywed yn crynu a gafaelodd yn dynn ynddi. Roedd hi'n ymdrech wrol, ond yn gymaint o ymdrech fwriadol fel na chynhyrfwyd o o gwbl. Fe allai fod wedi wylo drostyn nhw ill dau.

Roedd hi'n crio. 'Mae'n ddrwg gen i Alun . . .'

'Ssh, 'y nghariad i, 'mlodyn aur i.'

'Wnei di orwedd wrth f'ymyl i 'ta?'

Ond gwrthododd yn swta. Yna cusanodd hi drachefn, a'i wefusau'n gaead y tro hwn.

'Os oes rhywun yn wallgo,' meddai hi, 'fi ydi honno. Eisio therapi sy arna i. Dydi Harris ddim yn gwybod dim byd am libido, debyg. Dim ond coesa, ia? Wyt ti'n meddwl y galla fo ddŵad â theimlad i'r rhain pe bai o'n trio eto?' Daeth yr hen obaith am lawdriniaeth ac adferiad i'w phoenydio. 'Tasan ni'n mynd i weld Harris wyt ti'n meddwl y galla fo helpu ryw fymryn arna i?'

Doedd o ddim wedi dweud wrthi ei fod wedi bod yn gweld Harris yn ddiweddar i ofyn yr union gwestiwn hwnnw.

Ond dywedodd wrthi'n awr, mor ofalus a thyner ag y gallai.

'Dwi'n gweld. Mae o wedi gwneud be fedar o.' Roedd hi'n derbyn y peth.

Ond allai Alun ddim. Ydi, meddyliodd, mae o wedi gwneud be fedar o ac mae'r ffaith dy fod ti'n gorwedd fel'na yn y gwely 'na'n brawf o'r peth. Aeth i'r stafell ymolchi a daeth yn ei ôl gyda thabledi cysgu iddi. Byddai eu hangen arni heno. Phrotestiodd hi ddim, dim ond eu llyncu'n ufudd.

Roedd tir diffaith moel, tu draw i'r niwl. Cerddodd ar ei phen iddo yn ei chwsg a theimlo'r pridd dilaswellt fel lludw dan ei thraed.

17

Wrth Ian Richards y soniodd Owen gyntaf am y syniad o roi gwobr-dâl. Roedd wedi ei wâdd draw i nôl benthyg gwerslyfrau a phan oedd yn tywallt wisgi bob un iddynt y penderfynodd ymddiried ynddo. 'Pum mil o bunna am wybodaeth fyddai'n arwain at arest, a chyhuddiad. Be ydach chi'n feddwl?' Roedd wedi sylwi fod Carol ac Ian yn gryn ffrindiau'r dyddiau hyn, a theimlai'n genfigennus dros Ceri. Oedd pobl ifainc yn anghofio mor hawdd â hynna? Ynteu ai dod at ei gilydd er mwyn yr achos yr oedden nhw? Ac os felly pa les allen nhw ei wneud? Fe allai arian, digon ohono, wneud y tric. Ac fe allai o fforddio ei roi. Methai ddeall pam na fyddai wedi meddwl am y peth ynghynt.

Roedd Ian yn dysgu ymlacio yng nghwmni Owen o dipyn i beth. (Sut dad yng nghyfraith fyddai o wedi bod, tybed? Rhy feddiannol o Ceri, ella—neu rhy awyddus i Ian lwyddo?) Ond cwestiynau gwag oedd y rhain bellach; doedd yr atebion yn cyfri dim. Cath wyllt, griplyd, winglyd oedd Carol o'i chymharu â Ceri, ond o leiaf roedd hi'n peri iddo fo deimlo'n normal unwaith eto. Doedd o ddim yn ei foddi'i hun mewn gwaith y dyddiau hyn. Chwarddai'n ddigymell weithiau. Roedd y byd yn lle digri ar dro, digri ar y naw hefyd. Peidiodd y gweledigaethau dychrynllyd a'r breuddwydion ofnadwy. Câi Carol ac yntau hwyl ar ffraeo ac roedd hi'n braf medru malio unwaith eto am bethau bach dibwys. Gall galar fod yn gyffur gormesol ac mae'n rhaid i ddyn ymladd am ei ryddid.

Cytunodd Ian fod y wobr yn syniad da. Ac yna mentrodd grybwyll damcaniaeth ddial Carol, a chofio ar yr hanner fod Owen wedi'i chlywed yn barod.

Roedd yn amlwg i Owen nad Carol oedd yr orau am gadw cyfrinach, a meddyliodd y byddai'n ddoethach peidio â dweud wrth Ian fod yr heddlu wedi mynd trwy ei gofnodion yn yr ysbyty i gael gweld faint o gleifion a'u perthnasau allai fod yn dal dig am gam tybiedig, a blys dial. Doedd o ddim yn methu'n aml, ond tasg drom fu mynd drwy'r achosion fesul un a châi ei demtio i daflu ei sgalpel i'r bin agosaf ac ymddeol yn gynnar. Roedd yr heddlu wedi llunio rhestr fer o dri. Pan holwyd hwy roedd gan ddau ohonynt *alibis* hollol ddilys. Alun Hardwick oedd y trydydd.

Pan oedd ar ei ail wisgi, cafodd Owen funud wan a chyffesodd wrth Ian. 'Mae'r ddamcaniaeth mor ffansïol, bron nad ydi'n chwerthinllyd. Ond mae'r plismyn yn cymryd pob dim o ddifri—hyd yn oed hyn.' Wnaeth o ddim ychwanegu: a dwi inna hefyd, Duw a'm helpo i. Ni allai beidio â gweld yr olwg ar wyneb Hardwick cyn iddo ffrwydro a martsio o'i stafell ymgynghori. Atgoffid ef am y peth bob tro y gwelai'r staen coffi ar y wal. Byddai'n bum mlynedd eto cyn y barnai'r ysbyty ei bod yn bryd ailbeintio'i stafell ac roedd yn rheitiach rhoi pum mil o bunnau o wobr fel hyn na chanpunt i weinyddwyr yr ysbyty roi llyfiad o *emulsion* ar y wal. Ambell ddiwrnod roedd arno awydd gadael Cymru, a rhoi'r gorau i'w waith hyd yn oed. Byddai job fel meddyg ar long bleser yn therapiwtig. Ond pwy yn ei iawn bwyll fyddai'n fodlon ei gyflogi—llawfeddyg wedi troi'r hanner cant oedd wedi

151

cael dwy brofedigaeth fawr a adawai eu hôl arno tra byddai byw?

Doedd waeth iddo drio gweld yr ochr ddigri ddim. 'Pam nad ewch chi'n feddyg teulu, Ian? Beth bynnag sy'n bod ar y claf, mi gewch chi sgwennu nodyn mewn llawsgrifen annealladwy a'i yrru i weld ryw ymgynghorydd neu'i gilydd.'

'Chi yw'r llawfeddyg gore yn y maes,' atebodd Ian yn ffyddlon ac yn hollol ddiffuant. 'Os na allwch chi wella Mrs Hardwick, all neb arall. 'Chi'n gwybod 'ny.'

'Dwedwch hynna wrth 'i gŵr hi.'

Yn ddiweddar iawn y daethai Ian i wybod sut un oedd Hardwick o ran pryd a gwedd. Carol oedd wedi ei ddangos iddo yng nghantîn yr ysbyty. Roedd hi ar dân i fynd i eistedd wrth yr un bwrdd ag o. 'Tyd. Ofynnwn ni pwy mae o'n feddwl sy wedi gwneud i ni gael gweld be ddwedith o.' Fe roddodd stop arni, wrth gwrs. Doedd dim i'w ennill o blagio'r dyn; roedd yn well gadael llonydd i'r heddlu fwrw ymlaen gyda'u gwaith. Ond roedd yn falch o glywed eu bod nhw wedi bod drwy ffeiliau Harris ac ni welai unrhyw reswm pam na ddylai ddadlennu'r newydd wrth Carol, dim ond iddo gofio'i rhybuddio i gadw'i cheg ar gau. Roedden nhw wedi bod yn dyheu am i bethau symud. Roedden nhw'n symud yn awr.

O safbwynt y Prif Gwnstabl roedd pethau'n symud ar raddfa ddigon boddhaol, diolch yn fawr. Ceisiodd fynd dros ben Owen i beidio â chynnig gwobr. 'Mi gawn ni ein boddi—galwada ffôn—llythyra—pobol yn galw, a'r rhan fwya ohonyn nhw'n gwastraffu'n hamser ni. Aros am sbel. Gormod o bwdin . . .'

Ond gwrthododd Owen aros. 'Mae 'na wythnosa er pan laddwyd Llinos Rees. Mi ddigwyddith yr un peth efo Ceri ac Enid. Os na fedrwch chi ddŵad i ben, mi fydd rhaid i chi ganslo gwylia pobol, a chael gafael ar fwy o staff.'

Cael a chael oedd hi gan Iorwerth beidio â ffrwydro. 'Mae gwylia pawb wedi'i ganslo. Allwn ni ddim cael mwy o staff am bres yn y byd. Rwyt ti'n cwyno fod meddygon ifanc yn gorfod gweithio wyth deg awr yr wythnos. Faint wyt ti'n feddwl mae'r bois yma'n weithio?' Roedd wedi ildio yn y diwedd a chyfadde mai Owen oedd pia dweud beth roedd o am ei wneud efo'i bres. 'Ond bydd yn ofalus os wyt ti'n bwriadu cynnal cynhadledd i'r wasg.'

Doedd Owen ddim wedi meddwl am gynhadledd i'r wasg, ond roedd yn syniad da a threfnodd un ar gyfer y pnawn Gwener canlynol, yn ei stafell ymgynghori. Daeth pla o newyddiadurwyr yno a doedd dim lle i fwy na'u hanner eistedd. Gwthiodd yntau'i ddesg yn erbyn y wal, i wneud mwy o le, a sefyll i gyflwyno'i araith.

Doedd o ddim yn emosiynol; aeth o ddim dros ben llestri. Y cwbl ddywedodd o oedd y gallai fod 'na rywun yn rhywle a allai ddod ymlaen a chynnig gwybodaeth hanfodol bwysig a dadlennol mewn cysylltiad â'r llofruddiaethau, ac anogodd y cyhoedd i feddwl am y dyddiadau dan sylw. Ond parodd cwestiynau clyfar aelodau'r wasg iddo ddweud pethau nad oedd wedi bwriadu'u dweud. Doedd o ddim am grefu ar i bobl edrych i'w calonnau a rhoi'r gorau i gysgodi tad neu fab neu ŵr y gwyddent fod ganddynt dueddiadau annormal. Câi'r wasg yr atebion a fynnent bob tro, ar ei waethaf o, ac roedd ple lafar fel hon yn siŵr o wneud argraff dda. Roedd wedi meddwl ar y dechrau ei fod yn ddigon tawel a hunanfeddiannol ond nid dyna fel y gwelai'r dynion papur newydd o; fe'i disgrifiwyd fel tad drylliedig a'i galon ar dorri. (Wrth lwc, ni chafodd ei ddisgrifio fel carmon yn hiraethu hyd at angau am ei gariad, am y rheswm syml nad oedd y wasg wedi cael gwybod amdano fo ac Enid.)

153

Dychrynodd Owen am ei fywyd pan ddarllenodd yr adroddiadau yn y wasg fore trannoeth a bu bron iddo lambastio Iorwerth efo'r *Post* pan ddywedodd hwnnw:

'Wel, be oeddat ti'n ddisgwyl ond peth fel hyn?'

'Nid peth fel hyn.'

'Wel dyna be 'ti wedi'i gael. Ella y gwrandewi di arna i o hyn ymlaen.'

Roedd Carol wrth ei bodd pan darllenodd hi'r adroddiadau yn y papurau. Chwarae teg i'r hen Harris! Fyddai rhywun byth wedi meddwl, o'i adnabod fel bòs a chydweithiwr, fod y math hwn o beth yn ei lein o. Os nad agorai hyn y llifddorau, yna doedd dim byd a wnâi. Yn fflat Ian roedd hi, yn aros iddo orffen ei shifft. Fyddai hi byth yn trafferthu gwneud bwyd iddo, fel yr arferai Ceri wneud, ond cadwai'r lle'n weddol daclus a gosodai ei werslyfrau'n bentyrrau taclus, wedi'u dosbarthu'n ôl y pwnc. Yn y bore y byddai Ian yn astudio, fel arfer, a châi fod hyn yn ddefnyddiol iawn.

Roedd y cwilt cyfandirol yn ddefnyddiol hefyd. Roedd o ar y soffa pan gyrhaeddodd o adre o'r gwaith un min nos. Ddywedodd Ian ddim byd ond roedd hi'n amlwg fod Carol a'i chwilt wedi dod i aros am sbel. Nid Ceri oedd Carol, doedd 'na ddim ond un Ceri, ond roedd o'n eithaf hoff o'i chwmni, er hynny. Synhwyrai hithau y gallai'r berthynas ddyfnhau ond doedd hi ddim am ruthro pethau. Roedden nhw'n llesol i'w gilydd. Wnâi Ian ddim cyfadde hynny a doedd hi'n sicr ddim am gyhoeddi'r ffaith, ond roedd yn ddigon gwir er hynny.

Pan gyrhaeddodd Ian chwifiodd Carol y papurau o flaen ei drwyn. 'Sbia—mae'r hen Harris wedi taro deuddeg!'

Darllenodd Ian yr adroddiadau ac yna meddai, 'Fe ddaw e ag achos llys yn 'u herbyn nhw am or-weud!' Ac yna edrychodd ar Carol a dyma fo'n dechrau chwerthin.

Roedd hi'n anodd credu fod dim byd yn ddoniol ynglŷn â'r fath drasiedi erchyll, ond mi roedd yna. Eisteddodd ar y soffa a chwerthin o'i hochr hi. Rhoddodd hi'i phen-lin yn ei stumog. 'Cau dy geg!' Ac yna dyma hi'n rowlio ar ei ben ac yn dechrau chwerthin hefyd. Ymhen byr o dro doedden nhw ddim yn cofio am beth roedden nhw wedi dechrau chwerthin. A dyma garu, a'r glustog honno roedd Ceri wedi'i gollwng i'r cyri'n gorffwys dan eu pennau. A mwynhau caru. Byddai'n rhaid meddwl am y gorffennol a'r presennol toc. Ond nid rŵan. Roedd popeth yn heddychlon y funud hon.

Derbyniwyd cybolfa anferth o wybodaeth yng nghanol-fan yr heddlu, ac o blith y cannoedd adroddiadau a ddaeth i law, ymddiddorai Ellis mewn un yn arbennig. Roedd cymydog i'r Hardwicks, oedd yn byw gyferbyn â chartre'r efeilliaid, yn gweithio yng nghyfnewidfa ffôn yr ysbyty. Roedd hi'n hanner awr wedi hanner nos arno'n cyrraedd adre y noson y lladdwyd Llinos Rees, ddeng munud dda o flaen Hardwick. Cofiai hynny am fod Alun Hardwick wedi gofyn iddo symud ei gar oedd wedi'i barcio ar draws y fynedfa i'w garej, ac roedd yntau wedi gwneud hynny. Mathews dderbyniodd yr wybodaeth, am y rheswm syml mai fo oedd ar ddyletswydd pan alwodd Stephens yn swyddfa'r heddlu. Galwodd Ellis am Mathews a gofynnodd iddo beth oedd ei farn.

'Wel, mae'n amlwg fod Hardwick yn dweud celwydd ynglŷn â faint o'r gloch oedd hi, tydi.'

'Mae'n amlwg,' dynwaredodd Ellis. 'Ydi. Ond pam y dyla Stephens boeni pa bryd y cyrhaeddodd Hardwick adre?'

Atebodd Celt fod yna straeon ar led am Hardwick.

'A phwy sy wedi rhoi cychwyn i'r straeon 'ma, tybed?'

'Dwn i ddim. Nid y fi, yn bendant i chi.'

'Rydach chi'n deall fod ein hymholiada ni'n gwbwl gyfrinachol, Mathews?'

'Ydw siŵr.'

Penderfynodd Ellis ofyn y cwestiwn y bu bron â'i ofyn wythnosau'n ôl. 'Rydach chi'n byw am y ffordd â'r Hardwicks ers blynyddoedd. Ydach chi'n meddwl y galla fo fod wedi gwneud . . . yn eich barn chi?'

'Dydach chi ddim eisio gwybod 'y marn i, wir,' meddai Mathews yn dawel. 'A ph'run bynnag, mi fasa'n well gen i beidio ag ateb, os nad oes gwahaniaeth gynnoch chi.'

Roedd hynny'n ddigon o ateb gan Ellis. Doedd straeon ddim yn cynnau'n ymfflamychol dros nos. Y gamp oedd eu sathru a'u diffodd cyn iddyn nhw ddechrau gafael, ond roedd yn rhaid i ddyn ffeindio'r ffynhonnell cyn y gallai wneud hynny. Os nad Mathews oedd wedi dechrau megino'r fflam, yna pwy? Fo oedd yr unig un a chanddo'r wybodaeth berthnasol. Ond yna newidiodd ei feddwl. Na, nid y fo oedd yr unig un, roedd cryn ddyrnaid. Dyna Harris, oedd yn llawiau gyda'r Prif Gwnstabl. Tebyg ei fod o wedi cael gwybod mwy nag y dylai. A beth am y ferch Rees yna, chwaer Llinos? Roedd hi'n hanner byw yn swyddfa'r heddlu, ac yn niwsans glân fis a mwy yn ôl. Beth oedd ei hanes hi erbyn hyn, tybed? Ac roedd y cwnstabl ifanc a gawsai'r job o gadw llygad arni wedi gadael y Ffors yn ddiweddar. Pam?

Gwyddai Ellis y byddai'n rhaid iddo gyf-weld Hardwick eto ar ôl cael yr wybodaeth newydd hon. Fe barai hynny i fflamau'r tân godi'n uwch. Ond os oedd Hardwick yn euog yna roedd o'n haeddu llosgi yn y tân. Os. Oedd yna unrhyw amheuaeth? Beth amser yn ôl roedd o wedi dweud wrth Japheth fod ganddo ryw deimlad yng ngwaelod ei fol ynglŷn â Hardwick—ei fod o'n euog. Daliai i deimlo felly. Ond allai o ddim symud cam nes fod ganddo dystiolaeth soled. Gwnâi tyst diysgog y tro'n iawn, ond byddai cyffes yn ganmil gwell.

Ni synnodd Alun pan gafodd alwad i fynd i swyddfa'r heddlu am yr eildro. Teimlai fel pe bai rhyw feirws marwol wedi mynd i'w waed ac yn gwenwyno'i emosiynau, fel *leukaemia*. Un o symptomau'r clefyd hwnnw ydi blinder. Roedd ei gorff a'i ysbryd yn llethol o flinedig. Doedd arno ddim eisio ymladd. Roedd o'n rhy flinedig i wneud yr ymdrech. Roedd ei gydweithwyr yn ei drin yn fonheddig dros ben—ond doedden nhw ddim yn dod yn rhy agos. Doedden nhw ddim yn gyfeillgar. Doedd yna ddim jôcs. Soniodd neb wrtho am y straeon oedd yn ymledu; doedd dim angen iddynt wneud hynny, bron na allai o glywed eu haroglau, a'u blasu ar ei dafod. Byddai'n dda ganddo pe gallai eu cyfogi allan o'i system. Byddai'n dda ganddo pe byddai'n gallu mynd i ffwrdd— a mynd â Nia gydag o. Roedd Dylan yn dal gydag Elin a Rhys a'u rhieni, ac yn cael gwyliau gwerth chweil. Anfonai gerdyn a'i enw arno bob hyn a hyn ac roedd wedi siarad efo'i fam ar y ffôn ddwywaith neu dair. Yn ôl pob sôn caent sglodion tatws a sosej a bîns i swper bob nos. Roedd o wedi dysgu nofio—bron iawn. Roedd ganddo gannoedd o frychni ar ei drwyn. Un dydd roedd Yncl Wil wedi prynu rhaw goch iddo ac Anti Joyce wedi ceisio barcud bob un i'r tri ohonynt. Doedd arno fo ddim eisio dod adre eto. Doedd hi ddim yn amser dŵad adre eto, nac oedd? Poenai Nia am hyn. 'Dwi'n falch 'i fod o'n hapus ond wyt ti'n meddwl 'i fod o'n beth normal i hogyn bach fod mor hapus oddi cartra?' 'Ydi, siŵr iawn,' atebodd yntau'n swta, 'ac mae o'n dda o beth, o ystyried fel mae petha.' Brathodd ei dafod wedyn, ond gwyddai hi'n iawn beth a feddyliai.

Pan ddaeth o adre o'i waith un dydd, roedd hi'n darllen erthygl Harris; soniodd hi'r un gair amdani, dim ond taro'r papur ar y silff. Ac felly y cynyddai'r ymdeimlad, yn raddol bach, o ddydd i ddydd. Byddai gwrthwynebiad staff yr ysbyty'n amlwg gyda hyn. Fe allai o ddiodde'n iawn, dim ond i Nia beidio â chael ei brifo. Cysurodd ei hun y dylai hi fod yn ddiogel ar ei hynys fach hi'i hun o unigrwydd. Doedd Joyce a Wil ddim yna i achwyn, nid y bydden nhw'n achwyn p'run bynnag. Roedd 'na beryg' y gallai Tess roi ei throed ynddi'n ddifeddwl. Allai o mo'i rhybuddio hi. Allai o ddweud yr un gair. Roedd yn rhaid gadael i'r salwch gymryd ei gwrs—ac yna, ar y diwedd ...?

'Triwch ganolbwyntio ar be dwi'n ddweud,' meddai Ellis yn dawel. 'Mi allech chi fod mewn trwbwl difrifol. Bwriwch eich meddwl yn ôl, a cheisiwch fod yn fanwl. Mae gynnon ni dyst sy'n honni mai am hanner awr wedi hanner nos y cyrhaeddoch chi adre ar y cynta o Or- ffennaf—y noson y llofruddiwyd Llinos Rees.'

'Cymydog? Mathews?' Doedd o'n synnu dim blewyn.

'Nage—nid Mathews.' Doedd waeth iddo ddweud pwy oedd wedi cynnig yr wybodaeth ddim. 'Stephens. Mae o'n byw yn rhif deuddeg.'

'O.' Synnai Alun braidd. Byddai Bryn Stephens ac yntau'n mynd am beint efo'i gilydd o bryd i'w gilydd. Doedd ganddynt ddim cymaint â hynny'n gyffredin, ond fu dim gair croes rhyngddynt erioed. Byddai ei wraig, Meira, yn casglu stwff ar gyfer arwerthiannau jymbl y capel. Ella nad oedd y pethau a roesai Nia y tro diwetha wedi plesio. 'Rhy siabi. Dial capelwraig frwd,' cellweir- iodd Alun yn chwerw.

'Rydach chi'n ymddwyn yn ddwl dros ben, o ystyried eich bod chi'n ddyn deallus,' meddai Ellis. 'Mae'n debyg eich bod chi'n deall y gallwn ni'ch cadw chi yma—am oria bwygilydd, os bydd rhaid—nes cawn ni'r wybodaeth rydan ni eisio.'

'Oes arna i angen twrna rŵan?'

'Nac oes, ond mae sut atebion ga i i 'nghwestiyna y pnawn 'ma'n mynd i benderfynu fyddwch chi angen un yn y dyfodol agos ai peidio. Lle'r oeddech chi y noson y llofruddiwyd Llinos Rees? Be fuoch chi'n wneud tan hanner awr wedi hanner nos?' A paid â dweud wrtha i dy fod ti wedi bod yn cerdded ar y blydi comin, meddyliodd.

Pwysodd Alun yn ôl yn ei gadair a sugno'i wefus i geisio ffrwyno'i rwystredigaeth. Roedd arno eisio codi a cherdded o amgylch y stafell. Roedd ganddo gylymau chwithig yn ei glun dde. Roedd gorfod syllu i fyw llygaid Ellis fel cael ei ddal o fewn maes magnetig. Ysai am dorri'n rhydd.

'Pam mai Stephens ydach chi'n goelio'n hytrach na fi?' gofynnodd yn flin.

'Am ein bod ni'n gwybod yn union lle'r oedd o'r noson honno. Mi orffennodd yr ymarfer y buoch chi iddo fo am ddeg o'r gloch. Nid chi ddwedodd hynna. Ni tsieciodd. Mi ddwedoch chi eich bod chi wedi cyrraedd adre am chwarter wedi un ar ddeg. A bwrw fod hynny'n wir, be am yr awr a chwarter 'na? Be fuoch chi'n wneud rhwng deg o'r gloch a chwarter wedi un ar ddeg?'

'Dwi ddim yn cofio. Dwi ddim yn cofio be oeddwn i'n wneud wythnos yn ôl—heb sôn am wythnosa cyn hynny. Mi ddwedes i wrthych chi yn 'y natganiad be fues i'n wneud. Darllenwch o i mi eto.'

'Ddeugain mlynedd yn ôl,' meddai Ellis, 'crogi oedd y gosb am lofruddio. Roedd gwybod hynny'n help rhyf-eddol i wneud i bobol gofio. Does gen i ddim hiraeth am yr hen ddyddia. Dwi'n un o'r ychydig sy'n credu fod llofruddio gyda chaniatâd y gyfraith yn beth ffiaidd. Ond mae llofruddio ynddo'i hun yn beth ffiaidd, tydi. Mae 'na dri achos o lofruddiaeth gerbron. Dwi ddim yn licio'ch agwedd smala chi, Hardwick. Fedra i mo'ch deall chi. Mae 'na ddwy ferch ifanc ac un wraig ganol oed wedi cael 'u lladd yn y modd mwya creulon. Mi gawson nhw'u gagio a'u treisio a'u tagu. Be oedd y drefn? Pryd oeddach chi'n rhoi'r gàg? Cynt 'ta wedyn?'

159

Curai calon Alun yn araf a thrymllyd. Roedd y cramp yn ei glun yn annioddefol. Ni allai feddwl am ddim ond y boen neilltuol honno. Llaciodd y cylymau chwithig gyda hynny a dechreuodd ei galon guro'n rheolaidd unwaith eto. Edrychodd ar Ellis.

'Ydach chi'n 'y nghyhuddo i?'

'Gofyn ydw i. A dwi eisio ateb.'

'Iawn—dyma fo'ch ateb i chi. Dwi erioed wedi lladd neb. Dwi erioed wedi treisio neb. Dwi erioed wedi brifo neb—hyd y gwn i. Chredwch chi mo'no i, wrth gwrs. Be fedra i'i wneud felly? Cymryd bai ar gam? Ymgreinio am drugaredd? Ynteu cau fy meddwl rhag rhywbeth sy'n rhy wallgo' i feddwl amdano fo, hyd yn oed?'

Mae'n ddigon posib dy fod ti wedi taro'r hoelen ar ei phen yn fan'na, meddyliodd Ellis. Rwyt ti'n amhosib torri trwodd atat ti y rhan fwya o'r amser. Seicopath wyt ti, sy'n medru cau'r llofruddiaeth o dy feddwl, yn fuan iawn ar ôl i ti'i chyflawni? Dwi wedi gweld rhai felly o'r blaen. Gweithred anifeiliaidd ac wedyn cyfnod o anghofrwydd pan mae bywyd yn mynd yn ei flaen fel arfer. Mae seicopath yn gallu bod yn addfwyn, hefyd. Mi all seicopath fod yn ŵr ffeind—yn gymydog da—ac yn ffrind cymwynasgar—y rhan fwya o'r amser.

'Dwi'n meddwl 'i bod hi'n bryd i chi godi'r bleinds 'na ac agor eich meddwl,' meddai Ellis. 'Dwi am i chi sgwennu'ch datganiad eto. Meddyliwch am yr ymarfer y noson y lladdwyd Llinos Rees—nos Lun, y cynta o Orffennaf. Meddyliwch rŵan—dydd Llun, diwrnod cynta'r wythnos waith. Meddyliwch am y penwythnos cynt—y penwythnos dwaetha ym mis Mehefin. Mi a' i allan i chi gael cario 'mlaen. Ella y byddwch chi cofio'n well ar eich pen eich hun. Mi fydd 'na gwnstabl yn sefyll wrth y drws. Galwch arno fo ar ôl i chi orffen. Mi ddo i'n f'ol. Dwi am fod yma pan ydach chi'n torri'ch enw ar y datganiad.'

Cododd a gosod papurau a beiro ar y bwrdd. 'Cym'rwch eich amser. Does 'na ddim brys.'

Edrychodd Alun arno'n cerdded allan.

Roedd y stafell yn normal unwaith eto. Disgleiriai'r haul drwy'r ffenest. Roedd crac yn un o'r teils ar y llawr. Ticiai'r cloc trydan o funud i funud. Roedd hi'n ugain munud i bedwar.

'Un tro,' sgwennodd, 'ryw gyda'r nos amser maith yn ôl, roedd fy mab, Dylan, yn chwarae pêl yn yr ardd efo Nia, fy ngwraig. Pêl fawr goch oedd hi, un feddal, fownsiog. Taflodd Dylan hi i'r pren afala. Dringodd Nia oedd yn heini iawn i ben y goeden i'w nôl, ond roedd hi ar ben pella'r brigyn ac allai hi mo'i chyrraedd. Felly dyma hi'n dringo'n uwch. Ond roedd y brigyn yn wan ac mi roddodd dan ei phwysa. Mi fydda hi wedi bod yn iawn pe bai hi wedi glanio ar y glaswellt—ond mi syrthiodd a disgyn ar ei chefn ar hen ferfa haearn. Felly doedd hi ddim yn iawn. A dydi hi ddim yn iawn byth.'

Dyna gam gwag os bu 'na un erioed, meddyliodd. Rowliodd y papur yn belen a'i thaflu i'r fasged.

Mi gyfansodda i o 'mhen a 'mhastwn rŵan—rhywbeth digon tebygol.

'Nos Lun, y cyntaf o Orffennaf, mi es i i ymarfer *Otello*. Roedd hi'n noson gynnes braf, ac mae'n bosib mai dyna pam y daeth cyn lleied i'r practis. Mi orffennon ni'n gynt nag arfer am nad oedden ni'n cael fawr o hwyl arni. Pan adawais i—tua deg—mi ges i drafferth i danio 'nghar. Roedd y batri'n fflat. Mi lwyddais i'w gychwyn o'r diwedd ac mi es i adre'r ffordd hir—er mwyn rhoi cyfle iddo tjarjio. Mi gyrhaeddais i adre am chwarter wedi un ar ddeg.

'Mae fy ngwraig yn diodde o insomnia ac mi ddwedodd y byddai'n hoffi mynd am reid yn y car, gan obeithio y byddai hynny'n help iddi gysgu. Roedd y machlud, sy i'w weld drwy'r coed bedw yng ngwaelod yr ardd, yn fendigedig yn gynharach meddai hi, ac roedd wedi codi awydd arni i fynd allan i'r wlad. Roedd y bychan yn cysgu'n sownd a doedd dim pwrpas ei ddeffro; fydden ni ddim yn hir. Roedd yr awyr yn gynnes ac yn llawn sêr. I Bryn Isa yr aethon ni, nid i'r comin. Fe arhoson ni'n dau yn y car. Mi gyrhaeddon ni adre toc wedi hanner nos ac mi gariais i hi i'r tŷ. Allwn i ddim rhoi'r car yn y garej gan fod Stephens, fy nghymydog, wedi parcio ar draws y fynedfa. Roedd yna olau yn y pasej ac felly dyma fi'n cnocio'r drws ac yn gofyn iddo fo symud ei gar. Ac mi wnaeth.'

Roedd ar fin torri'i enw ar y gwaelod pan gofiodd fod Ellis am fod yn bresennol pan wnâi hynny. Dywedodd wrth y cwnstabl ei fod yn barod.

Daeth Ellis yn ôl ar ei union bron. Doedd o wedi cymryd fawr o amser nac oedd, meddai wrth Alun gan gymryd y datganiad o'i law a'i ddarllen mewn llais gwastad, heb bwysleisio na phasio dros ddim byd. 'Ydach chi eisio ychwanegu rhywbeth neu ddileu rhywbeth?'

'Nac oes.'

'Siŵr?'

'Ydw, yn berffaith siŵr.'

'Torrwch eich enw ar y gwaelod a nodi'r dyddiad 'ta.'

Ufuddhaodd Alun. Roedd arno eisio dylyfu gên, a bu'n rhaid iddo gloi'i ddannedd yn ei gilydd i'w rwystro'i hun. Cofiodd iddo fynd i gysgu ar y traeth un tro, ar ôl i Dylan gladdu'i goesau yn y tywod. Pan ddeffrôdd o'r diwedd roedd y tonnau'n cosi'i draed a Nia a Dylan ym mhen arall y traeth, fo ar gefn mul a hithau'n ei dywys. Pan ddaethant yn eu holau roedd wedi edliw yn flin wrthynt y gallai fod wedi boddi ac roedd Dylan wedi chwerthin nes ei fod yn wan.

Roedd Ellis yn dweud rhywbeth. Gorfododd ei hun i ganolbwyntio.

'Ydach chi'n bwriadu mynd i ffwrdd i rywle yn y dyfodol agos?'

Na. Doedd dim byd dymunol wedi'i drefnu ar gyfer y dyfodol agos.

Dywedodd nad oedd o ddim.

'Da iawn. Peidiwch â newid eich meddwl.' Pwyntiodd at y datganiad. 'Nid dyma fydd 'i diwedd hi.'

'Ond siawns nad ydi hwnna'n cynnwys bob dim rydach chi eisio'i wybod?'

Wnaeth Ellis ddim ateb y tro hwn, ond hebryngodd Hardwick at y drws.

Doedd dim angen iddo gymharu'r ail ddatganiad yma â'r cyntaf, ond fe wnaeth er hynny.

'Ar y cyntaf o Orffennaf mi dreuliais i'r min nos adre efo fy ngwraig a fy mab. Doedd y tywydd ddim yn nod-weddiadol o ganol haf; roedd yr awyr yn llwydaidd a chaed ambell gawod. Aeth Dylan i'w wely am saith o'r gloch ar ôl iddo gael diod o lefrith. Mi ddarllenais i stori iddo fo ac wedyn es i lawr at fy ngwraig a chawsom goffi a brechdanau cyn i mi gychwyn i'r ymarfer oedd yn dechrau am wyth o'r gloch. Ar ôl yr ymarfer ddod i ben es i'r car i yrru adre a chyrraedd am chwarter wedi un ar ddeg.'

Y pumed o Orffennaf oedd y dyddiad. Roedd Alun Hardwick wedi torri'i enw ar ei waelod.

Defnyddiodd Ellis glip papur i gadw'r ddau ddatganiad gyda'i gilydd ac yna sylwodd ar y ddalen oedd wedi'i sgrwtsho yn y fasged. Cododd hi a'i fflatio gyda'i law. 'Un tro . . .' Darllenodd ymlaen i'r diwedd.

Doedd gan y Ditectif Arolygydd Clayton ddim llawer o feddwl o ddamcaniaeth y dial ond siawns na wnâi'r rhain argraff arno. Rhoi'r hwi i drueni dyna oedd ei eisio, meddyliodd Ellis, canolbwyntio ar y llofruddiaethau, nid pam y cyflawnwyd nhw. Aeth â'r tair dalen drwodd i'r Arolygydd. Roedd y Prif Gwnstabl yn digwydd bod yno

hefyd a chynigiodd y papurau iddo fo'n gyntaf. Darllen-
odd Iorwerth Japheth hwy ac yna'u rhoi i Clayton. 'Mi
rydan ni ar y trywydd,' meddai fo. 'Ond dydan ni ddim
wedi cyrraedd eto.'

18

Derbyniodd Nia lythyr gan ei rhieni'n eu gwâdd nhw ill tri
draw atynt am dipyn o ddyddiau, ond pan soniodd wrth
Alun y pnawn hwnnw dywedodd o y byddai'n well peidio
â threfnu dim byd pendant. Gadael i bethau oedd orau,
am y tro.

'Ond be ddweda i wrthyn nhw?' gofynnodd Nia, gan
estyn am y jam. 'Dydyn nhw ddim wedi gweld Dylan ers y
Pasg. A fo ydi'r unig ŵyr sy gynnyn nhw.'

Roedd hi wedi mynd i drafferth i wneud crempogau i
de, er mawr syndod i Alun, ond roedden nhw fel gwadnau
esgidiau a châi job i'w cnoi, er iddo'u plastro gyda sudd
lemon a siwgr.

Dywedodd wrthi fod criw·mawr o'r swyddfa wedi
cymryd gwyliau, gan fod y plant gartre o'r ysgol, ac na
allai pawb fynd i ffwrdd ar yr un pryd.

'Beth am ddechra'r mis nesa 'ta?' gofynnodd hi. 'Fasa
dim gwahaniaeth i Dylan golli ryw wythnos o ysgol.'

'Mis nesa?' Beth allai o'i ddweud? Doedd o ddim yn
gwybod. 'Gawn ni weld.'

'Oes 'na ryw reswm pam na fedrwn ni fynd, 'blaw
gwaith?'

Gwyddai Alun mai symera yr oedd hi, ceisio cael allan
ohono fo heb orfod gofyn ar ei ben. Doedd dim sôn bach
na mawr wedi bod am yr holl fusnes oddi ar y noson
honno pan oedd hi wedi ceisio'i gorfodi'i hunan i ymateb
yn rhywiol iddo fo. Doedd o wedi sôn dim gair wrthi am

yr ail gyfweliad yn swyddfa'r heddlu, nac am Stephens. Fe allai Tess fod wedi dweud wrthi. Cynddeiriogodd wrth Tess am eiliad ac yna sylweddolodd y byddai hi'n siŵr o fod wedi achub ei gam. Gallai ei dychmygu hi'n dweud: 'Maen nhw wedi bod yn 'i groesholi o, Nia, y moch twp iddyn nhw'.

Twp neu beidio, ymddangosai fod gan yr heddlu achos ac roedden nhw wrthi'n ei roi at ei gilydd, fricsen wrth fricsen. Pan osodid y bariau ar draws y ffenestri, yna byddai'n amen arno.

Ac yn y cyfamser roedd mam a thad Nia am iddynt fynd yno am wyliau.

Gwrthododd Alun grempog arall, a gwthio'i blât draw.

Fel arfer mewn achos fel hyn, byddai dyn wedi dweud wrth ei wraig am fynd ar ei phen ei hun. Ond nid achos cyffredin mo hwn, ac nid gwraig gyffredin mo Nia.

Plygodd hi'r llythyr a'i daro'n ôl yn yr amlen. 'Does dim ots am y gwylia,' meddai. 'Ond dwi eisio gwybod pam na fedri di ddim dŵad. Ydi'r heddlu wedi dy rybuddio di i beidio â mynd i unlle? Wel? Ydyn nhw? Dweud y gwir wrtha i, Alun.'

'Tess?'

'Nage. Ddwedodd Tess ddim gair. Ro'n i'n gwybod ar dy wyneb di pan ddoist ti adre'r diwrnod o'r blaen.'

Meddyliodd yntau y dylai fod yn ddiolchgar, debyg, fod cystal perthynas rhyngddynt. Dyma beth oedd hanfod caru rhywun. Bron nad oeddech chi'n rhannu'r un gwaed.

Dywedodd wrthi am Stephens, ac am y cyfweliad. 'Roedd 'na fwlch amser ac mi fu'n rhaid i mi ailsgwennu 'natganiad. Mi ddwedes i ein bod ni wedi mynd am dro yn y car i Fryn Isa a'n bod ni wedi cyrraedd yn ein hola tua hanner nos.'

Edrychai ei hwyneb yn llwyd ac yn denau. 'Celwydd. Pam, Alun?'

'Celwydd gola—doedd gen i ddim dewis. Ymchwiliad i lofruddiaeth ydi hwn, nid arholiad Ysgol Sul.'

'Mi cefnoga i di os gofynnan nhw, wrth gwrs. Lwc nad ydyn nhw ddim wedi gofyn yn barod. Am ba un o'r llofruddiaetha roeddan nhw'n holi?'

'Llinos Rees. Ar y cynta o Orffennaf.'

Roedd hi'n troi'r amlen rownd a rownd yn ei dwylo. 'A lle buost ti tan ar ôl hanner awr wedi hanner nos y noson honno?'

'Dwn i ddim. Fedra i ddim cofio. Ar ôl ymarfer mi fydda i'n parcio'r car mewn rhyw le go dawel, fel arfer, ac yn cerdded am dipyn. Mae cerddoriaeth yn fy meddiannu i, ac mae'n cymryd amser i mi ddŵad yn f'ôl i'r byd go-iawn. Ella bod hynna'n swnio'n wirion i bobol er'ill, ond dwi'n gwybod yn iawn be dwi'n feddwl. Dydi'r plismyn ddim yn deall. Maen nhw eisio manylion. *Alibi.*' Cymerodd yr amlen o'i llaw. 'Paid â phoeni cymaint am y peth.'

''Ti ddim yn deall, nac wyt,' ebe hi a chryndod yn ei llais. 'Mae beth bynnag sy'n digwydd i ti'n digwydd i mi. Unrhyw beth 'ti'n 'i deimlo, dwi'n 'i deimlo fo hefyd.'

'O, mi basith. Fydd bob dim yn iawn, gei di weld.'

'O, ia iawn,' cytunodd hi'n goeglyd. ' ''Mor ddedwydd yw y rhai trwy ffydd''—cadwa fi mewn cragen lle na fedar dim 'y mrifo fi—gosoda fi ar allor, fasa waeth i ti hynny ddim.' Cododd ei phen i edrych arno a gweiddi i'w wyneb. 'Pam nad wyt ti ddim yn rhegi ac yn damio pan fyddi di'n cyrraedd adre a'r lle 'ma fel tŷ Jeroboam? Pam wyt ti'n trafferthu 'nghario i i fyny'r blydi grisia a lifft gadair yna ar 'y nghyfer i? 'Ti'n 'y nghario i a 'nghynnal i ac mae pwysa'r baich yn dy sigo di. 'Ti eisio dynes. Oes, siŵr Dduw. Wel cer i chwilio am un. Dweud wrtha i. Dim ots gen i. Mi fydda i'n falch drostat ti. Tafla fi odd' ar dy gefn i ti gael byw bywyd normal. Gad fi ar 'y maw, os oes raid i ti.'

Roedd o'n meddwl 'i bod hi'n mynd i ddechrau crio. Gwnâi ei hwyneb stumiau crio, ond doedd dim dagrau.

'Mae'n debyg mai rŵan ydi'r amser i ddweud wrthat ti nad ydw i ddim wedi lladd neb.'

Edrychodd hi arno, wedi'i brawychu gan y geiriau, a llifodd y dagrau. Aeth ati a cheisio gafael amdani, ond gwthiodd ef draw.

Doedd ganddo ddim dewis ond dweud.

Roedd yn hollol hanfodol fod y peth yn cael ei ddweud.

Duw a helpo'r ddau ohonon ni, meddyliodd Alun. Dechreuodd glirio'r llestri a'u cario drwodd i'r gegin. Gallai ei chlywed yn igian crio a chaeodd y drws rhag ei fod yn ei chlywed. Agorodd y ddau dap dŵr led y pen ac yna gafaelodd mewn plât a'i b'ledu'n erbyn drws y cefn. Disgynnodd y tsieni'n dameidiau mân, pigog ar y mat. Arhosodd am sbel cyn mynd i nôl y brwsh bach a'r rhaw dân i'r cefn. Roedd aroglau llwch arnynt.

Pan aeth yn ei ôl ati roeddent ill dau wedi ymdawelu.

Estynnodd Nia ei dwylo ato a gafaelodd yntau ynddynt. Roedd angen hances arni ac aeth i nôl un i'r llofft. Cadair olwyn yn y llofft, a chadair olwyn i lawr—a lifft gadair rhyngddynt. Roedd hi'n dod i ben hebddo fo drwy'r dydd. Allai hi ddod i ben am fwy na diwrnod, pe bai raid? Allai hi ddod i ben am oes?

Cyrhaeddodd y llythyr dienw cyntaf fore trannoeth. Cardyn bach pinc a blodau na'd-fi'n-angof rownd ei ymylon. Roedd y ddau air oedd arno wedi'u sgwennu gyda beiro werdd.

Bastad lladdwr.

Roedd Alun wedi'i godi gyda'r llythyrau eraill, a'i daro ar y bwrdd brecwast. Pan welodd Nia'r amlen binc fenywaidd, cymerodd yn ganiataol mai iddi hi yr ydoedd ac fe'i hagorodd.

Roedd hi wrthi'n bwyta tost. Darllenodd y ddau air ac ni allai lyncu'r tamaid oedd yn ei cheg. Bu'n rhaid iddi ei dynnu a'i roi yn ei hances. Fedrai Alun ddim meddwl pam ei bod yn teimlo'n sâl. Yna darllenodd y llythyr, a deallodd.

Wyddai o ddim beth i'w ddweud. Teimlai'n oer iawn. Doedd o ddim wedi sylweddoli ei bod hi'n crynu.

'Dwi'n meddwl 'mod i'n gwybod sut i ladd,' meddai hi'n bropor bron. 'Dwi ddim yn meddwl y baswn i'n cael unrhyw drafferth.'

Roedd y llythyr yn agored ar ei phlât. Cododd y gyllell fenyn yn ei dwrn a gwanu'r cerdyn â'i holl nerth. Malodd y plât yn shitrwns a rhwygwyd y lliain bwrdd odano.

'O, diar,' meddai hi mewn llais hogan fach, anghyfar-wydd. 'Mi ddylan ni fod wedi mynd ag o at yr heddlu—ond fedrwn ni ddim rŵan, na fedrwn.'

Ddywedodd o ddim wrthi na allen nhw ddim fod wedi mynd â fo p'run bynnag. Roedd o'n dechrau poeni mwy am ei hadwaith hi i'r llythyr nac am y llythyr ei hunan. Allai o ddim mynd i'r gwaith a'i gadael hi yn y cyflwr yma.

Gafaelodd yn y llythyr a'i dorri'n ddarnau mân.

Edrychodd Nia arno'n estyn ei daniwr ac yn llosgi'r tameidiach yn y grât. Clwstwr bach o na'd-fi'n-angof oedd y tamaid olaf i losgi.

'Merch, dwi'n siŵr, 'te?' meddai hi. 'Papur benywaidd iawn.'

Cytunodd Alun y gallai hi fod yn iawn.

'Neu ddyn,' ychwanegodd wedyn, 'yn trio taflu llwch i'n llygaid ni. Gwaith dyn ydi'r printio, faswn i'n dweud. Be 'ti'n feddwl?'

Cytunodd eto.

'Neu wallgofddyn beirywiol ddiawl.' Roedd hi'n gryndod i gyd yn awr. Teimlai'n sâl yn ei phen. Roedd arni eisio sgrechian.

Aeth Alun drwodd i'r pasej a ffonio'r ysbyty. Dywed-
odd wrthynt na fyddai'n dod i'r gwaith gan roi'r esgus
cyntaf a ddaeth i'w feddwl: 'Twts o ddolur gwddw—
dwi'n siŵr y bydd o wedi clirio erbyn fory'.

Roedd hi wedi clywed y sgwrs. ''Ti'n un da am ddweud
celwydd,' meddai gan geisio peidio â swnio'n gyhuddgar.

'Ydw, pan mae rhaid.'

'Be ydan ni'n mynd i'w wneud rŵan 'ta?'

'Dwi am fynd â chdi am dro—i ni gael cefn y tŷ 'ma am
dipyn o oria.'

Roedd yn ddiwrnod hyfryd. Meddyliodd am fynd i'r
comin, neu i Fryn Isa ond yna bwriodd y ddeule i encilion
ei feddwl. Ystyriodd wedyn fynd am dro i weld Dylan ond
doedd yr un ohonyn nhw'n ddigon hunanfeddiannol i
fentro hynny. Dair blynedd ynghynt roedden nhw wedi
cymryd bwthyn am wythnos yn Nhywyn, taith tua dwy-
awr yn y car. Roedd yna bwt o goedwig yn ymyl y tŷ, a
ffrwd fach. Fe allai fod yn lle da iddyn nhw ymdawelu.
Awgrymodd y fan honno a chytunodd hithau. Gwnaeth
Alun frechdanau a fflasgaid o goffi a'u rhoi yn y fasged
bicnic.

Pan oedden nhw'n gyrru allan o'r dre am y wlad
dywedodd Nia nad oedden nhw wedi bod am reid yn y car
efo'i gilydd ers oesoedd. ''Sgwn i pam?'

Fe wyddai o pam, ond ddywedodd o ddim. Doedd arni
byth eisio mynd i unman.

Roedden nhw bron â chyrraedd y Còb ym Mhorthmadog
pan ddechreuodd o amau eu bod nhw'n cael eu dilyn. Nid
car heddlu oedd o, a doedd y gyrrwr ddim yn gwisgo
iwnifform. Trodd Alun i'r dde ym Mhenrhyndeudraeth,
o ran ymyrraeth, yn fwy na dim.

'Be sy'n bod?'

'Dim byd.'

'Dweud wrtha i, Alun. Pam bod ni'n mynd y ffor'
hyn?'

'Dwi'n meddwl fod 'na rywun yn ein dilyn ni.'

Edrychodd Nia drwy'r ffenest gefn ond allai hi weld dim. 'Does 'na ddim car arall—dim ond tractor yn y pellter.'

Roedd y caeau'n wyrdd-euraidd diwedd haf a'r môr fel ffrog las a ffrilen wen rownd yr ymyl. Lôn lwyd yn ymgordeddu'n hamddenol rhwng caeau ŷd. Ac yna fe welodd hi'r car llwyd ar y lôn lwyd.

'Aros a gad iddo fo basio.'

Stopiodd Alun ar ymyl y ffordd. Stopiodd y car llwyd, a oedd gryn bellter tu ôl iddynt, hefyd. Arhosodd y ddau'n fyr eu hamynedd.

'Mae'n bosib ein bod ni'n rong,' cynigiodd Nia.

'Ydi,' cysurodd Alun hi, 'ddigon posib.'

Aethant yn eu blaenau a pharcio ar ochr y ffordd, mewn adwy. Roedd Nia'n gallu cerdded y tro diwetha y buon nhw draw i'r bwthyn ac roedd Alun wedi anghofio fod yna dair camfa ar y llwybr a arweiniai ato. Bob tro y deuent at gamfa gosodai hi i eistedd ar ymyl y llwybr a chodi'r gadair drosodd.

Roedd o'n chwys domen erbyn iddyn nhw gyrraedd y coed. Gosododd Nia i eistedd yng nghysgod derwen ac yna eisteddodd yntau wrth ei hymyl. Roedd cannoedd o'r pabi coch yn tyfu ar hyd glan yr afon. Hofrai gwybed uwch wyneb y dŵr. Clywid aroglau coed a gwellt yn llosgi o gae cyfagos. Roedd y bwthyn ar godiad tir tu ôl iddynt ac edrychai'n hŷn ac yn llai nag y cofiai Alun o, yn fychan a siabi gyda chloriau'i ffenestri'n gaead, fel hen ŵr yn hepian.

Cerddai dyn am yr afon â nhw. Dinesydd oedd o, ond ei fod wedi tynnu crysbas ei siwt a'i dei a thorchi llewys ei grys. Wnaeth o ddim gymaint â chiledrych i'w cyfeiriad nhw.

Dyna ti, meddyliodd Alun yn filain, glyna fel gelen,

jest rhag ofn i mi drio cael mada'l o 'ngwraig 'te, neu Duw a'm helpo, roi tro yn dy hen gorn gwddw di.

Gofynnodd Nia iddo'i chodi o'i chadair a'i rhoi i eistedd ar y gwelltglas. 'Eistedd di wrth 'yn ymyl i rŵan,' meddai hi ond yna newidiodd ei meddwl. 'Na, gorwedda a rho dy ben ar 'y nglin i. Rydan ni wedi dŵad yma i gael dipyn bach o heddwch a does 'na neb—gan gynnwys y lob yna draw yn fan'na—yn mynd i warafun hynny i ni.'

Roedd hi'n ymddangos fel petai wedi dod ati'i hun yn iawn rŵan, meddyliodd. Swniai ei llais hi'n hollol normal. Gorweddodd a'i chluniau'n obennydd dan ei ben. Caeodd ei lygaid a gwylio'r haul coch drwy'i amrannau.

'Y tro dwaetha roeddan ni yma,' atgoffodd hi o'n dawel, 'mi est ti a Dylan i bysgota sili-dons. 'Ti'n cofio?' Roedd ei bysedd hi'n cribo'i wallt yn dyner.

Chwaraeodd yntau'r gêm, i'w phlesio. 'Ac mi syrthiodd o i ganol baw gwartheg ar y ffordd yn ôl i'r bwthyn.'

'Do! Doedd y peth ddim yn ddigri ar y pryd ond mae o'n reit ddoniol erbyn hyn.' Mae'n debyg y dylwn i ddweud rhywbeth athronyddol ddoeth rŵan, meddyliodd Nia, am y presennol annioddefol a'r sicrwydd o ddyfodol bendigedig. Ond alla i ddim.

Roedd y dyn wedi cerdded heibio i'r tro yn yr afon a rŵan roedd o'n croesi i'w hochr nhw ar hyd cerrig y rhyd. Dacw fo'n sleifio i'r coed, yn ymguddio yn y cysgodion. Allai hi mo'i weld o, ond synhwyrai ei fod yn dal yno.

Mi fydden nhw wedi bod yn well eu lle gartre.

Mi fyddai Alun wedi bod yn well ei le yn y gwaith.

Ond sut roedd pethau yn y gwaith?

Ella mai rhywun o'r gwaith oedd wedi anfon y llythyr 'na.

Roedd o'n cysgu ar ei glin—ynteu ai cysgu llwynog yr oedd o? Nage, roedd o'n cysgu'n sownd. Roedd hi'n dal i anwesu ei wallt. Allen nhw sodro cyhuddiadau ffug arno?

Allen nhw gyhuddo ar sail tystiolaeth amgylchiadol yn unig? Pam na ddywedai o wrthi ble'r oedd o wedi bod y nosweithiau pan oedd o'n hwyr yn cyrraedd adre? Sut eu bod nhw'n gallu trafod popeth, ond hynny? Dim ond cerdded drwy'r tywyllwch, dyna a haerai. Allai hi ddim dirnad y peth. Ond rhaid ei fod yn dweud y gwir. Rhaid.

Pan ddeffrôdd dywedodd hi wrtho fod y dyn wedi mynd. 'Doedd a wnelo fo ddim byd â ni. Wnawn ni fwyta'r brechdana rŵan, ia?'

Taenodd Alun y picnic ar liain sychu llestri glas a thywalltodd gwpanaid o goffi bob un iddynt. Roedd y caws yn y brechdanau'n feddal a glynai wrth daflod eu cegau. Doedd yr un ohonynt yn llwglyd ond gwnaethant eu gorau i fwyta.

Ar y ffordd adre, ailymddangosodd y car llwyd.

Soniodd yr un ohonynt yr un gair amdano.

Daeth tri llythyr dienw ar bapur pastel del. Yr un oedd y neges ar bob un ohonynt. Cafodd Alun afael ar y tri cyn i Nia eu gweld a'u llosgi.

Daeth y pedwerydd gyda phost diweddarach, ar ôl iddo fynd i'w waith. Mewn amlen hir frown yr oedd o. Roedd y llythrennau wedi'u torri o hen bapur newydd a'u glynu ar gefn papur llwyd.

Darllenodd Nia'r llythyr, a'i cheseiliau'n diferyd o chwys.

'Rwyt ti'n llercian ar y comin gefn nos fel anifail ysglyfaethus. Mae Duw yn dy weld ti. Rwyf fi yn dy weld ti.

Dyn y nos wyt ti. Dyn am waed. Dos â fi gyda ti i lercian yn y nos. Gyda'n gilydd fe wnawn ni ladd—lladd—lladd. . . '

Roedd yna fwy. Mwy o druth aflan. Ar waelod y ddalen roedd yna lun—graffiti tŷ bach amrwd.

Ciliodd Nia oddi wrtho. Roedd o'n anghyffyrddadwy.

Powliodd ei hun i'r gegin ac yna allan i'r ardd. Gorfododd ei hun i anadlu'n araf. Roedd yr ardd yn gyforiog o flodau a chân adar. Roedd yr ardd yn lân. Ymdaenai'r awyr uwchben yn gynfas las. Pwysodd yn ôl yn ei chadair a theimlo'r awel ar ei chnawd. Doedd hi ddim wedi gweddïo ers blynyddoedd; wyddai hi ddim sut i weddïo'n awr. Ymgordeddai'r gair glân drwy ei meddwl—glân—glân—glân . . .

Ganol y bore powliodd ei hun yn ôl i'r tŷ. Gafaelodd yn y llythyr a'r amlen gyda'r efail dân a'u rhoi yn y grât. Wnaeth hi mo'u gwylio nhw'n llosgi ond pan drodd ac edrych dim ond sgerbwd o bapur llwyd stiff oedd ar ôl. Sodrodd hwnnw drwy'r barrau tân â'r procer nes bod dim byd ar ôl.

Roedd yn dal i deimlo'n fudr ac aeth i fyny i'r llofft ar y lifft gadair ac yna i'r stafell ymolchi gyda'r gadair olwyn. Doedd hi ddim wedi cael bàth ar ei phen ei hun ers y ddamwain. Fyddai hi ddim yn hawdd, ond roedd yn bosib. Gorweddodd yn y bàth am hir iawn. Dyna braf fyddai gallu golchi ei meddwl hefyd.

Pan gyrhaeddodd Alun adre toc wedi pump roedd hi wedi ymdawelu a chroesawodd ef yn gynnes. Pan welodd o'r llieiniau gwlybion dyfalodd ar un waith ei bod hi wedi cael bàth a dwrdiodd hi am fentro. 'Be tasat ti wedi methu dŵad allan ohono fo? Aros nes i mi gyrraedd adre y tro nesa, plîs, Nia.'

Dywedodd hithau wrtho am beidio â ffysian. Roedd hi wedi mwynhau'r profiad, ac wedi dod i ben yn grêt. Wir rwân.

Cofiodd yntau fel roedd hi wedi cynhyrfu dridiau ynghynt a mynnu ei bod yn faich iddo. Ond doedd hi ddim. Dydi'r gair baich ddim yn bod os ydach chi'n caru rhywun. Dechreuodd ddweud hynny wrthi ond rhoddodd daw arno'n ddiamynedd.

'Ddaeth 'na'r un llythyr heddiw,' meddai hi.

Roedd arno yntau ormod o ofn gofyn.

Gofynnodd hi am dabledi cysgu'r noson honno. 'A tria ditha gysgu. Paid â phoeni am godi i 'nhroi i. Dwi'n siŵr nad oes dim angen.'

Gwyddai yntau hynny. Yn y dechrau roedd y troi beunosol yn ddefod o gysur a chyffwrdd—ac yn ffordd o rannu'i gwendid hi. 'Dwi wedi hen arfer,' mynnodd. 'Bron nad ydw i'n gwneud yn fy nghwsg.' Agorodd fymryn ar y ffenest. 'Ydi'n rhy oer gen ti fel'na?'

'Na. Braf.'

Gorweddodd yn ei wely ei hun wedyn yn meddwl am y diwrnod a fu. Be oedd yr adnod 'na, am weld trwy ddrych, yn aneglur? Teimlai fel pe bai'n edrych ar ei gydweithwyr drwy sbectol dywyll. Cydweithwyr? Gair agos atoch chi. Doedd o ddim yn berthnasol bellach, yn ei achos o. Roedd wedi eistedd ar ei ben ei hun bach yn y cantîn heddiw. Edrychodd ambell un i'w gyfeiriad yn llechwraidd ac yna troi draw yn frysiog cyn iddo ddal eu llygaid.

Byddai wedi hoffi gallu cymryd tabled gysgu ei hun, ond ofnai y byddai'n cysgu'n rhy drwm ac na ddeffroai i droi Nia. Doedd fiw iddo fethu, na llaesu dwylo byth. Roedd ganddi declynnau i helpu ond allen nhw byth gymryd ei le o. Roedd yna lifft ar y to i'w helpu i godi o'r gwely pan nad oedd o o gwmpas a theclyn tebyg i fynd i mewn ac allan o'r bàth, ond dim ond pan nad oedd o yno—a gwnâi'n siŵr ei fod yno bob amser. Rhaid fod y bàth yn llithrig gan sebon. Beth pe bai hi wedi syrthio a tharo'i phen?

Gorfododd ei hun i beidio â meddwl am yr hyn a all'sai fod wedi digwydd. Roedd hi wedi gwneud yn iawn. Yn ôl Tess, a'r fflyd gweithwyr cymdeithasol a ddeuai i'r tŷ yn eu tro, fe allai hi ymdopi'n llawer iawn gwell pe bai'r ewyllys ganddi. Ond pam ei bod hi wedi penderfynu ceisio ymdopi rŵan?

Cysgodd yn anniddig a deffrôdd am dri. Roedd hi'n bryd iddo'i throi. Cododd a mynd drwodd ati'n dawel. Roedd y lleuad yn olau a disgleiriai ar ei hwyneb. Chwinciai ei hamrannau a dechreuodd droi ei phen i'r naill ochr ac ochneidio. Anaml y câi hi hunllefau ond roedd yn amlwg ei bod yng nghanol hunllef rŵan. Fe ddylai hi fod wedi cysgu fel pren ar ôl cymryd y tabledi. Dywedodd ei henw'n ddistaw bach. 'Nia?'

Ymdrechodd hi i godi ar ei heistedd yn sydyn ac yna agorodd ei llygaid a rhythu arno.

Roedd ei llygaid gleision yn llawn braw.

'Mae'n olreit . . . dim ond hunllef oedd hi. 'Ti'n saff,' mwmialodd, heb feiddio mynd yn nes ati. 'Mi a' i i nôl diod i ti.' Bu bron iddo faglu ar ei hyd wrth ruthro o'r llofft. Allai o ddim diodde'r olwg yn ei llygaid.

Roedd arni ei ofn o.

Rhedodd ddŵr oer i wydryn, ond roedd ei ddwylo'n crynu cymaint nes iddo'i golli dros ei draed. Arhosodd ar y landin am sbel cyn mentro i'w llofft ac yna rhoddodd y golau ymlaen a mynd draw at y ffenest i gau'r llenni.

Gorweddai a'i llygaid ynghau gan anadlu'n llyfn—yn rhy llyfn. Rhoddodd y dŵr ar y bwrdd bach ger ei gwely. Y tro diwethaf y cafodd hi hunllef—amser maith yn ôl— roedd o wedi'i chofleidio yn ei freichiau iddi gael bwrw'i bol, ac wedi gorwedd gyda hi wedyn, gan afael amdani'n dynn, tan y bore.

Trodd ar ei sawdl ac aeth ar flaenau'i draed yn ôl i'w lofft ei hun.

Roedd o'n sefyll wrth y ffenest yn edrych ar yr ardd yng ngolau'r lleuad, a'r drydedd sigarét yn troi'n stwmp yn ei law, pan alwodd hi arno.

Aeth yn ei ôl drwodd a sefyll wrth y drws. Yn ystod yr hanner awr ddiwethaf roedd ei feddwl wedi bod yn un trobwll o boen, yn bwll berw o boen.

'Anghofiaist ti ddiffodd y gola,' meddai hi'n dirion. 'Mi allwn i glywed ogla sigarét. Methu cysgu wyt ti?'

Soniodd hi'r un gair am y freuddwyd.

Gofynnodd o iddi a hoffai hi rywbeth i'w yfed ... paned o de? Roedd ei lais yn bell a chwrtais, fel petaen nhw'n ddieithriaid.

'Na. Dim te. Dim byd. Dim ond cwmpeini. Gorwedd wrth f'ymyl i.'

'Dyna wyt ti eisio?'

Roedd yr hunllef yn dal yn rhy agos. Roedd angen nerth ar gyfer brwydr fel hon. Credai fod y nerth hwnnw ganddi. Gorfododd ei hun i ymwroli.

'Ia. Dyna be dwi eisio.'

Ond chafodd o mo'i argyhoeddi.

Dywedodd wrthi'n dyner y byddai'n cysgu'n well ar ei phen ei hun. 'Yr hunlle wnaeth dy ddychryn di—dim ond hunlle, 'sti.'

A feiddiai o'i chusanu? Meddyliodd tybed sut roedd o wedi ymddangos yn ei breuddwyd. Faint o hyn fedrai o'i ddiodde? Pam fi, meddyliodd, pam fi?

'Dwi'n dy garu di,' meddai. Ac atebodd hithau ei bod yn gwybod hynny.

Diffoddodd Alun y golau'r tro hwn a gorweddodd hi yn y tywyllwch yn meddwl amdano.

Dwi'n gwybod, meddyliodd hi, dwi'n gwybod, dwi'n gwybod, dwi'n gwybod.

Yr oedd fel litani.

Dwi'n dy garu di.

Dwi'n gwybod.

19

Roedd Marie France wedi penderfynu dod draw i Gymru a phan aeth Owen i'w stafell ymgynghori ar ôl gorffen llawdriniaethau'r dydd, dyna ble'r oedd hi yno'n aros amdano. Roedd ei feddwl o'n dal ar y llawdriniaeth olaf—codi meningiomana parasitig. Pwysai'r tiwmor diniwed yn erbyn y llobau blaen ac roedd yn dechrau effeithio ar y cortecs ymudol. Fe fu o, ac Ian Richards hefyd, yn astudio'r claf, gwraig tua hanner cant oed, yn ystod y dyddiau cyn y llawdriniaeth. Roedd y tyfiant wedi effeithio ar ei chymeriad gan beri iddi ymddwyn yn od, a dweud y lleiaf. Rhoesai ei chas ar bob cwsmer pengoch a ddeuai i'r siop lle gweithiai, ac roedd wedi ymosod ar un gyda siswrn ewinedd, er na chafodd fawr o niwed, drwy drugaredd. Fe fyddai hi'n ymddwyn yn gwbl naturiol ar ôl cael codi'r tiwmor a byddai'n rhydd o'r parlys a fyddai wedi'i tharo ymhen amser, pe na chawsai lawdriniaeth. Achos boddhaol iawn. Doedd hi ddim yn llawdriniaeth arbennig o anodd. A deunydd addysgol diddorol. Roedd Ian wedi'i gynorthwyo'n abl ac yn effeithiol ac edrychai fel pe bai wedi ymgolli yn y gwaith. Y profiad gorau oll i beri i lawfeddyg ifanc deimlo'i fod wedi cael galwad i wasanaethu oedd helpu i godi anferth o diwmor a fyddai wedi gyrru'r claf yn wallgof gydag amser. Dipyn bach o ddramatics, hwnnw ydi o. Roedd Owen yn gwenu pan agorodd ddrws ei stafell ymgynghori.

'Marie France,' meddai'n syn a cherdded draw ati i'w chusanu. 'Ddwedest ti ddim dy fod ti'n dŵad.'

Roedd hi wedi sylwi ar y wên, ac roedd hi'n falch. Dim ond ddoe ddiwethaf roedd hi wedi penderfynu dod—ac ella na fyddai raid iddi fod wedi dod, wedi'r cyfan. Dywedodd ei bod wedi gweld copi o'i gyfweliad gyda'r wasg.

'O, diawl, paid â sôn!'

Gallai ddeall pam ei fod yn teimlo'n flin. Diolch byth nad oedd o wedi gweld fersiynau papurau Ffrainc o'r stori. Roedd hi'n ei adnabod yn ddigon da i wybod y byddai'r adroddiad a roesai'n gryf a chryno—fel *cognac* da. Ond roedd bois y papurau newydd wedi rhoi lemonêd am ei ben—rhai fel'na oedden nhw—bois am *fizz,* ac roedd y cyhoedd yn slempian y ddiod yn fodlon reit. Ac ella fod hynny'n ddigon teg—wedi'r cyfan, ar y cyhoedd y dibynnent am wybodaeth, ac ymateb. Gofynnodd iddo rŵan sut ymateb roedden nhw wedi'i gael.

'Dydyn nhw ddim wedi arestio neb eto.' Petrusodd ac yna ychwanegodd 'Mae 'na storïa'n mynd o gwmpas— ella nad oes 'na ddim gwir ynddyn nhw.'

Ond roedd arni hi eisio cael gwybod. Ildiodd yntau'n anfoddog braidd.

'Ydi Japheth wedi'i brocio fo'n iawn?'

Parodd y gair proc iddo feddwl am gnawd yn llosgi. Roedd Marie France yn gymeriad addfwyn a thawel wrth natur ond roedd hi'n frwd o blaid curo drwgweithredwyr, a chrogi. Allai yntau ddim gwadu na fyddai'n bleser ganddo gael lladd llofrudd Ceri. Yn ystod y dyddiau'n union ar ôl y llofruddiaeth roedd wedi ffantaseiddio'n farus am gael dial yn bersonol ar y mwrdrwr. Ac wedyn, ar ôl iddo ganfod Enid yn farw, wedi'i lladd, roedd wedi meddwl am dipyn ei fod ar fin syrthio dros ddibyn y byd call a rhesymol i diroedd du emosiwn dilyffethair. Ond erbyn iddo glywed crybwyll enw Hardwick am y tro cyntaf, dechreu'sai ei adfeddiannu ei hun, ac ymdawelu. Doedd neb yn gwybod hyd yma. Roedd y peth yn bosib, oedd, ond doedd dim wedi'i brofi. Daliai i deimlo ambell dro, yn enwedig pan fyddai wedi gorflino, ei fod ar fin mynd dros y dibyn, a'i fod yng nghrafangau casineb. Doedd tystiolaeth yn cyfri dim bryd hynny. I'r diawl â phwyll. Cyhuddwch o, neu gadewch i mi fynd i'r afael â fo.

Fo?

Hardwick?

Ella.

Ond doedd 'ella' ddim yn ddigon da.

Roedd yn rhaid iddo geisio rheoli ei deimladau, er ei fwyn ei hun yn ogystal ag er mwyn Marie France.

'Dydi Japheth ddim yn ymddiried yno' i. Mae o'n mynnu'i fod o'n dilyn pob trywydd, a dwi'n siŵr fod hynny'n wir.'

Eisteddodd Owen a symud ei freichiau i geisio ystwytho'r gewynnau. Roedd hi'n ei wylio a chofiai mai felly y byddai'n ymlacio ar ôl cyfnod hir o ganolbwyntio yn y theatr.

'Roedd yn ddrwg gen i glywed am Enid, Owen.'

Wyddai o ddim fod Marie France yn gwybod am y garwriaeth. 'Pwy ddwedodd wrthat ti?'

'Waeth befo pwy, rŵan. Ond mi ro'n i'n falch. Roeddat ti angen rhywun. Pam na fyddet ti wedi'i phriodi hi?'

Roedd o wedi gofyn y cwestiwn hwnnw iddo fo'i hun lawer o weithiau. Mae'n debyg y bydden nhw wedi priodi ymhen amser, petai . . .

Ond fentrai o ddim siarad am y peth; roedd y digwyddiad yn rhy agos ac yn rhy boenus. Edrychodd arni'n rhybuddiol a deallodd hithau.

'Iawn. Dwi'n deall, siŵr. Ond Ceri . . .' Doedd yna'r un deigryn yn ei llygaid wrth ddweud enw ei merch. Roedd y dyddiau cyntaf o wylo, a'r rhyddhad emosiynol rhwydd a ddeuai yn sgil ymollwng, ar ben. Dyddiau'r hiraethu dygn oedd y rhain, ac roedd ei theimladau hi a'i deimladau o yr un. Roedden nhw'n deall ei gilydd yn eu galar; roedden nhw fel un.

Dywedodd wrthi'n syml ac yn onest ei fod yn falch ei bod hi wedi dod. Allen nhw rannu hyn gyda neb ond

179

gyda'i gilydd. Roedd pobl eraill yn garedig. Roedden nhw'n gwrando. Ond dim ond y nhw—nhw ill dau—oedd yn gwybod.

Dim ond am ryw ddeuddydd y bwriadai aros. 'Mae Claude wedi mynd i Boulogne—ar fusnes. Mae o'n dda, 'sti, a dydi o byth bron yn fy ngadael i ar fy mhen fy hun. Rydan ni'n ddigon cytûn. Ond ar ôl iddo fo fynd, a finna ar fy mhen fy hun, mi feddylies i amdanat ti ar dy ben dy hun . . . a phetha fel ag y maen nhw. Roedd yn rhaid i mi ddŵad.'

Roedd yn deimlad cysurlon gwybod ei bod hi'n poeni amdano. 'Dwi'n iawn. A' i ddim dan y don.'

'Mi altrodd Ceri lot yn ystod y flwyddyn ola 'na efo ti—er gwell. Ac mi wnaeth hi les i titha.' Cododd Marie France a cherdded draw at y ffenest ac yna trodd yn ôl i'w wynebu. 'Roedd hi'n fwy o blentyn i ti nag oedd hi i mi 'rioed, Owen. Ac mae'r berthynas rhwng merch a'i thad yn arbennig iawn. Ella 'mod i wedi bod yn hunanol yn 'i chadw mor glòs ata fy hunan.'

Tueddai o i gytuno â'r sylw ond allai o ddim dweud hynny'n awr. Yn hytrach soniodd wrthi am Ian Richards. 'Mae o'n hogyn hoffus ac yn llawfeddyg addawol. Dwi bron yn sicr 'u bod nhw'n gariadon. Mi gym'rodd sbel i mi allu derbyn hynny, ond dwi drosti erbyn hyn.' Ac yna soniodd am gyfeillgarwch Ian a Carol Rees. 'Mae hi'n llawn at yr ymylon o gasineb. Dwi bron yn siŵr mai hi roddodd gychwyn i'r storïa 'ma am Hardwick.'

'Da iawn hi, ddweda i, a boed i Hardwick losgi yn nhân uffern.'

'Dal arni rŵan, dydan ni ddim yn gwybod i sicrwydd eto.'

'Pam? Be ydi'r broblem? Be ddiawl mae Japheth yn wneud? Ro'n i'n meddwl 'i fod o'n ffrind. Pam nad ydi o ddim yn dweud pob dim wrthat ti? Mi geith ddweud pob dim wrtha i.'

Ceisiodd Owen ei pherswadio na ddeuai dim lles o fynd i weld Japheth y noson honno, ond doedd dim troi arni. Bu'n rhaid iddo yntau fynd gyda hi, petai ond i'w chadw rhag mynd dros ben llestri.

Roedd Japheth wedi synnu gweld Marie France ac allai o ddim peidio â theimlo'n flin, ond gwrandawodd ar ei phregeth heb dorri ar ei thraws.

'Cyhuddwch o,' meddai hi, 'ac wedyn dedfrydwch o. Trueni nad Ffrainc ydi fan'ma. Mae gynnon ni'r gilotîn yn y fan'no.'

Gwelodd Iorwerth yr olwg ar ei hwyneb a gwelodd hi o'n anadlu allan drwy'i geg yn bwyllog iawn, rhag dweud dim. 'Na, dydw i ddim yn waraidd, Iorwerth,' mynnodd. 'Alla i ddim madda. Dydw i ddim yn drugarog. Ond mi ddweda i wrthat ti be ydw i—dwi'n un peth da, cadarnhaol, gwerth chweil—fi ydi mam Ceri.'

Doedd yna ddim ateb i hynna.

Ciliodd ei ddicter.

Doedd o ddim yn hoffi Marie France. Doedd o erioed wedi ei hoffi. Ond gallai ei deall hi, ac Owen hefyd. Byddai'n gamgymeriad difrifol pe bai'r ddau'n dod yn ôl at ei gilydd ac yn ailffurfio perthynas barhaol ar sail yr hyn oedd wedi digwydd i Ceri. Roedd rhannu galar yn siŵr o fod yn help i fendio, ond doedd natur hanfodol pobl ddim yn newid. Byddai Owen yn sicr o gysur arhosol gydag amser—un ai yng nghwmni rhyw Enid arall neu yn ei waith. Âi o ddim dan y don.

Rhai fel Hardwick oedd yn mynd ar eu pennau i ganol trychineb—yn fwriadol neu fel arall. Doedd o ei hun yn dal ddim yn siŵr a oedd o'n euog ai peidio. Daethai pâr ifanc i swyddfa'r heddlu heddiw gan honni eu bod nhw wedi gweld dyn yn ymyl gardd Enid y noson y llofruddiwyd hi. Roedd hi'n bosib eu bod nhw'n dweud y gwir, ond ella mai aroglau pres oedd wedi eu hudo—byddai pum mil o bunna'n help sylweddol tuag at brynu tŷ. Yn ôl Ellis, roedd hi tua'r amser y cafodd Enid Daniel ei lladd, ac roedd y dyn a welsent yn cario rhywbeth tebyg i gâs ffidil. Doedden nhw ddim am honni mai dyna oedd o. *Allai* fod, dyna ddwedon nhw. Roedden nhw'n credu y gallen nhw ei adnabod. Braidd yn denau oedd eu disgrifiad, ond fe allai fod yn ddisgrifiad o Hardwick. Roedd parêd adnabod wedi'i drefnu ar gyfer pump o'r gloch bnawn drannoeth.

'Mi fydde'n dda calon gen i pe bait ti'n gwneud rhywbeth,' meddai Marie France.

A chynigiodd Japheth yn ddigon rhadlon estyn diod i bob un ohonynt.

Yn unol â chyfarwyddiadau Ellis, gwisgodd Alun siwt dywyll i fynd i'w waith drannoeth ac aeth â chôt law efo fo. Roedd hi'n ddiwrnod chwilboeth ac edrychodd Nia arno fel pe bai'n dechrau drysu. Ond cyn iddi gael cyfle i ddweud dim dywedodd wrthi ei fod am fynd â'r gôt i gael ei glanhau; allai o ddim meddwl am yr un esgus dros wisgo'r siwt. 'Gwisgwch y dillad roeddach chi'n 'u gwisgo noson yr opera,' meddai Ellis, 'ac mi fydd eisio côt law. Mi fydd 'na resaid o ddynion tua'r un taldra â chi'n gwisgo dillad digon tebyg.' Ac yna roedd wedi sôn wrtho am y pâr ifanc. 'Roeddan nhw'n mynd â'r ci am dro ar hyd y comin. Mae 'na lwybr yn rhedeg gyda chefn y tai sy'n wynebu Rhyd y Bedw—lle'r oedd Enid Daniel yn byw. Mi welson nhw rywun tebyg i chi'n cerdded yn ymyl y llwybr. Ella y byddan nhw'n eich nabod chi, ella na fyddan nhw ddim . . .' Sgrytiodd ei ysgwyddau.

Ble'r aeth urddas a pharch, meddyliodd Alun. Roedd Ellis yn fwy bonheddig o dipyn fis yn ôl. Prin ei fod yn ei drafod yn suful erbyn hyn. Gwna'r peth yma, Hardwick, gwna'r peth arall, Hardwick. Sa mewn rhes efo dwsin o betha diwerth er'ill. (Pwy fyddai'r lleill? Cyn-garcharorion? Plismyn? Pwy?)

Yr oedd wedi cwffio'n ôl. 'Mae 'na ddau berchen ci ifanc, barus eisio rhoid 'u pump ar bres Harris—ac rydach chi'n gofyn i mi gydymddwyn â nhw. Pam uffern y dylwn i?'

'I glirio'ch enw,' oedd yr ateb rhesymol, hynaws. 'Os ydach chi'n gwybod eich bod chi'n ddieuog yna ddyla parêd adnabod boeni dim ffeuen arnoch chi.'

'Does a wnelo bod yn euog neu beidio ddim â'r peth. All rhywun ddim cofio wyneb rhywun mae o wedi hanner 'i weld am funud neu ddwy gefn nos.'

'Os felly mi gewch fynd adre'n rhydd, lawen.'

'Ond be os gwnân nhw 'newis i, ar gam, fel rydach chi'n gobeithio y gwnân nhw? Be wedyn?'

'Cysylltu efo 'nhwrna faswn i.'

'Mi fyddwch chi'n 'y nghymryd i i'r ddalfa, debyg? Dan amheuaeth o lofruddio?'

'Iawn y tro cynta.'

Nia, meddyliodd Alun. Beth am Nia? Mae'n siŵr y bydd eich gweithwyr cymdeithasol bondigrybwyll chi'n camu i'r adwy. Iesu gwyn, pwy sy'n mynd i ddweud wrthi hi?

Roedd o wedi bod mewn cyfyng gyngor beth i'w wneud cyn gadael y tŷ. Yn y diwedd, roedd hi'n haws dweud dim. Bu'n ceisio llunio brawddegau yn ei ben, pregeth hir o esboniad. 'Yr heddlu sy wedi gorchymyn i mi wisgo'r siwt 'ma. Dwi'n gorfod cymryd rhan mewn parêd adnabod. Lol ydi'r cwbl, wrth gwrs, ond mi fydd rhaid i mi fynd. Mae 'na bosibilrwydd na ddo i ddim yn f'ôl, mae'n siŵr. Ella y basa'n well i ti daro dipyn o betha mewn cês, tronsia a sana heb dylla yn y bodia. Ond paid â phoeni gormod. Fedran nhw mo 'nghyhuddo i ar gam, er mi wnân 'u gora glas, debyg. Rhaid i ti feddwl be fydd ora i'w ddweud wrth Dylan. Dweud 'mod i wedi mynd ar gwrs preswyl neu rywbeth. Go brin y gwnân nhw ganiatáu mechnïaeth. Dwn i ddim faint o amser mae'n gymryd i

183

baratoi achos. Does gynnyn nhw ddim tystiolaeth. Ella y rhoddan nhw'r gora i'r achos. Ond os na wnân nhw . . . Paid â mynd am fàth ar dy ben dy hun eto. Gofala fod Tess neu'r nyrs wrth law i helpu. Tria gael rhywun i ddŵad yma atat ti i gysgu. Mi ddyla'r gwasanaetha cymdeithasol allu trefnu hynny.'

Torrodd llais Nia ar draws llif ei feddwl. 'Be sy'n bod?'

Roedd o bron iawn, iawn wedi dweud wrthi bryd hynny, ond bod y geiriau'n rhy arw i'w hyngan. Rhy agos at yr asgwrn. Bythefnos yn ôl, fe fyddai wedi bod yn sicr beth fyddai ei hadwaith: syndod, a dicter. Fe fyddai hi wedi ei gofleidio a'i llid yn gryndod drwyddi. Ond heddiw?

Doedd o ddim yn siŵr ar ôl yr hunllef honno. Roedd hi'n ymdrechu'n wrol ac yn ei chasáu ei hun am orfod ymdrechu.

Dywedodd wrthi'n ddigon ffwrdd-â-hi nad oedd dim byd yn bod. 'Ella y bydda i dipyn yn hwyr yn cyrraedd adre. Mi ffonia i, yli.' (Siawns na fydden nhw'n caniatáu iddo ffonio?)

Trawodd sws ddi-hid ar ei boch, ac meddai'n swta, rhag i'w emosiynau ei drechu: 'Hwyl 'ta. Cym' ofal.'

Safodd wrth ymyl y car fel y gwnâi bob dydd a chodi'i law arni. Roedd hi wedi'i phowlio'i hun i'r pasej, fel y gwnâi bob dydd, a chododd hithau'i llaw drwy'r drws agored.

Ond roedd y wên wneud wedi fferru ar ei gwefusau. Be sy'n mater, meddyliodd. Pam mae heddiw mor wahanol? Be sy'n digwydd? Pam na ddwedi di wrtha i be sy'n digwydd?

Ac yna aeth ati fel lladd nadroedd i glirio a chodi llwch, nid er mwyn glanhau, ond rhag ei bod yn cael cyfle i feddwl. Roedd Alun wedi rhoi dwy glun cyw iâr yn y pobwr araf ac ychwanegodd hithau berlysiau a phlicio dipyn o datws. Newydd droi un ar ddeg o'r gloch oedd hi pan glywodd sŵn agoriad yn nhwll y clo. Mae o wedi dŵad adre, meddyliodd. Ond yna clywodd lais ei mam, 'Nia? 'Nghariad i! Ni sy 'ma!'

Roedd aroglau lafant ar ei mam. Roedd ei *blue rinse* hi'n rhy las. Roedd hi'n fain, ac yn dwt ac yn hwyliog. Doedd hi byth yn ffysian; roedd hi fel craig safadwy mewn môr brochus. Teimlai Nia ei hun yn sglefrio'n fendithiol yn ôl i'w phlentyndod a chododd ei hwyneb i gael sws. Roedd hi'n chwech oed eto. Roedd hi'n ddiogel. Roedd Mam yma—a Dad. Llawenhaodd am bum munud cyfan, llawenydd na phrofodd ei debyg erioed o'r blaen.

Ciledrychodd ei rhieni ar ei gilydd. Roedden nhw wedi'u synnu, a'u plesio. Roedd y tŷ'n ddisglair, lân. Llenwid y gegin gan aroglau bwyd hyfryd. I bob golwg, roedd eu merch anabl, ddiog, groes, hardd, annwyl, yn ymdopi. Roedd hi'n dod i dermau â'i hanabledd.

Dyma nhw'n ei holi hi am Dylan ac atgoffodd hithau hwy ei fod ar ei wyliau ym Mhen Llŷn gyda'r cymdogion.

Gwnaeth ei mam baned o goffi i'r tri ohonynt. Fyddai hi byth yn ymyrryd yn y gegin pan fyddai Alun gartre. Doedd hi ddim yn siŵr a oedd o wedi gwneud peth call yn mynnu gwneud yr holl waith coginio ac ati ar ôl y ddamwain, ond roedd hi'n ddigon doeth i beidio â busnesu. Fo oedd wedi mynnu ei bod hi'n cael agoriad i'r tŷ, rhag ofn.

'Yn dal ar ei wylia?' holodd gan dyrchu yn y cwpwrdd wal am fisgedi.

'Mae o'n hapus,' meddai Nia'n amddiffynnol. 'Waeth iddo fo'n fan'no ddim.'

Dywedodd ei thad wrthi eu bod wedi dod ar neges ddeublyg: i edrych amdani hi, wrth gwrs, ac i roi *run* i'r car newydd yr un pryd. Powliodd hi at y ffenest a dangos y Nissan piws iddi'n llawn balchder. Roedd yna ddigon o le yn y cefn i'w chadair hi. Beth am fynd am dro i

Aberdaron i weld Dylan? Roedden nhw wedi prynu set o sgitls iddo ac roedd arno eisio dangos iddo sut i chwarae. Beth amdani? Syniad da? Yntê?

Roedd yn rhaid iddi gytuno. Ia, syniad da.

Credai y byddai'n gallu ymddwyn yn naturiol efo Dylan, a hwythau ill dau efo hi. Mi fyddai wedi gwirioni gormod efo'i daid a'i nain i syllu arni hi'n dreiddgar efo'r ddau lygad brown yna a gofyn iddi a oedd hi'n *champion*. Dyna oedd y gair mawr y dyddiau yma. *Champion*. Bob tro y ffoniai hi dywedai fod popeth yn *champion*, hyd yn oed y trôns rwber. Wyddai hi ddim ble'r oedd o wedi codi'r gair, ond byddai'n dda calon ganddi pe bai'n ei anghofio.

Gofynnodd ei mam beth digon tebyg yn awr, ar ôl i'r cyffro cyntaf gilio.

'Ydi bob dim yn iawn, Nia?'

'Ydi, diolch.'

'Alun yn cadw'n iawn?'

'Ydi tad.'

'Biti na fedar o ddim dŵad efo ni ond dwi'n siŵr y bydd o'n falch ein bod ni wedi dŵad i fynd â ti am dro a hitha mor fendigedig o braf. Be wnei di—ffonio'r ysbyty 'ta gadael nodyn?'

Roedd hi'n haws sgwennu nodyn. Powliodd ei hun draw at y ddesg ac estyn papur a beiro. Roedd y ddesg hyd yn oed yn batrwm o daclusrwydd, a phob beiro a phensil ac amlen yn ei phriod le.

'Wedi mynd i weld Dylan efo Mam a Dad,' sgwennodd. 'Mi fyddwn ni'n ôl tua . . .' Edrychodd i gyfeiriad ei thad. 'Pryd fyddwn ni'n ôl, Dad?' Deg o'r gloch ddywedodd o ond 11 roddodd hi yn y nodyn, rhag ofn iddo boeni. 'Cariad, Nia' sgwennodd ar y gwaelod, ac yna res o swsus.

Gosododd y nodyn ar bwys y cloc ar y silff-ben-tân.

Cododd ei thad hi yn ei breichiau. 'Lle chwech gynta,'

meddai, 'ac wedyn mi a' i â ti i'r car tra bydd dy fam yn gwneud yn siŵr nad oes dim byd yn mynd i ffrwydro yn y gegin 'na. Iawn? Ffwr' â ni 'ta.'

Teimlodd Nia ysfa sydyn i gael ei rhoi i lawr. Roedd peth fel hyn yn rhy glyd. Ac annaturiol. Dwi'n ddynes dri deg ac un oed a chditha bron yn drigain, meddyliodd. Nid hogan fach ydw i rŵan. Ond dyna liciwn i fod, dy hogan fach di'n rhedeg. . .

Rhedeg . . . rhedeg . . .

Allai ei thad ddim gweld yr olwg ar ei hwyneb, ond fe welodd ei mam. 'Oes 'na rywbeth yn dy boeni di, Nia?'

''Mhoeni fi? Nac oes, siŵr, dim byd.'

Dim ond fod Alun wedi mynd o'r tŷ 'ma y bore 'ma, a 'mod i'n ofni yn 'y nghalon na wela i byth mohono fo eto.

20

Yr unig ffordd i ddyn allu diodde oedd drwy smalio mai chwarae oedd y cyfan. Opera mewn gwisg fodern oedd hi, wedi'i lleoli ym muarth swyddfa'r heddlu ar ddiwrnod poeth iawn. Roedd y tar o dan eu traed yn toddi hyd yn oed. Pa fath o gerddoriaeth fyddai'n gweddu? Ymdaith angladdol wrth i'r dynion ymgasglu? Na, roedden nhw ar ormod o frys. Dim urddas ar eu cyfyl. Teimlai pawb embaras mawr. Criw o ddynion mewn cotiau glaw a golwg wirion arnyn nhw.

'Dwi'n gwybod 'i fod o'n hen brofiad digon annifyr,' meddai Ellis yn hynaws. 'Mi gewch sefyll lle bynnag mynnoch chi.'

Doedd waeth iddo sefyll ar y pen ddim. Ella y byddai'n ddoethach iddo sefyll rywle yn y canol ond golygai hynny y byddai'n rhaid iddo stwffio rhwng y cochyn ac un arall oedd yn ffidlan efo ploryn mawr, poenus yr olwg, ar ei wddw. Roedden nhw'n sgwrsio fel petaen nhw'n hen ffrindiau. Safodd Alun ar ben y rhes.

Doedd yr un o'r dynion yma'n edrych yn debyg iddo fo. Yr unig beth oedd yn gyffredin i'r cwbl ohonynt oedd y cotiau glaw. Cofiai brynu ei un o chwe blynedd yn ôl. Roedd wedi'i gwisgo i fynd i weld Nia yn yr ysbyty pan aned Dylan a chofiai fod peth o baill melyn y blodau wrth y gwely wedi staenio'r llawes gan beri i Nia ddechrau tisian yn ddilywodraeth. A dyma'r fam yn y gwely agosaf yn cwyno am bobl oedd yn lledu heintiau ac yn peryglu bywydau babis bach diniwed; bu'n galed arnyn nhw ill dau i beidio â chwerthin dros bob man.

Roedd arno eisio chwerthin rŵan, oedd yn beth hollol wirion.

Gallai glywed y chwerthin yn codi tu mewn iddo. Ac alaw hefyd, alaw *Peter and the Wolf*. Roedden nhw wedi cerdded ar y llwyfan i fersiwn araf deg o'r diwn honno.

Nid ymdaith angladdol, yn siŵr ddigon.

Edrychai'r dyn a safai wrth ei ymyl yn debyg i'r llun cyfarwydd o Williams Pantycelyn, ond fod ganddo nam ar ei lygad chwith oedd yn peri iddo wincio'n ddi-baid. Pantycelyn—awdur y llinell 'Yng Nghonstant fawr i Nopl'. Rhyfedd fel mae ambell beth yn glynu yn y cof. William oedd ei enw cyntaf yntau. William Alun Hardwick. Chwarae teg iddyn nhw am ddewis rhywun oedd yn rhannu'r un enw ag o. Ond dyna'r unig debygrwydd rhyngddynt. Williams ar ei deithiau cenhadu drwy Gymru. 'Rwy'n edrych dros y bryniau pell, Amdanat bob yr awr.' Canu serch ydi holl ganu Pantycelyn. 'Tyred f'anwylyd mae'n hwyrhau, A'm haul bron mynd i lawr.'

Pantycelyn yn wincio'n nerfus. Doedd dim rheswm iddo fo deimlo'n nerfus. Doedden nhw ddim yn mynd i bwyntio bys ato fo.

Dwi'n cofio'r ail bennill hefyd, yn ei gofio fo i gyd.

Tyn fy serchiadau'n gryno iawn
Oddi wrth wrthrychau gau,
At yr un gwrthrych ag sydd fyth
Yn ffyddlon yn parhau.

Dyma nhw'n dŵad rŵan. Nefoedd fawr, roedden nhw wedi dŵad â'r blydi ci efo nhw, hyd yn oed. Terier bach gyda choler goch. Gwallt melyn potel wedi'i bermio oedd gan y ferch. Gwisgai sbectol haul gyda ffrâm binc, ac roedd ganddi ddau ddant blaen amlwg. Roedd ei throwsus llydan a'i thop patrymog gyda chwcwll yn ffasiynol, ond dillad o'r farchnad oedden nhw. A sandalau gwyn a'u sodla nhw wedi rhicio. Doedd y dyn, neu lanc yn hytrach (tybed oedd o'n ŵr iddi?) yn edrych fawr hŷn na dwy ar bymtheg. Dydw i'n meddwl fawr o dy locsyn di, frawd. Rho gynnig arni eto ymhen tua phum mlynedd, ar ôl i ti orffen tyfu. Mae dy drowsus di'n rhy gwta ac mae 'na dwll yn dy hosan dde di.

Roedd Ellis a phlisman arall yn dweud rhywbeth wrthyn nhw. A dyma'r ddau'n amneidio ac yn syllu'n betrus ar y rhesaid dynion.

Peidiwch â bod f'ofn i, 'mhlant i. Dwi'n gaddo na wna i ddim brathu, na'ch llarpio na rhoi dwrn yn eich bolia pan rowch chi'ch dwylo ar f'ysgwydd i, neu beth bynnag ddiawl ydach chi'n mynd i'w wneud. Mi dderbynia i fy ffawd. *Mea culpa.* Arweiniwch fi at y goeden grogi.

Dydi hyn ddim yn wir, ddim yn digwydd.

Iesu annwyl, does dim posib 'i fod o.

Chwarae ydi'r cwbl. Ffars mae Mathews wedi'i threfnu. Am fod Tess wedi bod yn hanner byw acw, ia Celt? Am fod dy Santes Teresa di'n gofalu gormod, dwi'n iawn? Wel dydan ni wedi gweld dim lliw ohoni hi ers dyddia bellach. Wyt ti'n 'i chadw hi ar dennyn?

Maen nhw'n dŵad yn nes rŵan. Dwi'n clywed ogla chwys ar y ddau ohonyn nhw—chwys sur, cynnes. Mae'r ci'n synhwyro o gwmpas fy sgidia i. Pam na lyfi di nhw,

189

was? Ella llyfi di'r dystiolaeth i ffwrdd. Rhyfedd nad aethon nhw ddim â fy sgidia i pan aethon nhw â'r câs ffidil. Be maen nhw'n 'i wneud efo'n ffidil i o hyd? Ella y ca i hi'n ôl pan fyddan nhw'n 'y nghloi i i mewn. Maen nhw'n honni fod carchardai'n llefydd gwaraidd y dyddia yma. Mi ga i ganu caneuon calonnog—*tarantella* i'r treiswyr—*allegretto* i'r llofruddwyr . . .

Mae'r mascara ar dy flew amrannau gola di'n edrych fel penna du ar binna bach. Ia, dyna ti, 'mechan i. Rhytha, rhytha hynny fedri di. Be ddylwn i'i wneud? Gwenu arnat ti a dymuno hwyl fawr i ti efo'r holl arian neis 'na?

Dim ond hogyn mawr wyt ti—yn cogio smalio bod yn ŵr. Feddyliest ti erioed y bydda gradda morgeisi'n codi mor uchel fel y bydda'n rhaid i ti feddwl am ryw stynt fel hyn i'ch cael chi o'r picil, naddo?

Ia, gwna ditha'r un fath. Craffa'n iawn arna i. Mae o'n brofiad digon tebyg i chwarae bingo, tydi. Yr unig wahaniaeth ydi dy fod ti'n gorfod dewis y rhifa dy hun yn y gêm fach yma . . . 'te?

Maen nhw'n symud yn 'u blaena.

Wel, ydyn debyg iawn.

A bod yn deg.

Maen nhw'n symud ar hyd y rhes—un, dau, tri—stop a sbio. Y boi efo'r ploryn ydi hwnna. Mae o'n 'i sychu fo efo'i hances, mor gartrefol â phe bai o yn y tŷ bach adre. Dydi o'n malio dim botwm corn amdanyn nhw.

Maen nhw'n symud eto. Yn araf deg. Maen nhw wedi cyrraedd y pen draw.

A rŵan maen nhw'n dŵad yn 'u hola.

Be ar y ddaear ydw i'n mynd i'w ddweud wrthat ti, Nia?

Pam 'mod i'n dy garu di gymaint? Doeddwn i ddim yn gwybod dy fod ti'n bod saith mlynedd yn ôl. Ro'n i'n cysgu ac yn bwyta ac yn anadlu. Roedd bywyd yn rhwydd ac yn ddiofal iawn.

Wnes i erioed fwriadu gwneud hyn i ti.

Fi ydi dy nerth di.

'Ti f'angen i. (O hyd, gobeithio!)

Dwi d'angen di. (Yn syml iawn—yn arw iawn.)

Mae'r ci'n synhwyro fy sgidia i eto. Dwi wedi blino. Mae stribed o chwys yn rowlio i lawr asgwrn 'y nghefn i. Mae'n hwyr glas gen i gael hyn drosodd. Mae Ellis wedi dweud wrthach chi, tydi? Yr un yn y pen draw ydi o. Ond cym'rwch eich amser. Peidiwch â gwneud y peth yn rhy amlwg. Does 'na ddim brys.

Mae hi'n cnoi'i hewinedd. Hi fydd yr un roith 'i llaw ar f'ysgwydd i. Dilyn wrth 'i chwt hi mae o. Llanc o ŵr efo llygada slei. Ella y bydd gen titha fab ryw ddiwrnod, was.

Rhaid i mi beidio â meddwl am Dylan.

Dowch yn eich blaena, damia chi.

Ac felly dydi hi ddim yn mynd i roi'i llaw—dydyn nhw ddim am gyffwrdd—maen nhw am fynd draw at Ellis heb edrych arna i. A rŵan maen nhw'n mynd yn 'u hola i'r swyddfa efo copsyn arall—clic, clic, sodla bach wedi rhicio—hen job fudr ar ddiwrnod mor braf.

Dechreuodd y dynion eraill wasgaru a daeth Ellis draw at Alun. 'Wel, dyna fo,' meddai'n fflat. Doedd yr olwg ar ei wyneb yn datgelu dim.

Teimlai Alun ei gorff yn rhoi mewn rhyddhad. 'Be ydach chi'n feddwl?'

'Roedd ar y ddau bach ifanc 'na gymaint o ofn dewis y person anghywir, gwneud camgymeriad, gwneud cam â rhywun, fel na ddewison nhw neb. Mi gewch fynd adre'n ddyn rhydd, lawen.' Ddywedodd o ddim 'am y tro' ond awgrymai tôn ei lais hynny.

Gallai Alun glywed dagrau'n pigo yng nghefn ei lygaid a syllodd ar lawr nes iddynt gilio. Roedd bron â marw eisio mynd i'r lle chwech ond roedd yn benderfynol o ddal nes cyrhaeddai'r tai bach cyhoeddus yng nghanol y dre. Ac wedyn mi âi i siop flodau, na, erbyn meddwl, âi o ddim. Roedd yn well i'r dydd ymddangos mor normal a chyffredin ag oedd yn bosib. Fe âi â'i gôt i gael ei glanhau. Byddai'n rhaid iddo wneud hynny, ar ôl dweud ei fod am wneud.

Ac wedyn am adre.

A Nia.

Hymiai Alun yn dawel wrth yrru i fyny'r allt i Stad Maes Einion am chwarter wedi chwech. Nid paradwys, nage, dim ond tai ar gwr y dre, ond yr oedd yn falch iawn o'u gweld y funud hon. Roedd yna blant ar gefn eu beiciau a phobl yn eu gerddi'n torri pennau rhosod goraeddfed. Edrychai rhosod marw'n waeth nag unrhyw flodyn arall; petalau'n ffrwydro gan liw ac yna'n disgyn fesul un. Pe bai o wedi newid ei feddwl a cheisio blodau i Nia, blodau gwyn, glân y byddai wedi'u dewis. Blodau morwynol, mor forwynol ag oedd Nia, erbyn hyn. Ai straen oedd yn peri iddo deimlo mor effro'n rhywiol? Dwi wedi cael pardwn dros dro, Nia; mae gynnon ni ragor o oria i'w treulio efo'n gilydd, a rhagor o ddyddia. Cysga efo fi.

Penderfynodd beidio â chadw'r car yn y garej. Roedd hi'n noson braf. Ella yr aen nhw am dro bach i'r wlad.

Roedd y cymdogion o'i gwmpas mor llonydd â delwau mewn eglwys. Cyfarchodd nhw heb sylwi sut ymateb a gafodd. Ac yna sylwodd ar y ffenest wedi torri.

Darfu'r gân yn ei feddwl a daeth dicter i gymryd ei lle. Plant gwyllt a'u bali peli. Roedd peth fel hyn yn bownd o ddigwydd a Nia ar ei phen ei hun.

Agorodd ddrws y ffrynt a galw'i henw. Dim ateb. Oedd hi'n torheulo yn yr ardd, tybed? Aeth i edrych ar ôl cilsbio drwy ddrws y stafell fyw. Yna aeth i fyny i'r llofft. Doedd hi ddim gartre. Aeth yn ei ôl i'r stafell fyw a theimlo'r gwydr yn crensian dan ei draed. Roedd y fricsen wedi glanio ar fwrdd derw bach a darn o bapur llwyd wedi'i lapio amdani gyda llinyn.

Llythrennau duon bras ar bapur llwyd.

MWRDRWR.

Hymiai'r gwaed lond ei glustiau.

Chwythai awel drwy'r ffenest doredig gan gyffwrdd y blew ar gefn ei wddw, fel bysedd bach busneslyd. Roedd bil am bapurau newydd oedd ar y silff-ben-tân ers dyddiau wedi cael ei chwythu i'r bwced lo, ac roedd yr un awel fympwyol wedi chwythu nodyn Nia o'r golwg o dan y silff lyfrau.

Dychrynodd am ei fywyd wrth feddwl yn sydyn y gallai hi fod wedi brifo. Roedd y fricsen wedi'i tharo. Roedd hi yn yr ysbyty! Cerddodd drwodd i'r pasej yn bwyllog dros ben a ffonio'r ysbyty. Teimlai ei fysedd yn rhy fawr i'r tyllau; roedden nhw'n mynnu deialu'r rhifau anghywir. Gwnaeth sawl camgymeriad. Pan lwyddodd i gael drwodd o'r diwedd rhwystrai'r lwmp yn ei wddw o rhag gofyn y cwestiwn. Ond yna gofynnodd, a dechreuodd grynu wrth aros am yr ateb.

Cafodd ateb cwta, cysurlon. Na. Doedd yno'r un Nia Hardwick.

Be felly?

Ceisiodd ei roi ei hun yn ei lle a dychmygu beth fyddai hi wedi'i wneud. Doedd ei chadair hi ddim yno. Rhaid ei bod hi wedi mynd allan yn ei chadair. I weld Tess, o bosib. Aeth draw i dŷ Tess a chanu'r gloch. Dim ateb.

Trawyd o wedyn gan banic a'i rhwystrai rhag meddwl yn rhesymol. Roedd hi yn rhywle yn ei chadair—allan ar y blydi stryd 'na ar ei phen ei hun. Dechreuodd redeg ar hyd Pen y Ffordd a Lôn 'Refail. Plant yn chwarae efo sglefr-fyrddau. Pwced blastig las a char gwyn. Aroglau paent. Ffens newydd 'i pheintio'n goch. Corn yn clindarddach arno. Dim hanes ohoni yn unman. Yn ôl i'r tŷ—be rŵan?

Roedd un o'r delwau am ymostwng i siarad efo fo, a'i gyffwrdd, hyd yn oed. Roedd yna law ar ei fraich.

Mrs Rowlands oedd yn byw drws nesaf i Bryn Stephens oedd perchen y fraich.

Roedd hi'n trio dweud fod Nia wedi mynd i rywle efo'i rhieni. Ond roedd hynny'n hollol wirion; doedd ei rhieni hi ddim ar y cyfyl. Roedden nhw'n byw yng Nghlwyd, mewn hen reithordy yng nghanol caeau gleision.

'Mi weles i nhw'n cyrraedd ac yn gadael,' mynnai'r wraig. 'Roedd tad Mrs Hardwick yn 'i chario hi. Mi roddodd o'r gadair yn y bŵt ac i ffwrdd â nhw.'

Edrychodd heibio i Alun ar y ffenest doredig.

'Taswn i wedi gweld pwy wnaeth hynna mi faswn i wedi'i riportio fo i'r polîs. Mae pob dyn yn ddieuog nes profir fel arall. Mae'r wlad 'ma'n llawn hwliganiaid a fandals.'

Cytunodd â hi a diolch yn gwrtais.

Tynnodd hithau ei llaw oddi ar ei fraich heintus, nawr ei bod hi wedi gwneud ei dyletswydd, a throdd am adre.

Aeth Alun yn ei ôl i'r tŷ ac eistedd yn y stafell fyw am funudau bwygilydd, heb symud llaw na throed.

Fe fyddai Mrs Rowlands wedi ffonio'r heddlu.

Ond gwyddai o'r gorau na fyddai Nia wedi ffonio'r heddlu. Allai hi ddim.

Ffonio'i rhieni wnaeth Nia.

Ffoniodd hi mohono fo.

Roedd hi wedi eistedd yng nghanol y llanast nes i'w rhieni gyrraedd ac wedyn roedd hi wedi mynd gyda nhw.

Doedd o ddim yn ei beio hi.

Doedd o ddim yn synnu, hyd yn oed.

Roedd o'n dechrau deall ystyr y mudandod. Wyddai hi ddim beth i'w ddweud ac felly doedd hi wedi dweud dim byd. Mae'n debyg y byddai yna alwad ffôn ryw dro, a chyfarfod wedyn a'i thad a'i mam yno'n gefn iddi. Doedd ei thad ddim wedi bod o blaid y briodas o'r

194

cychwyn a chofiai iddo'i ddisgrifio unwaith fel: 'hogyn â digon yn 'i ben o ond ddim am drio mynd yn 'i flaen, mwya c'wilydd iddo fo'. Ond ar ôl iddyn nhw briodi yr oedd wedi derbyn y berthynas ac wedi magu rhyw agwedd galonnog, joci-joclyd.

Fe ofalen nhw amdani'n dda.

Fe ofalen nhw am Dylan hefyd.

Ei fab.

Roedd yr unig ddau beth a roddai ystyr i'w fywyd wedi eu cipio oddi arno.

Gallai deimlo paced o sigaréts yn ei boced ond methai gael hyd i'w daniwr. Aeth i'r gegin i chwilio am fatsys a chlywed aroglau da y caserol cyw iâr. Byddai'n biti'i wastraffu. Roedd yn rhaid i rywun fwyta, waeth beth a ddigwyddai. Agorodd y caead a dechrau codi'r bwyd i'w geg efo llwy ond doedd arno fo mo'i eisio. Wedi dod i nôl matsys yr oedd o. Aeth yn ei ôl i'r stafell fyw a chynnau sigarét. Gwelodd ewin o wydr yn sticio allan o'r mat wrth y tân a chododd o a'i gario allan i'r bin. Roedd wedi smocio sawl sigarét ac wedi 'sgubo gweddill y gwydr pan welodd Tess yn cerdded heibio i'r ffenest i gyfeiriad y cefn.

Agorodd Tess y drws, heb feddwl cnocio.

Doedd hi ddim yn synnu pan welodd hi drosti'i hun. Roedd Mrs Rowlands wedi dweud wrthi'n barod. Ac roedd hithau wedi rhoi hanes ei nain i Mrs Rowlands. Anaml y gwylltiai ond roedd hi wedi ffrwydro'n ddireol gan floeddio'i bod yn gobeithio y byddai holl drigolion y stryd, y stad, a'r dre'n llosgi yn nhân uffern am eu pechod. Roedd Steffan wedi cael ei ladd â cherrig, a Pedr wedi'i grogi a'i ben ucha'n isa, heb sôn am yr hyn roedd pethau 'run fath â nhw wedi'i wneud i'r Arglwydd Iesu ei hun.

Ac roedd Mrs Rowlands wedi'i chyhuddo hithau o fod yn bits Babyddol hanner pan. Pan welodd y wraig ganol oed gyferbyn â hi'n gweiddi yn ei hwyneb y sylweddolodd Tess fod yn rhaid ei bod wedi bod yn or-selog wrth amddiffyn Alun i beri'r fath ymateb eithafol.

Cyrcydodd wrth ei ymyl yn awr a chymryd y brwsh a'r rhaw dân o'i law. 'Gad i mi wneud.'

Aeth yntau i eistedd.

Casglodd yr holl ddarnau gwydr ac yna hwfrodd y carped. O fewn cwta ddeng munud roedd hi wedi sgubo'r mymrynnau gwydr oddi ar y dodrefn i gyd. Aeth i'r gegin i sgwrio'r gwydr mân fel siwgr oedd wedi hel o dan ei hewinedd.

Pan ddaeth hi'n ei hôl i'r stafell fyw gofynnodd iddo ble'r oedd o wedi'i roi.

'Rhoi be?'

'Be bynnag daflwyd drwy'r ffenest.'

'Bricsen. Mae hi'n ymyl y bin.'

Aeth allan i'r cefn, a gwelodd hi.

Roedd Alun wedi rhyw hanner tynnu'r papur llwyd ond roedd digon o'r gair ar ôl iddi allu dyfalu. Tynnodd y llinyn i ffwrdd a malu'r papur yn yfflon.

Roedd hyn yn ormod i Nia felly.

Wel, doedd o ddim yn ormod iddi hi.

Roedd hi'n dal yn ddigon dig i'w gorfodi ei hun i beidio â chrio. Nid amser crio oedd hi rŵan. Roedd Alun wedi cael ei wala o ferch ddiymadferth yn sugno'r gwaed ohono.

Aeth i'r cwt yn yr ardd i chwilio am damaid o gard-fwrdd cryf i'w roi ar y ffenest, ond doedd yno ddim. Roedd hi bron yn siŵr fod yna beth yn eu sied nhw, felly galwodd drwy'r ffenest a dweud ei bod yn picio adre am funud. 'Rhaid i mi gael rhywbeth digon cryf, a digon llydan i'w roi dros y twll 'ma.'

Prin ei fod yn ymwybodol o beth roedd hi'n ddweud.

Daeth yn ei hôl ymhen tuag ugain munud gyda dau damaid o gardfwrdd a'i gâs ffidil. Roedd ei llygaid hi'n disgleirio gan lid. Daethai o hyd i'r câs ffidil wedi'i

196

guddio mewn hen sach yng ngwaelod cist de. Roedd yn amlwg fod Celt wedi cael y dasg o'i ddychwelyd iddo, a'i fod wedi dal ei afael ynddo, o ran diawlineb. Profai'r darganfyddiad mai stori Celt oedd yr un wir, ac nid haeriad Alun ei fod wedi rhoi benthyg ei ffidil i ffrind. Blinai hynny hi. Ond pe bai'r bobl fforensig wedi darganfod unrhyw dystiolaeth bositif—a doedden nhw ddim, doedd y peth jest ddim yn bosib—yna fydden nhw ddim wedi rhoi'r câs ffidil i Celt i'w ddychwelyd i Alun, na fydden?

Aeth ag o i'r stafell fyw a'i osod i bwyso'n erbyn y piano. 'Yn ein sied ni roedd o. Dyn a ŵyr ers pa bryd. Mae Celt yn fwy o fastad nag yr o'n i'n feddwl.'

Synnai Alun ei bod hi mor ddig. Oedd unrhyw beth yn werth cynhyrfu gymaint yn ei gylch? Edrychodd arni'n torri'r cardfwrdd i ffitio ac yn ei hoelio'n sownd wrth ffrâm y ffenest. Teimlai fel claf wedi cael codi i gadair ar ôl bod yn orweiddiog ers misoedd. Pobl eraill yn gwneud, gwylio pobl eraill yn gwneud. Edrychai'r cardfwrdd yn hyll a thywyllai'r stafell. Tynnodd hi'r llenni i'w guddio.

'Mi wna i baned o de i ti rŵan,' meddai hi, 'os na fasa'n well gen ti gael wisgi bach.'

Dywedodd y byddai te'n gwneud y tro'n iawn. 'Diolch yn fawr iawn.'

Eisteddodd y ddau i yfed y te, yn gyfeillgar ddigon i bob golwg. Fel pâr priod ar derfyn diwrnod gwaith, meddyliodd Tess. Rwyt ti wedi dod adre o'r gwaith. Mae'r ffenest wedi torri ar ddamwain. Roedden ni'n dau'n flin gynna ond dydan ni ddim yn flin rŵan. Mae popeth yn esmwyth a hawdd a chyffredin—ac i mi mae'r diolch am hynny. Does 'na ddim straen efo fi. 'Ti ddim yn gorfod 'y nghario i o gwmpas. Mae gen i gorff cyffredin a choesa sy'n symud.

Meddyliodd Alun beth ddylai o'i ddweud wrthi. Allai rhywun ddim eistedd am hydoedd heb ddweud yr un bw.

Ond doedd yna ddim byd i'w ddweud. Roedd y llun hwnnw ohono fo a Nia a Dylan reit o flaen ei lygaid. Syllai arno heb ei lawn amgyffred.

Sylwodd Tess a meddwl tybed a fentrai hi ei symud. Dim eto. Yn nes ymlaen, ella.

Byddai'r dyfodol yn aeddfed euraid—mor felys â chae llawn gwenith yn Iwerddon. Arhosen nhw ddim yma. Fe wnâi hi'i berswadio i fynd yn ôl i'r Ynys Werdd efo hi. Nid yr ysbyty oedd gwir gynefin yr un ohonynt. Roedd angen mygdarthu lle oedd wedi bod yn ddeorfa i'r math o straeon a glywsai hi'n ddiweddar. Roedd hi wedi gwneud fflyd o elynion yn ystod yr wythnos ddiwethaf. Sut y galli di fod mor siŵr, dyna'r oedden nhw'n ei ofyn iddi, gan wenu'n bryfoclyd neu'n sarhaus, neu beidio â gwenu o gwbl, sut mae posib i ti wybod, Tess?

Am fod 'y nghorff i'n dweud wrtha i.

Am fod hwnnw'n dweud wrtha i ymhell cyn i'm meddwl i ddweud wrtha i.

Am 'i fod o'n dweud wrtha i rŵan—a does 'na ddim byd i'n dal ni'n ôl y tro yma. Dim Nia gariadus, ddiymadferth, efo'i llygaid gwybod-y-cwbl a'i thafod clyfar.

Dim byd. Dim ond ni'n dau a thawelwch.

Doedd o ddim yn ymwybodol ei bod hi wedi gadael y stafell a mynd i'r llofft. Roedd hi'n galw ers meitin cyn iddo'i chlywed. Meddyliodd tybed beth oedd arni'i eisio a dyheai am iddi fynd adre. Roedd hi wedi bod yn ffeind yn ei ffordd ymarferol. Roedd hi wedi gwneud beth roedd angen ei wneud. Beth oedd arni'i eisio rŵan eto?

Yn ei lofft o roedd hi. Wynebai'r stafell yr ardd gefn ac edrychai cwrlid y gwely'n goch yng ngolau'r machlud. Edrychodd i lawr arni'n dawel, heb deimlo dim, dim syndod, hyd yn oed. Roedd hi'n llai o gorff na Nia. Roedd pinaclau ei bronnau hi'n binc; brown oedd rhai Nia. Roedd ganddi graith bendics ysgafn ar ei hochr chwith. Ar hyd madruddyn ei chefn yr oedd craith Nia. Torri'r cnawd i ddim diben, ennill dim. Daeth llais Harris i'w gof yn glir. 'Mae'n ddrwg iawn gen i, 'rhen gyfaill. Doeddwn i ddim yn obeithiol iawn, fel y gwyddoch chi. Mae hi wedi cael niwed reit ddifrifol. Mi ddysgith hi fyw efo'r anabledd gydag amser, ac efo'ch help chi.'

O gwnaiff, Harris, 'rhen gyfaill, mi ddysgith hi fyw efo'r peth. Yn well na fi o beth ofnadwy. Mi ddylat ti fod wedi rhoi triniaeth i ni'n dau'r diwrnod hwnnw—ein difa ni'n dau'n rhywiol yr un pryd.

Gafaelodd Tess yn ei law a'i phwyso'n erbyn ei llaw hi. Gallai deimlo'i dannedd—a'i thafod.

Cyffyrddodd yntau ei gwallt coch yn gwrtais gyda'i law rydd, gan deimlo braidd yn annifyr. Roedd gwallt Nia fel clogyn melfed—yn dew, yn ddu, ac yn gryf. Roedd wedi blasu'i gwallt, a'i lyfu, a'i glymu am ei arddyrnau. Oedd Harris yn arfer chwarae efo gwallt Enid pan oedden nhw'n caru? Oedd ei haelodau hi mor ogoneddus â rhai Nia, 'rhen gyfaill?

Gallai Alun deimlo'r dicter yn codi ynddo, gan beri dadmer ble bu diffrwythdra, yn cyffwrdd y cnawd â thân nes fod y boen yn ingol. Nid Nia oedd hon. Tess oedd hi—Tess olau, felys, noeth, garedig, fwriad dda, neis. Roedd arno eisio'i brifo—ei lladd hyd yn oed. Gwamalodd ei fysedd o gylch ei gwddw ac yna llithro i lawr at ei bronnau bach, gwynion. Roedd gan Nia fronnau llawn, cynnes, helaeth. Roedd hon fel anifail o frîd arall—yn fychan, ac esgyrnog ac arni aroglau llysiau'r hudol.

Derbyniodd Alun yr hyn oedd ganddi i'w gynnig iddo, derbyn yn fwystfilaidd, heb arlliw o dynerwch.

Roedd hi wedi meddwl y bydden nhw'n caru'n dirion—nid fel hyn. Cododd Alun ddychryn arni. Teimlai fel pe bai'n boddi mewn trobwll o orfoledd rhywiol. Gwthiodd o draw oddi wrthi.

Roedd o'n chwysu ac yn gryndod i gyd pan gododd oddi ar y gwely a sefyll gan syllu arni. Roedd hi'n gorwedd ar ei bol rŵan—yn wylo gan bleser.

Gwyddai Alun beth oedd raid iddo'i wneud.

Cynlluniodd weddill gwaith y noson a'i dymer yn ferw.

Roedd dyddiau'r gwendid—a'r derbyn ymgreiniol—drosodd.

Gorchmynnodd iddi godi.

21

Erbyn yn gynnar gyda'r nos roedd holl staff yr ysbyty'n gwybod fod Alun Hardwick wedi bod ar y ffôn yn holi am ei wraig.

Ar ei ffordd yn ôl i'r fflat roedd Carol pan drawodd hi ar Ian. Fu hi ddim dau funud yn dweud wrtho. 'Gen un o genod *casualty* ges i wybod. Os ydi'i wraig o wedi'i adael o, wedi mynd er mwyn achub 'i chroen mae hi, saff i ti. Ond os mai fo sy'n trio ryw *cover-up,* wel mae'n rhy hwyr. Bendant.'

'Beth ti'n meddwl, *cover-up*?'

'Wel, os cân nhw hyd i'w chorff hi, mae'r ffaith 'i fod o wedi riportio'i bod hi ar goll i fod i awgrymu'i fod o'n ddieuog, tydi.' Allai Carol ddim gwadu nad oedd y newydd wedi'i styrbio. Roedd hi wedi cymryd at Nia. Byddai'n dda ganddi pe bai Ian yn dweud rhywbeth i'w chysuro.

Ond doedd o ddim mewn cyflwr i gysuro neb. 'Pam ffoniodd Hardwick 'te, ofn 'i bod hi wedi cael damwain?'

'Does ar y diawl ofn dim—dim ond ofn cael y *chop,* a fawr o ofn hynny hyd yn oed, erbyn hyn.' Craffodd ar Ian. 'Be sy'n mater?'

'Dim.'

O oes, meddyliodd hi, poen a phryder, galar a gofid. Doedd dim hwyliau amser brecwast, ar ôl iddo godi'n blygeiniol i swotio, a doedd o fawr gwell rŵan—gwaeth os rhywbeth.

'Dydi arholiada ddim yn cyfri wir, 'sti,' meddai hi wrtho. 'Pobol sy'n cyfri.'

'Ceri wyt ti'n meddwl?'

Na, nid Ceri roedd hi'n feddwl. Roedd hi wedi bod yn dirgel obeithio nad oedd o ddim wedi bod yn meddwl cymaint a chymaint am Ceri'n ddiweddar.

Gafaelodd yn ei fraich. 'Tyrd yn ôl i'r fflat efo fi. 'Ti'n hen ddigon buan.'

Ond roedd arno fo eisio cael golwg ar ryw luniau pelydr X, a darllen nodiadau meddygol un o'r cleifion. Fe âi am dro wedyn, meddai. I rywle rywle. Ar ei ben ei hun. Teimlai'n boeth ac yn sâl braidd.

Roedd o wedi breuddwydio am Ceri neithiwr, breuddwyd ryfedd, anniddig a disynnwyr.

Awgrymodd fod Carol yn mynd adre ac yn gwneud swper iddi hi'i hun. 'Wela i di'n nes 'mlaen. Sdim eisie i ti gadw dim byd i fi.'

'Be wyt ti'n mynd i'w wneud rŵan?'

'Edrych ar ryw X *rays*,' meddai gan geisio swnio'n ddifalio, 'a *casesheet* ryw fenyw, 'na i gyd.'

Cofiai Carol pa lyfrau gosod oedd wedi'u gadael yn llwyth blêr ar fwrdd y gegin. Doedd dim angen iddi fod yn arbennig o graff i amau beth oedd yn bod. 'Un o anfanteision y job,' meddai hi gan edrych yn dreiddgar ar Ian, 'ydi ama dy fod di'n diodde o meningiomana parasitig pan nad oes diawl o ddim o'i le arnat ti ond dipyn o ben mawr.' Gwenodd. 'Faint gest ti neithiwr? Chwe peint? Ynta fuest ti ar y petha bach?'

Doedd o ddim yn gwenu.

Un o anfanteision y job. Ie, falle. Roedd wedi dychmygu ei fod yn diodde o sawl salwch er iddo ddechrau ar ei gwrs meddygol a deuai'r ofn ei fod yn diodde o'r clefyd hwn yn ôl i'w blagio'n ysbeidiol. Roedd wedi mwydro am y peth er y llawdriniaeth yna efo Harris yr wythnos diwethaf. Bu'n trafod y peth gyda Carol, hyd yn oed. I ba raddau roedd y claf wedi bod yn ymwybodol ei bod hi'n ymddwyn yn od? Faint roedd hi'n ei gofio wedyn? Teimlodd ei du mewn yn troi wrth feddwl am y lluniau pelydr X. Roedd ganddo gur pen oedd yn prysur waethygu. Roedd cur pen drwg yn un o'r symptomau. Byddai'n well iddo edrych ar y lluniau pelydr X 'na ryw dro eto, ar ôl i'r cur glirio a phan fyddai yntau'n teimlo'n fwy hunanfeddiannol. Câi'r nodiadau meddygol aros tan hynny hefyd.

'Tyrd yn ôl efo fi, Ian. Anghofia am dy waith am sbel. Ni sy'n bwysig.'

'Ddo i nes 'mlaen,' mynnodd, gan dynnu'i law yn rhydd o'i gafael.

Teimlai awydd cryf i frasgamu drwy feysydd ei blentyndod, meysydd oedd yn perarogli gan flodau eithin, nid drewdod diesel. Y lle agosaf at yma lle gallai dyn gael tro yn yr awyr iach oedd y comin. Ella y byddai'i ben yn clirio wrth gerdded.

Camodd oddi ar y palmant heb edrych ble'r oedd yn mynd a bu'n rhaid i gar bach llwyd sgrialu i ganol y lôn i'w osgoi.

Teimlai Carol yn flin wrth edrych arno'n croesi. Gallai'n hawdd fod wedi cael damwain. A doedd o ddim yn mynd i gyfeiriad yr ysbyty. Welai hi ddim bai ar yrrwr y car am regi arno; byddai hithau'n teimlo felly'n aml, ac yn rhoi rhwydd hynt i'w thafod hefyd.

Safodd yn ei hunfan gan wgu nes iddo gyrraedd yr ochr draw yn ddiogel. Doedd o ddim yn sâl go-iawn, nac oedd? Roedd y rhan fwyaf o feddygon ifanc braidd yn paranoid cyn eu harholiadau, doedden? Doedd o ddim mor od â hynny.

Roedd Cwnstabl Lewis, gyrrwr y car llwyd, bum

munud yn hwyr yn cyrraedd Pen y Ffordd ble'r oedd i fod ar ddyletswydd. Mae rhywun yn tueddu i yrru'n or-ofalus ar ôl i ryw lembo ei hanner ei daflu ei hun o flaen eich car. Cymerodd le ei gydweithiwr oedd yn gwylio tŷ Hardwick o'r gornel. Doedd gan hwnnw ddim oll i'w riportio. Taniodd Cledwyn Lewis sigarét a phwyso'n ôl yn ei sedd.

Roedd hi'n noswaith glòs a'i dasg yn un ddiflas ac o dipyn i beth aeth i ddechrau hepian a bu ond y dim iddo beidio â gweld y Mini Metro coch yn ei basio a throi i Lôn 'Refail. Sylweddolodd, braidd yn ddiweddar, mai car gwraig Mathews oedd o. Hardwick oedd yn gyrru, a hithau'n eistedd wrth ei ymyl. Roedd Escort glas tywyll Hardwick (y byddai Lewis wedi'i adnabod yng nghanol traffig Calcutta) wedi'i barcio o flaen y tŷ. Gwnaeth nodyn o rif y Metro a galw Ellis.

Doedd Ellis yn synnu'r un blewyn. Rhoddodd gyfarwyddiadau i Lewis ac yna ffoniodd Mathews yn y stafell ymchwiliad.

'Mae'n edrych yn debyg fod Hardwick yn mynd am dro yng nghar eich gwraig,' meddai. 'Ella fod yr holl beth yn ddiniwed hollol, cofiwch, dim digon o betrol yn 'i gar o'i hun neu rywbeth. Mae Lewis yn dilyn o bell ac mi wnaiff o'n cadw ni yn y pictiwr. Mae'ch gwraig chi yn y car,' ychwanegodd wedyn, 'ond nid hi sy'n gyrru. Ydach chi eisio setlo hyn eich hun?'

Gwyddai'r ateb cyn iddo orffen gofyn y cwestiwn.

Doedd y ffaith y gallai fod yn cynnau fflam a ffrwydrai'n dân difaol yn poeni dim ar Ellis. 'Dydi o ddim yn mynd i gyfeiriad Pen Llŷn, lle mae'r bychan ar 'i holides,' ychwanegodd yn fwyn. 'Ar hyn o bryd mae o ar yr A5 yn gyrru i'r dwyrain. Defnyddiwch un o'n ceir ni ac mi gewch wybod pa ffordd i fynd. Dwi ddim eisio rhyw sioe fawr—dim seiren na dim felly—jest ffeindiwch i lle maen nhw'n mynd a pham.' Ac yna meddai'n gwrtais: 'Mae'n biti fod Mrs Mathews wedi mynd yn *involved,* yn groes i'w hewyllys, dwi'n siŵr.'

Fe roesai'r byd am gael gweld wyneb Mathews y funud honno. Doedd ateb cwta'r swyddog ifanc wedi datgelu dim oll.

Gobeithio nad swae i weld yr haul yn machlud ydi hyn wedi'r cyfan, meddyliodd Ellis wrth frysio o'r swyddfa i'w gar. Ond gwyddai ym mêr ei esgyrn, rywsut, nad dyna ydoedd. Byddai pethau'n bownd o symud heno. Roedd o wedi cyfarfod â Tess Mathews rai gweithiau, mewn ciniawau 'Dolig staff ac ati—merch fach glên, ddi-ddrwg, ddiniwed fel y dydd. Roedd hi fel cath fach yn ffae'r llewod. Meddyliodd tybed a oedd hi wedi mynd gyda Hardwick o ddewis ai peidio.

Doedd yna'r un amheuaeth am hynny ym meddwl Mathews. Roedd hi'n amlwg pam nad oedd Hardwick wedi defnyddio'i gar ei hun, a'r un mor amlwg pam eu bod wedi mynd yng nghar Tess. Meddyliodd tybed a oedd hi wedi pacio'i chês, ond doedd dim amser i fynd adre i tsiecio. Roedd hi'n hollbwysig ei fod yn mynd fflat owt ac felly anwybyddodd orchymyn Ellis a defnyddio'r seiren. Diffoddodd hi ar ôl cyrraedd cyrion y ddinas a rhoi'r radio ymlaen i gael cyfarwyddiadau. Dywedwyd wrtho fod Hardwick yr ochr bellaf i Landudno. Rhoddodd ei droed ar y sbardun.

Gwnaeth sỳm yn ei ben i amcanu'r pellter. Roedd y Metro wedi gweld ei ddyddiau gwell ac os rhoddai ei droed i lawr fe ddylai allu ennill rhyw ugain munud. Roedd Hardwick yn ymddwyn yn annodweddiadol, effaith y straen, mwy na thebyg. Doedd Mathews ddim wedi rhag-weld gwrthdaro o'r math hwn rhyngddyn nhw ill dau, nid mor fuan â hyn, p'run bynnag. Byddai union natur y gwrthdaro'n dibynnu ar yr amgylchiadau pan ddeuen nhw benben. Ceisiodd fferru ei emosiynau'i hun, am y tro. Feiddiai o ddim meddwl am Tess.

Roedd Tess yn ei gwynfyd yn eistedd wrth ymyl Alun. Roedd o yn erbyn iddi hi ddod. Roedd o am yrru i gartre rhieni Nia ar ei ben ei hun, ac roedd arno angen car na fyddai'r heddlu'n ei gysylltu ag o. Byddai'n rhaid iddo wynebu Nia. Roedd yn rhaid iddyn nhw siarad. Siarad ar eu pennau'u hunain. Ond roedd Tess wedi bod yn anarferol o benderfynol, gan mor gryf ei chariad ato. Ei char hi oedd o. Roedd croeso iddo'i ddefnyddio, ond roedd hi'n dod hefyd. Ddywedodd hi ddim y byddai hi yno, i'w gysuro ar ôl y grasfa, i esmwytháu'r boen ar ôl iddo gael ei wrthod. Doedd dim rhaid iddi dweud; roedd yr olwg ar ei hwyneb yn dweud y cyfan. Roedd hi fel pe bai'n awgrymu fod y weithred o garu wedi eu huno'n un. Bron na allai Alun glywed yr ymdeithgan briodasol ac arogli'r carnasiwns. Byddai'n rhaid iddo'i rhoi yn ei lle, unwaith ac am byth, ond doedd ganddo mo'r nerth na'r stumog i wneud hynny'n awr. Ni welai fod ganddo unrhyw ddewis ond mynd â hi efo fo, a gweddïo y byddai hi'n dod at ei choed ohoni'i hun cyn hir.

Byddai'n dda calon gánddo pe bai o'n gallu ymddwyn yn fwy normal. Roedd hi'n amhosib asesu'r sefyllfa'n rhesymol. Berwai ei feddwl gan syniadau di-drefn. Be ddywedai o, be wnâi o? Sut dywedai o, sut gwnâi o? Roedd hi'n hel terfysg a theimlai ei amrannau'n drymion. Ceisiodd ganolbwyntio'i holl egni ar yrru. Byddai'n dda ganddo pe bai Tess ddim yn pwyso'n ei erbyn. Beth wnâi hi pan wrthodai Nia siarad gydag o? Cynnig rhyw yn y car, fel gwobr gysur? Nid yn y mymryn moto yma, debyg. A be ddwedai o wrth Nia? Fod popeth yn iawn a'i fod yn deall pam ei bod hi'n ei wrthod, pam ei bod hi am iddyn nhw wahanu. A be wedyn? 'Gwyn fyd y galon bur lle mae/Grasusau yn teyrnasu . . .'

Pam roedd tameidiach o emynau—rwtsh sentimental—yn troi trwy ei ben?

Pam na allai o ddim meddwl yn rhesymol—ac yn eglur? Oedd o'n gwallgofi?

Goddiweddodd ar gornel a chanodd gyrrwr lorri ei gorn arno. A dyma yntau'n canu ei gorn yn ôl.

Chwarddodd Tess yn harti. Teimlai fel pe bai wedi bod yn slotian siampaen. Châi o ddim math o groeso gan Nia. Byddai hi'n bownd o ofyn iddo adael, a byddai'i rhieni'n ei chefnogi. A dyna derfyn ar y mater. Fe fyddai o'n gwybod yn union lle'r oedd o'n sefyll. Dwi yma, meddyliodd, a dwi'n dy garu di. Beth bynnag ddigwyddith yn y dyfodol, mi fydda i wrth d'ymyl di.

Swniai llais Alun yn oer ac yn galed pan dorrodd ar draws ei meddyliau a dweud wrthi am beidio â phwyso'n ei erbyn, fod hynny'n beryglus. 'Os nad oes arnat ti eisio cael dy ladd.'

Daeth yr hen gyhuddiad, hanner angof bron, erbyn hyn, â hi'n ôl i'r presennol real. Crynodd. Roedd ei dwylo'n oer ar ei glin. Roedd arni eisio agor y ffenest ac anadlu awyr y nos, ond roedd hi'n oer. Wyddai hi ddim beth i'w wneud; agorodd y ffenest ac yna caeodd hi'r un funud.

Byddai'n dda ganddo pe bai hi'n stopio gwingo. 'Wyt ti'n teimlo'n sâl?'

'Nac'dw.'

'Os wyt ti wedi newid dy feddwl, ac eisio mynd adre, mi stopia i yn y garej nesa a threfnu tacsi i ti.'

Credai hi ei fod yn ceisio arbed poen ac embaras iddi. 'Dwi eisio bod efo ti. 'Ti f'angen i.'

Atebodd o ddim.

Roedden nhw ar y ffordd ddeuol ers tipyn rŵan, a'r Metro'n dyrnu mynd fel dril deintydd henffasiwn. Ond doedd Alun ddim yn gallu canolbwyntio. Trodd i'r dde ar y cyfle cyntaf a dilyn ffordd gul a âi i gyfeiriad y bryniau. Roedd lliw afiach ar y cymylau, fel pe bai'r haul wedi rhoi dôs o glwy melyn iddynt a'u gosod yng ngwely llwyd yr

206

awyr. Cyn bo hir cyrhaeddodd ffordd gyfarwydd. Y tro
diwethaf y gyrrai ar ei hyd roedd lliw gwyrdd gwanwynol
ar y coed i gyd a Nia'n eistedd wrth ei ymyl. Bloeddiai
Dylan Gân y Botel ond allai o ddim cofio'r drefn—yn yr
wy roedd nyth, nage, roedd wy. O, wy braf.

Roedd Nia'n cael hwyl ac yn ei bryfocio. Câi dda-da
bob tro y cofiai'n gywir. Ar y bryn roedd pren . . .

Nia, 'ngwraig i.

Dylan, fy mab i.

Does 'na neb—waeth gen i bwy—yn mynd i fynd â chi
odd' arna i.

Ond rwdlian roedd o, meddyliodd. Rwdl mi rwdl mi ri.
Doedd neb wedi mynd â hi odd' arno fo. Roedd hi wedi
cerdded, naddo, roedd o'n methu'n fan'na, wedi cael ei
phowlio i ffwrdd . . . heb ddim gorfodaeth. Dyna oedd
arni hi'i eisio.

Na, allai hi ddim troi ar ei sawdl a cherdded oddi wrtha
i hyd yn oed, Harris. Doedd ganddi ddim digon o urddas
ar ôl i ti orffen efo hi i wneud hynny, hyd yn oed. Ar ôl i ni
gyrraedd, mi wnaiff un ai ei mam neu'i thad 'i phowlio hi
ata i, os bydd arni eisio 'ngweld i. Mi afaelith 'i thad yng
nghyrn y gadair. Roith o hi'n ôl i mi? Fydd hi eisio dŵad
yn ôl ata i?

Roedden nhw'n nesu rŵan. Codai coed yn gysgod
uwch eu pennau ac roedd y lôn yn gul. Arafodd ac agor y
ffenest. Beiddiodd aderyn ganu yn rhywle a chlywai ei
nodau'n glir uwch rhu'r peiriant. Gallai deimlo lwmp yn
ei wddw a gorfododd ei hun i lowcio'i boer.

Rhoddodd Tess ei llaw ar ei arddwrn yn dyner. Ysgyr-
nygodd Alun yn fud, a gadael iddi, er ei fod yn ysu am
rwygo'i llaw ymaith.

'Mi fydd bob dim yn iawn, mi gei di weld,' meddai hi.
Geiriau i'r dyfodol oedden nhw, nid hyn o bresennol.

Roedden nhw ar fin cyrraedd y tŷ a gyrrodd Alun yn
bwyllog rhag ofn iddo golli'r tro. Doedd dim golau ar

ymyl y ffordd, a phrin oedd y ceir a âi heibio. Roedd y rheithordy'n lle digon dymunol yn ystod y dydd, ond liw nos hen le tywyll, trymllyd ydoedd, yr union fan i hen bersoniaid yr oes a fu a'u pregethau bytheiriol. Erbyn heddiw roedd gan y pentrefwyr eglwys newydd sbon ar gwr stad eang, ddwy filltir i ffwrdd, a merch yn gurad.

Doedd yna ddim goleuadau.

Pam nad oedd yna ddim goleuadau?

Daeth allan o'r car, gan roi clep ar y drws, wedi anghofio'r cyfan am Tess.

Edrychodd hi o'i chwmpas, gan deimlo'n fwy anniddig bob munud. Roedd Nia wedi dweud mor hardd oedd y lle yma—y caeau llawn meillion ac amlinell feddal y bryniau yn y pellter. Soniodd hi'r un gair am y tywyllwch—am aroglau pwdr dail—ac am sŵn graean dan draed.

Agorodd ddrws y car. Roedd arni eisio dilyn Alun, a sefyll wrth ei ochr ond roedd yn deall y byddai'n rhaid iddi ddal yn ôl am dipyn bach eto. Rhywbeth bychan, byr a gweddol ddi-boen (gobeithio) rhyngddo fo a Nia fyddai hyn. Wedyn y deuai ei thro hi. Gobeithiai y byddai'n llwyddo i ddweud y geiriau iawn. Un sâl oedd hi am drin geiriau.

Roedd ei chorff yn dal i deimlo'n friwiedig. Gwenodd wrthi'i hun yn y tywyllwch. Mor llwydaidd oedd ei delwedd o Alun y carwr o'i gymharu â'r realiti egr. Wyddai hi ddim am yr ochr arw, gudd 'na i'w gymeriad.

Safai dwy lamp goits o boptu i'r drws, dwy lamp ddiolau. Safodd Alun o dan y portico a chanu'r gloch. Roedd y stafelloedd byw yn nhu blaen y tŷ, a'r stydi a'r gegin yn y cefn. Deuai aroglau cryf, cyfarwydd o gyfeiriad yr ardd. Aroglau perllys? Sibrydai atgofion annelwig drwy ei feddwl, fel nodau hen gân o'r gorffennol.

Disgynnodd diferion o law taranau fel cerrig mân a datododd Tess y sgarff frown a wisgai am ei gwddw a'i chlymu am ei phen, dan ei gên. Doedd Celt ddim yn hoffi iddi ei gwisgo fel'na. Gwyddeles fach o dwll din byd, dyna fyddai o'n ddweud. Roedd 'na lawer o bethau ynglŷn â hi na hoffai Celt. Byddai'n ddigon balch o gael ei chefn.

O, na, fyddai o ddim.

Ble'r oedd y llinell derfyn rhwng casineb a chariad? Doedd yna ddim cariad, o'i rhan hi, ond beth am Celt? Rhoddodd y gorau i feddwl amdano'n fwriadol a heb unrhyw drafferth.

Roedd Alun wedi mynd rownd i gefn y tŷ. Aeth hithau ar ei ôl. Fu o fawr o dro'n canfod nad oedd neb yno. Arferai mam Nia gadw'r agoriad sbâr dan bot blodau yn y tŷ gwydr. Ymbalfalodd yn y tywyllwch nes cafodd hyd iddo, o'r diwedd. Roedd o wedi dweud wrthi ddigonedd o weithiau ei fod o'n lle twp i gadw agoriad, ond ni wnaethai hi ddim ond gwenu'n siriol arno. Roedd mam Nia ac yntau'n gyrru 'mlaen yn dda, ond tybed a allai o fod yn sicr o'i hewyllys da a'i chefnogaeth heno? Go brin. Meddyliodd tybed faint fyddai Nia wedi'i ddweud wrthyn nhw. Byddai'n bleser gan ei thad ei gicio yn ei ben-ôl cyn belled ag uffern. Gellid erlid gŵr a amheuid o lofruddio heb boeni'r un iot. Faint fyddai Nia'n fodlon ei ddiodde? Faint fedrai hi ei ddiodde? Ble'r oedden nhw wedi mynd â hi? Am ddiod bach, ella? Roedd yna hen dafarn hyfryd ar gwr y pentre. Arferai Nia ac yntau fynd yno'n aml gyda'r nos pan oedden nhw'n canlyn. Canlyn? Gair henffasiwn, propor. A merch bropor. Roedd hi'n wyryf noson eu priodas.

'Dydyn nhw ddim adre,' meddai Tess, a chlosio ato'n ofnus.

Gwgodd Alun arni. Roedd hi'n edrych yn wahanol rywsut. Ac yna sylwodd ei bod wedi codi'r sgarff am ei phen. Cuddiai ei gwallt a gwnâi i'w hwyneb edrych yn fain. Dychmygai sut y byddai hi'n edrych yn ganol oed: dynes fach dwt, ddi-liw, ffyslyd o daclus—yr un fath â'i thŷ. Ei thŷ bach, disglair, taclus, twt. Datglodd ddrws y cefn a chynnau'r golau. Rhythodd y ddau'n hurt am ennyd ar y papur papuro melyn a'i flodau brown enfawr, fel rhyw olygfa echrydus o jyngl.

'Dyma bapur hyll os gweles i un 'rioed,' meddai Tess yn onest.

Cytunodd yntau. Roedd o'n hoff o fam Nia, ond doedd dim modd cadw part ei phapur wal. Byddai sgwrs ystrydebol am chwaeth—neu ddiffyg chwaeth, hyd yn oed—wedi bod yn gyffredin, gysurlon. Gobeithiai y byddai Tess rŵan yn ymhelaethu a gwenodd arni i'w hannog.

Edrychodd hi arno'n syn ond wnaeth hi ddim gwenu'n ôl.

Awgrymodd Alun eu bod nhw'n mynd drwodd i'r parlwr i aros. 'Fyddan nhw ddim yn hir. Mae'n ddigon hawdd gynnyn nhw bicio i lawr i'r dafarn am un yr adeg yma.'

Siaradai'n dawel a hunanfeddiannol, yn annaturiol o dawel a hunanfeddiannol, ym marn Tess.

Gofynnodd iddo a oedd yn teimlo'n iawn.

Synnwyd ef gan y cwestiwn. Iawn? Neu ddim yn iawn? Cymysgedd o'r ddau. Teimlai ei ben yn ysgafn, fel pe bai'n perthyn i rywun arall.

Dywedodd wrthi ei fod yn teimlo'n ddigon da byth a rhoddodd yr ateb daw arni wrth iddi bendroni beth a olygai.

Yn ddigon da? Yn ddigon da i beth?

Papur Anaglypta gwyn oedd ar waliau'r parlwr a charped Indiaidd glas a gwyn ar lawr. Uwchben y lle tân marmor roedd darlun olew o Nia'n ferch fach. Tuag wyth oed oedd hi ac roedd ganddi ddwy blethen fawr ddu. Roedd golwg ymholgar ar ei hwyneb a chil-wên ar ei gwefusau, cystal â dweud: Mae'r dyfodol yn mynd i fod yn grêt. Wel, mae o, tydi? *Tydi?*

Safai Alun yn syllu ar y portread. Roedd Dylan wedi etifeddu'r un edrychiad o optimistiaeth annelwig, petrus.

Gofynnodd Tess a gâi hi gynnau'r tân trydan. Er ei bod yn hoffi'r parlwr a'i glydwch, teimlai braidd yn rhynllyd.

'Wrth gwrs,' meddai Alun gan roi'r ddau far ymlaen. 'Fasat ti'n licio paned tra ydan ni'n disgwyl?'

Byddai, fe fyddai hi wedi hoffi paned, ond roedd Alun fel petai wedi anghofio'r cwbl am y te ar ôl cynnig a theimlai Tess mai peth powld braidd fyddai mynd ati i'w wneud ei hun. Ella na fyddai rhieni Nia ddim yn licio ffeindio rhywun dieithr yn eu cegin. Teimlai'n ddieithr iawn rŵan—ac yn ymyrgar. Doedd ganddi ddim hawl i fod yma, ond doedd hi ddim yn edifar iddi ddod.

Roedd Alun yn crwydro'n anniddig o amgylch y stafell gan godi tegins ac ornaments tsieni a'u rhoi'n eu holau wedyn, fel lleidr yn amcanu gwerth popeth. Ac er mwyn torri ar y tawelwch, yn fwy na dim, dywedodd Tess fod gan fam Nia bethau neis.

'Neis,' cytunodd yntau. 'Neis iawn, iawn.' Pethau bach, del, rêl dy fath di o betha, Tess.

Aeth yn ei ôl at y lle tân ac eistedd gyferbyn â hi yn y gadair esmwyth a'i gorchudd lliw gwin. 'Tess.'

'Be?'

'Tyn y sgarff 'na.'

Roedd hi wedi anghofio'i fod yn dal am ei phen. Datododd hi a'i gosod am ei hysgwyddau.

'Dyna ni,' canmolodd, 'well o lawer.'

Dechreuodd wenu eto a gwnâi hynny Tess yn anniddig iawn. Peidiodd ag edrych arno a syllu'n ddyfal ar ei dwylo ar ei glin.

Ticiai'r cloc ar y silff-ben-tân yn uchel a phan oedd hi'n hanner wedi'r awr trawodd nodyn uchel, clir. Mae amser yn bwysig, meddyliodd Alun. Mae amser yn bwysig iawn, yn ôl Ellis. Dechreuodd y cwestiynau y bu hwnnw'n eu dyrnu chwyrlïo drwy ei ben eto. Faint o amser i gerdded ac eistedd, a meddwl, a threisio, a thagu a mynd adre? Deg munud, ugain munud? Mwy na hynny? Deugain munud? Roedd ei oriawr wedi ennill dau funud. Rhoddodd hi'n ôl ar amser.

Roedden nhw yn y tŷ ers bron i hanner awr.

22

Cyfarfu Mathews â Lewis wrth y groesffordd a gwrandawodd yn astud tra rhoddodd y llall gyfarwyddiadau manwl iddo.

'Cym'rwch ofal rhag i chi golli'r tro,' cynghorodd Lewis. 'Mi ddown i efo chi 'blaw 'mod i wedi cael ordors i aros yn y car.'

Trio bod yn ffeind mae o, meddyliodd Mathews, ond erbyn hyn roedd o'r tu hwnt i fod yn ddiolchgar am unrhyw beth. Parciodd ei gar yng ngwaelod y dreif a cherdded o gylch y tŷ. Roedd o'n lle da i ddianc—yn ddigon pell o bob man. Meddyliodd tybed a oedd Tess wedi bod yma o'r blaen gyda Hardwick. Doedd neb wedi cau llenni'r parlwr a gallai ei gweld hi ac yntau'n eistedd o boptu'r tân fel dau gymeriad allan o hen bennill, eithr heb ddweud yr un gair.

Yn ystod y nosweithiau hynny pan oedd Tess ac yntau wedi eistedd o boptu'r tân—fel y gwelai hi a Hardwick y munud hwnnw—y cwbl roedden nhw wedi'i wneud oedd pigo ar ei gilydd, bob yn ail â seibiau hir, llwythog o densiwn. Gwyddai ei fod yr un mor alluog â hi, neu'n fwy galluog hyd yn oed, ond doedd ganddo mo'r ddawn i gyfleu ei feddyliau. Roedd o'r un mor drwsgl wrth garu; fu rhagchwarae erioed yn rhan o'r gêm iddo fo. Roedd Hardwick ac yntau mor gwbl wahanol. Doedd o ddim wedi cael addysg, doedd o ddim yn llithrig ei dafod, doedd ganddo fo ddim o steil felltith Hardwick.

Doedd o'n synnu dim fod Tess wedi llyncu gweniaith Hardwick. Llanwyd o â chwerwedd garw wrth eu gwylio'n awr. Pan gychwynnodd Hardwick dresmasu ar ei diriogaeth o, dyna pryd y dechreuodd hi gilio oddi wrtho. Cofiodd yn sydyn am ddydd eu priodas. Roedd Tess wedi gwisgo ffrog liw melyn golau ac wedi chwerthin wrth ddweud ei bod hi'n edrych fel 'hufen iâ cartre'. Doedd hi wedi chwerthin fawr iawn ers hynny. *Dim ond efo Hardwick.* Rhannu chwerthin. Rhannu tawelwch. Rhannu gwely.

Yn nyddiau cynnar eu priodas roedd o wedi ceisio bod yr hyn a fynnai hi, ond roedd y ddelwedd yn rhy hurt o ramantus. Allai o ddim newid cymaint â hynny. Ac o dipyn i beth roedd o wedi rhoi'r gorau i drio newid, hyd yn oed.

Doedd dim rhaid i Hardwick drio.

Y cwbl roedd Hardwick yn ei wneud oedd eistedd yn fan'na.

Ac eisteddai Tess gyferbyn ag o—yn syllu arno fo.

Câi Celt hi'n enbyd o anodd rheoli ei dymer wrth wylio Tess yn gwylio Hardwick. Dychmygodd Hardwick yn farw. Roedd y darlun yn un hynod o foddhaus a daliodd ei afael ynddo'n hir. Ond pan ganodd y gloch, a phan agorodd Alun y drws, cyfarchodd y ddau ei gilydd yn ddigon suful.

Roedd Tess wedi cynhyrfu, gan feddwl fod Nia a'i rhieni wedi cyrraedd, a'r foment fawr wedi dod. Ymlaciodd ryw fymryn pan welodd pwy oedd yna. Cymerai'n ganiataol fod Celt wedi cael ei anfon, fel ci gwarchod, i lygio Alun yn ôl dros y ffin honno a oedd yn dderbyniol gan yr heddlu. O fewn pum milltir i ganol y dre, ella? Yna sylweddolodd yn anfoddog y byddai'n rhaid iddi ddweud wrtho beth oedd ei bwriad yn awr. Roedd Alun wedi

213

eistedd ers meitin fel rhyw greadur wedi ymgilio, gan wrthod cydweithredu o gwbl tra bu hi'n ceisio'i baratoi ar gyfer cyfarfod Nia. Roedd hi wedi dweud wrtho y byddai Nia'n gwerthfawrogi ei fod wedi trafferthu dod yr holl ffordd. Byddai'n rhaid iddyn nhw fod wedi cyfarfod ryw ben, a gorau po gyntaf, yntê. Doedd dim disgwyl i Nia fod yn gryf yn emosiynol a hithau'n anabl. Sugnid ei holl nerth emosiynol gan ei gwendid corfforol.

Fferrodd y geiriau hynny ar ei gwefusau pan welodd yr olwg ar ei wyneb o, a sylweddolodd ei bod wedi dewis y geiriau anghywir. Dylai fod wedi cau'i cheg.

Am Alun yn unig y meddyliai ac roedd wedi anghofio'r cyfan am Celt, gan ddewis peidio â meddwl am y racsiwns pan ddywedai wrtho fo. Ond yma rŵan roedd Celt.

Rŵan, hyd yn oed, pwyai ei wrywaeth amrwd, egr drwy'r dillad gwaith siabi oedd amdano, gan darfu arni. Cofiodd Alun yn noeth a chymharu'r ddau ohonynt. Edrychodd ar Celt, heb ystyried y byddai o'n ei gwylio hithau'r eiliad honno, a gwelodd o'r hen ddirmyg cyfarwydd yn ei llygaid.

Teimlai'r gwythiennau yn ei dalcen fel edafedd o dân.

'Mwynhau dy hun?' cyfarthodd yn gas.

Roedd hi'n hunanfeddiannol, fodlon. Wnaeth hi ddim ymdrech i'w dawelu. 'Ydw wir.'

'Lle ddiawl oeddach chi'n mynd? Bwthyn bach yn Sgotland—'ta dros y môr i dy blydi Werddon di? Mae mawn yn uffar o stwff da, meddan nhw. Châi o ddim trafferth i dy gladdu di.'

'Paid â siarad mor dwp.'

'Mae o dan amheuaeth o fod yn llofrudd.'

'Lol ydi hynna i gyd. Lol.' Disgleiriai ei ffydd yn Hardwick fel dydd a gwyddai Celt na fyddai modd tanseilio'r ffydd honno.

Trodd ac edrych ar Hardwick. 'Roeddan nhw wedi dweud

wrthach chi am beidio gadael y ddinas heb ganiatâd,' meddai'n swta.

Bron nad oedd y diawl yn gwenu. 'Felly wir. Ond fydda i ddim yn gwneud pob dim maen nhw'n ddweud wrtha i.'

'Be ydi'ch plania chi a 'ngwraig i i'r dyfodol, os nad oes wahaniaeth gynnoch chi i mi ofyn?'

Teimlai Alun fel carcharor wedi'i ryddhau o'r cyffion. Cerddodd draw at y cwpwrdd diod a thywallt wisgi iddo fo'i hun. ''I rhoi hi'n ôl i chi, i chi gael mynd â hi adre. Lwc eich bod chi wedi dŵad yma—ond i chi beidio ag aros.' Roedd y wisgi'n gryf a rhoddai nerth newydd iddo. Llyncodd ef gyda phleser.

Trodd yn ôl i wynebu Mathews. 'Dwi yma i gwarfod Nia. Mi ddaeth hi yma pnawn 'ma, efo'i mam a'i thad. Fan hyn maen nhw'n byw. Mae'n rhaid i mi siarad efo hi ac felly mi gymerais i fenthyg car Tess—rhag i chi'r plismyn drio rhoi stop arna i. Mi ddaeth Tess efo fi, o ran caredigrwydd.'

Doedd Celt Mathews ddim yn ei gredu. 'Dydach chi 'rioed yn dweud fod eich gwraig yma?'

'Eich gwraig.' Ffurfiol iawn.

Mi sathrest ti un o geir bach Dylan yn y gegin dro'n ôl, meddyliodd Alun, ac mi addawest ti y byddat ti'n ceisio un arall iddo fo. Chadwest ti mo d'addewid. Roedd o'n atgof od o amherthnasol, fel petai mymryn o'r byd normal yn mynnu ymwthio i'r sefyllfa annormal hon i atgoffa dyn nad ydi bywyd fel hyn drwy'r amser.

'Na, dydi Nia ddim yma. Ond dwi ddim yn meddwl y bydd hi'n hir.'

'Lle mae hi rŵan?'

Sgrytiodd Alun ei ysgwyddau. 'Dwn i ddim, os nad ydi hi wedi mynd i'r dafarn efo'i mam a'i thad.' Gwyddai ar olwg Mathews beth oedd yn ei feddwl ac meddai: 'Petawn i eisio dweud celwydd, mi fedrwn feddwl am gelwydd gwell na hwnna'.

'Allai Nia ddim diodde'r howndio, a'r ensyniada creulon,' prepiodd Tess. 'Y fricsen 'na daflwyd drwy'r ffenest pnawn 'ma gorffennodd hi. Mae o wedi dŵad yma i drio'i pherswadio hi i fynd adre efo fo. Aiff hi ddim. Ac a' inna ddim efo chditha.' Roedd ei geiriau'n oer ac yn derfynol dros ben.

Cododd wedyn a mynd i sefyll wrth ymyl Alun. 'Dwi ddim yn dŵad yn f'ôl efo chdi, Celt,' meddai hi. 'Ac nid am 'mod i'n garedig y dois i yma efo chdi, Alun. Paid ti â'n anfon i adre o ran caredigrwydd. Plîs. Does gen i mo'r help 'mod i'n teimlo fel hyn amdanat ti. Ac alla i ddim cuddio'r peth.'

Na fedri, meddyliodd Mathews, fedri di ddim cuddio. Fedret ti 'rioed. Ond mae Hardwick yn medru cuddio—yn rhy dda o beth uffar.

''Ti wedi'i ffwcio hi, debyg?'

Atebodd Alun ddim. Diflastod ymyrgar oedd peth fel hyn—niwsans. Doedd o'n cyfri dim. Roedd yn rhaid iddyn nhw fynd—y ddau ohonyn nhw—cyn i Nia gyrraedd. Roedd o'n ymwybodol o wylltineb Mathews, ond doedd hynny ddim yn ei gyffwrdd. Roedd yn ymwybodol o boen Tess hefyd, ond roedd wedi'i hurtio ormod gan ei boen ei hun i allu ymateb iddi.

Tess atebodd gwestiwn Celt. Disgleiriai'i llygaid gan gasineb—doedd dim rhithyn o'r un emosiwn arall ar ei chyfyl. 'Naddo, ddim fel rwyt ti'n meddwl. Mi wnaethon ni garu—ac mae 'na wahaniaeth.' Edrychodd ar Alun gan ddisgwyl am gefnogaeth emosiynol. Ddywedodd o'r un gair.

Tywalltodd Tess wisgi bach iddi hi'i hun ac yna aeth draw i eistedd ar y soffa. Roedd ei dwylo'n crynu a disgynnai diferion o'r ddiod ar ei dwylo. Rhoddodd y gwydryn ar garreg yr aelwyd. Roedd y cloc yn bloeddio tician, fel calon yn curo yn y tywyllwch.

Dechreuodd Tess feddwl am resymau dros agwedd

Alun. Roedd rhoi terfyn ar y berthynas gyda Nia'n siŵr o fod yn anodd. Roedd o wedi'i charu hi am amser hir. Allai o ddim symud i mewn i'w gwely hi mor gyflym â hynny—ac fe allai hi ddeall hynny'n iawn. Mi allai hi dderbyn hynny. Mi allai hi aros. Roedd hi wedi meddwl ar adegau heno ei fod o'n agos iawn at gael *breakdown* a doedd hynny'n syndod yn y byd o ystyried sut roedd o wedi cael ei drin. Roedd o'n gymeriad sensitif, dychmygus. Doedd ganddo ddim gafael gadarn ar realiti. Ar y daith, ac ar ôl iddyn nhw gyrraedd yma, roedd o wedi siarad am bethau cwbl amherthnasol a gwenu fel petaen nhw'n destun difyrrwch mawr. A phan oedd hi wedi trio'i gael i feddwl am y dyfodol—i gynllunio'n gall—roedd o wedi mynd yn flin ac yn sarrug. Roedd o'n un oedd yn teimlo i'r byw. Byddai'n syniad iddo fynd i ffwrdd am sbel, ar ei ben ei hun, ella. Roedd yn rhaid iddo gael cyfle i feddwl yn dawel. Doedd o ddim yn dawel ei feddwl heno, o bell, bell ffordd.

Doedd hithau ddim chwaith. Os na allai hi fod gydag o rŵan, yna allai hi ddim bod efo neb arall chwaith. Allai hi ddim mynd yn ôl i'w thŷ eto, ddim hyd yn oed i nôl ei dillad. Gwnâi presenoldeb Celt iddi deimlo'n sâl. Roedd ganddi ddigon o arian arni i dreulio noson mewn gwesty yn rhywle. Fe âi hi i fyw at un o'i ffrindiau a weithiai yn yr ysbyty wedyn—dros dro, nes llwyddai i gael hyd i le bach ei hun. Ac ymhen tipyn—rhyw wythnos neu ddwy—byddai Alun wedi dygymod â cholli Nia. Fe fydden nhw'n gallu siarad â'i gilydd wedyn, a sgwrsio a chynllunio ar gyfer y dyfodol. Roedd hi wedi bod yn fyrbwyll heno. Ei bai hi oedd hynny, nid ei fai o. Roedd hi'n dyheu am gael gorwedd yn ei freichiau eto. Ysai ei chorff amdano. Doedd hi ddim hanner mor hunan-feddiannol ag o. Roedd o wedi trefnu ei flaenoriaethau a Nia oedd yn dod flaenaf. Nia oedd yn dod flaenaf heno. Wedyn . . .

''Ti'n gwybod 'mod i'n dy garu di,' meddai hi wrtho, heb flewyn ar ei thafod.

'Mae'n ddrwg gen i, Tess,' mwngialodd Alun, gan geisio'i orau i beidio â dangos ei fod yn flin gyda hi, ac yn ddiamynedd. Ond doedd dim modd dileu'r gwir o'i lais.

Cyffyrddodd Mathews â'i hysgwydd. 'Tyrd. Mae 'nghar i yng ngwaelod y dreif. Gad d'un di yma. Mi geith rywun ddŵad ag o'n ôl yn nes ymlaen.'

Gwyddai Mathews nad oedd ganddo hawl i arestio Hardwick rŵan a doedd waeth i'r bastad aros yma. Doedd dim ots. Teimlai ei fod yn llwyddo i fod yn hynod o hunanfeddiannol tuag ato. Yn broffesiynol iawn, ac ystyried yr amgylchiadau. Llongyfarchodd ei hun am fod mor hunanddisgybledig. Roedd ei gorff yn foddfa o chwys sur, gwlyb. Meddyliodd tybed a oedd Tess yn gallu'i arogli.

Roedd hi'n eistedd a'i breichiau am ei bol, mewn hanner cylch o boen. Roedd o'n nabod y teimlad.

'Tess?' meddai'n dyner wrthi.

Cododd ei phen ac edrych arno. Roedd o'n afiach, roedd o'n troi arni.

Dywedodd hynny wrtho.

A dyna pryd y craciodd. Roedd hi wedi mynd i hel o gwmpas Hardwick fel gast yn cwna ac roedd o wedi cymryd mantais arni, er nad oedd ganddo ddim math o feddwl ohoni. Cariad. Gair twp. Roedd o fel cyllell yn rhwygo ceilliau dyn. Cancr gwenwynol oedd o, ym mherfedd dyn, yn 'i yrru allan i'r tywyllwch i chwilio am—be? Rhyddhad rhywiol? I gam-drin merched yn droëdig-ffiaidd, i ddial arnyn nhw am nad Tess oedden nhw? Dechreuodd yr atgofion raeadru'n ôl i'w feddwl. A dechreuodd ail-fyw'r cyfan: cerdded drwy'r tywyllwch eto, yn crynu gan gyffro a rhyw fath o orfoledd gwyrdroëdig.

Ym mhen pella'r tywyllwch roedd Hardwick. Roedd o

wedi mynd draw at y lle tân a phwysai'n erbyn y silff gan edrych ar lun o ferch gyda gwallt tywyll. Roedd o'n siarad efo Tess rŵan—yn dweud y drefn wrthi am fod mor gas wrtho fo, ei gŵr. Roedd ei lais yn ddigyffro, fymryn yn falch os rhywbeth, ond doedd dim arlliw o ddifyrrwch ar ei gyfyl. Roedd o'n edrych arni hi a hithau'n edrych arno fo.

Ac yna trodd Alun a gwelodd y gwn.

Symudodd ei ddwylo mewn ystum a awgrymai syndod yn hytrach nag ofn.

Arhosodd Mathews am eiliad neu ddwy nes gweld yr ofn, ac yna taniodd. Roedd wedi bod yn cario'r gwn ers tro bellach, a gallai anelu'n union fel arfer. Ond mae gwahaniaeth rhwng ymarfer ar darged yn oer a diemosiwn— a lladd mewn gwylltineb. Crafodd yr ergyd ochr pen Hardwick, gan gracio asgwrn y penglog, ac yna saethodd yn ei blaen gan ymgladdu yn y llun. Llanwyd yr awyr gan sŵn byddarol yr ergyd a byrddaid o fân degins yn malu'n gyrbibion wrth i Hardwick faglu ar ei draws. Siglodd yn ei unfan ac yna syrthiodd yn glewt dros y gadair lliw gwin, gan ei throi ar ei hochr. Addas. Roedd ei ben wedi hanner ei gladdu dan un o'r clustogau ac roedd o'n gwaedu iddi. Lladd blêr, nid glân. Ond pa wahaniaeth? Gwneud cymwynas ag o fyddai tanio ail ergyd i roi terfyn sydyn ar bethau. A pham y dylai wneud cymwynas â hwn?

Trodd Mathews at Tess, yn meddwl pam ei bod mor dawel. Pam nad oedd hi'n ei ddyrnu? Pam nad oedd hi'n wylofain ac yn cadw twrw fel rhywun newydd golli anwylyn? Pam nad oedd hi'n sychu gwaed Hardwick gyda hances ffansi?

Roedd hi'n eistedd ar y soffa fel delw fach oer—heb symud yr un gewyn, a'i dyrnau wedi'u cau'n dynn wrth ei hochr. Ac yna dechreuodd ysgwyd—ymysgwyd yn rheolaidd—fel creadures yng ngwewyr esgor.

219

'Roedd yn rhaid i mi wneud,' meddai wrthi'n oer. 'Mi wnaeth d'iwsio di. Doedd o'n meddwl dim ohonot ti, dim ond dy daflu di'n ôl i mi.'

Edrychodd ar ei llygaid syn a theimlo peth angerdd drosti. Fyddai ei diwedd hi ddim fel diwedd y gweddill ohonyn nhw. Wnâi o ddim i'w chywilyddio hi. Saethai o mohoni hi. Rwygai o mo'r cnawd. Dim clwyf, dim nam. Dim ond tro sydyn yn y sgarff o gwmpas ei gwddw.

Cymerodd y sgarff oddi ar ei hysgwyddau'n dyner a'i fyseddu. Sgarff frown sidan a blodau bach gwynion arni. Fo oedd wedi'i rhoi iddi ar ei phen blwydd, a thlws gwddw gyda hi. Roedd wedi meddwl yn siŵr y byddai'n hoffi'r tlws—perl bychan a dail mân o aur o'i gwmpas. Roedd o'n ddel. Rhoesai lawer o arian amdano. Doedd hi ddim wedi trafferthu ei roi am ei gwddw, hyd yn oed, dim ond diolch o hyd ei thin a'i roi yn ei bocs tlysau. Y noson honno roedd hi wedi dangos yn fwy eglur nag erioed o'r blaen mai diodde'i garu a wnâi. A'r noson honno roedd o wedi mynd o'r tŷ berfeddion nos ac wedi lladd am y tro cyntaf—lladd Nyrs Rees. Hawdd iawn. Llawn boddhad. Doedd merch Harris ddim wedi bod mor hawdd; roedd hi wedi ceisio crafu'i lygaid ac wedi rhoi pen-glin rhwng ei goesau. Dim mor hawdd, ond mwy boddhaus byth. Roedd yr ornest wedi'i gynhyrfu. Y doctor 'na oedd y wannaf o'r tair, er ei bod yn drom ac yn dal. Fu lladd honno ddim mor bleserus. Doedd cyffro ieuenctid ddim ynddi. Roedd y cnawd yn llac a blonegog.

Ddim mor ifanc a melys.

Mae dy wddw di fel sidan, Tess.

Pam rwyt ti'n eistedd yn fan'na mor llonydd?

Pam nad ydi dy lygaid di'n syllu i'n llygaid i?

Dwi'n clywed dy galon di'n curo. Rwyt ti wedi peidio â chrynu. Does arnat ti ddim ofn rŵan? Dwyt ti ddim am gwffio'n ôl? Dim ofn? Pam?

Gwna rywbeth Tess—damia chdi.

Mae'r sgarff am d'wddw di. Dwi'n mynd i'w thynhau hi rŵan. Tyrd. Sgrechia. Crafa. Cicia, i godi blys arna i.

Roedd yn ymwybodol fod ei ddwylo'n llipa fel pe bai'r nerfau'n gwrthod i'r bysedd symud. Cofiai foddi cath unwaith—roedd hi wedi cripio a brathu! Pe bai hi wedi bod yn ddof a llonydd fyddai o ddim wedi gwneud. Roedd gan bethau bach eiddil, diniwed, eu himiwnedd eu hunain.

Roedd hi'n eistedd yna. Roedd hi'n derbyn marwol-aeth. Syllai ei llygaid y tu draw iddo ar Hardwick.

Doedd o ddim wedi crio ers pan oedd yn hogyn ond wylai'n awr wrth gamu oddi wrthi. Symudodd hi fymryn wrth i'r sgarff lacio a suo i'r llawr. Clywai hi'n anadlu'n llafurus.

Ond wnaeth hi ddim cymaint â chiledrych arno fo.

Welodd hi mo'i ddagrau o, ac roedd o'n falch o hynny.

Cododd ei wn oddi ar y gadair ac edrychodd ar Hardwick. Roedd ei groen o'n llwyd ac roedd olion gwaed ar y carped—clytiau tywyll ar draws y patrwm.

Edrychodd o ddim ar Tess wedyn.

Aeth allan i'r pasej ac agor drws y ffrynt. Wrth i awyr oer y nos gyffwrdd ei wyneb, tynhaodd y gewynnau drachefn mewn ufudd-dod.

Gwelodd fod Ellis wedi gyrru i ben y dreif ac wedi parcio tu ôl i'w gar o. Roedd Lewis yno hefyd. Roedd hi'n amlwg nad oedden nhw wedi clywed yr ergyd neu fe fuasen nhw wedi rhuthro i'r tŷ gynnau. Ond roedden nhw'n bownd o ddod i asesu'r sefyllfa cyn bo hir. Petai o wedi llwyddo i ladd Tess yna gallai fod wedi dweud fod Hardwick wedi'i ladd a'i fod yntau wedi'i saethu o wedyn. Ond nid felly roedd y ddrama wedi datblygu.

Châi'r ddrama arall, y ddrama y byddai o'n brif gymeriad ynddi, yn garcharor am oes am ladd Hardwick (a'r lleill hefyd, os llwydden nhw i ddod o hyd i'r gwirionedd) mo'i chwarae byth bythoedd.

Mi gries i drostat ti, Tess, yr hen bits fach ddideimlad. Dydw i ddim yn mynd i dreulio gweddill f'oes yn y carchar er dy fwyn di.

Doedd yna ddim pwynt cario ymlaen. Doedd ganddo ddim rheswm dros fod eisio byw. Cyraeddasai waelod y ceudwll rai munudau'n ôl, a doedd ganddo mo'r nerth i gripian allan ohono—i gripian allan i wlad wag, ddiffaith.

Caeodd y drws ac aeth yn ei ôl i'r gegin drwy'r tŷ. Tywalltodd wydraid o ddŵr iddo'i hun wrth y sinc a safodd yn edrych ar y lawnt yng ngolau'r lleuad. Roedd gwinllan o goed ym mhen draw'r ardd. Hafan gudd. Allai o ddim gwneud yr hyn roedd o'n mynd i'w wneud yn y gegin fach ddi-chwaeth yma, ac yng nghlyw Tess. Fe gâi'r lleill ei ffeindio fo—nid Tess. Nid y byddai hi'n malio pe bai hi'n dod o hyd iddo. Roedd yn rhaid iddo ddal ei afael yn y gwirionedd neilltuol hwnnw.

A pheidio ag wylo eto.

Dim ond derbyn.

Fyddai hi ddim yn malio.

Doedd dim gwahaniaeth.

Dim gwahaniaeth am ddim byd.

Bu'n drwsgl wrth gael gwared o Hardwick. Byddai ei farwolaeth ei hun yn effeithlon. Byddai'n gyflym hefyd.

Cerddodd ar hyd y llwybr mwsoglyd drwy'r ardd lysiau a chyrraedd tywyllwch dyfnach y coed, ac yna gorweddodd gan ofleidio'r gwreiddiau gewynnog. Dyheai am orwedd yno am amser hir, yn arogli'r dail llaith a chweng y pridd. Cysgu am dipyn, ella, ac yna ddeffro mewn byd amgen. Byd lle'r oedd yr haul yn gwenu. Bu'n briodas uffernol. Santes Teresa fach oeraidd. Santes Teresa fach sarhaus. Corff bach del. Cnawd meddal, oer. Llygaid llawn casineb.

Roedd y gwn yn galed rhwng ei ddannedd. Roedd blas metel ar farwolaeth. Angau ffalig. Meddyliodd am ennyd

222

am y tair merch farw—Enid Daniel yn arbennig. Roedd
hithau hefyd wedi marw mewn gardd, yng nghysgod
coed. Ei llofruddiaeth hi oedd yr unig un a rag-
gynlluniwyd; dyna'r unig dro iddo ddilyn Hardwick a
defnyddio'i bresenoldeb o yn y cyffiniau i ladd mewn
gwaed oer. Petai Ellis heb ei anfon o yma heno, fe allai
Hardwick fod wedi cael ei ddedfrydu ar sail tystiolaeth
amgylchiadol—petai o wedi llwyddo i osod rhagor o
dystiolaeth. Ond methodd wneud hynny mewn pryd.

Golygai methu gwsg hir.

I'r diawl â geiriau teg.

Golygai methu dywyllwch cyflawn. Diwedd.

23

'Dwi wedi gwneud peth amhroffesiynol yn dweud wrthat
ti,' meddai Japheth wrth Harris, 'ond doedd gen i ddim
dewis ond dweud. Mi gaiff bois y papura newydd wybod
'i enw fo'n nes ymlaen—ar ôl i ni gael canlyniada'r
profion o'r labordai.' Ac yna ychwanegodd: 'Mae o'n
farw—llawn cystal ella, ag ystyried yr amgylchiada'.

Oriau mân y bore oedd hi a Hardwick ar fin cael ei
gludo i'r theatr am lawdriniaeth frys. Cawsai Japheth
afael ar Harris wrth y fynedfa a brasgamai'r ddau ar hyd
y coridor. 'Mi fydd yn rhaid profi'r achos wrth gwrs,'
meddai Japheth, 'ond fydd hynny ddim yn broblem, mi
alla i dy sicrhau di.'

Gwyddai y byddai'r achos wedi'i brofi tu hwnt i bob
amheuaeth unwaith y deuai canlyniadau'r profion
terfynol i law ar ben pedair awr ar hugain. Roedd gwraig
Mathews yn diodde'n ddrwg o sioc ond rhoesai hi fraslun
o ddigwyddiadau'r min nos i'r heddlu, digon iddynt allu

deall beth oedd wedi digwydd. Sylw a wnaed ganddi hi ar hap, a'i llais yn llawn chwerwedd, i'r perwyl fod Mathews wedi cadw ffidil Hardwick o ran diawledigrwydd yn hytrach na'i rhoi yn ôl iddo—dyna'r abwyd y bachodd Ellis wrtho. Roedd ffidil Hardwick yn dal yng nghanolfan yr heddlu a dim llychyn o dystiolaeth wedi'i grafu oddi arni. Rŵan byddent yn cynnal profion fforensig ar y câs ffidil a ddefnyddiodd Mathews y noson y lladdwyd Enid Daniel, mewn ymgais i daflu'r bai ar Hardwick. Roedd Ellis wedi gorchymyn i sied Mathews gael ei har-chwilio'n fanwl, a daethpwyd o hyd i ddillad yno (y rhai a wisgodd i ladd y merched, debyg), a hefyd sgarff sidan las. Roedd mymrynnau o sidan glas wedi'u canfod yng nghegau'r tair merch a lofruddiwyd. Cynhelid profion ar y dillad yn awr, profion poer a had gwryw, ond gwyddid eisoes beth fyddai'r canlyniad.

Rhyfedd nad oedd Mathews wedi llwyddo i ladd ei wraig.

Ond ai rhyfedd hefyd?

Roedd blynyddoedd o fod yn Brif Gwnstabl wedi dysgu Japheth i beidio â synnu cymaint a chymaint at ddim byd.

Yn y cyfamser roedd yn rhaid pwysleisio fod Hardwick yn ddieuog, ac fe wnaeth Iorwerth Japheth hynny gydag arddeliad.

Wnaeth o ddim awgrymu mewn geiriau y gallai Owen, a Carol Rees ac Ian Richards, fod wedi ymddwyn yn anfoesol. Fyddai neb yn gallu gweld bai, na phwyntio bys. Roedd bywyd Hardwick yn nwylo'i dri phrif gyhuddwr yn awr, meddai, ac wrth gwrs fe fydden nhw'n bownd o ymladd â deng ewin i'w achub, yn enwedig ar ôl cael gwybod nad fo oedd y llofrudd. Wel—dynol oedden nhw 'te, fel pawb arall.

'Dyna ddigon,' meddai Owen yn gwta. Ac yna cilwenodd ac meddai: 'Paid â trio dweud wrtha i sut i wneud fy job'.

Roedd bywyd Hardwick yn dal yn y fantol. Dangosai llun pelydr X o'r penglog doriad llinol ar yr ochr dde yn croesi'r wythïen feningeaidd ganol. Lwcus, lwcus nad oedd yr ergyd wedi treiddio.

Doedd gan Owen ddim amser i siarad rhagor â Japheth. Roedd yn rhaid iddo gael cyfle i ddweud wrth y ddau arall. Be oedd Japheth yn 'i feddwl oedden nhw—tri ellyll a fyddai wedi dial pe bai'r sefyllfa wedi bod yn wahanol? Cynddeiriogid ef gan y syniad. Ac eto, doedd ei gydwybod ddim yn glir. Roedd o wedi collfarnu Hardwick yn ystod yr wythnosau diwethaf yma, ac wedi'i gasáu; pe cawsai'r cyfle byddai wedi'i ddarn-ladd: doedd ganddo mo'r hawl i anghofio hynny. Mae'n iechyd i ochr dywyll dyn gael ei gwthio dan olau sbot y gwirionedd ar dro, ond profiad digon annymunol ydi o. Roedd o'n falch fod Hardwick yn ddieuog—yn falch er mwyn ei dawelwch meddwl o'i hun. Fe wnâi ei orau glas drosto.

Safodd Ian a Carol yn stond yn eu gynau theatr gwyrdd i wrando arno, fel y gwrandawsai yntau ar Japheth. Synhwyrai Owen fod y ferch yn arbennig o anniddig o glywed y newydd, ac edrychai ar Ian drwy gil ei llygaid —am gysur? Ia, mae'n debyg. Y nhw ill dau a roes gychwyn i'r straeon a ymledodd drwy'r lle. Wel, os oedd arni eisio cael gwared o beth o'i heuogrwydd câi helpu drwy gynorthwyo orau gallai hi rŵan.

Wrth i'r llawdriniaeth fynd rhagddi ymgollodd Owen yn y dasg gerbron; yr unig beth yr oedd yn ymwybodol ohono oedd fod Hardwick yn gwaedu'n helaeth ac y byddai'n rhaid rhwystro'r llif. O'r wythïen feningeaidd ganol y llifai'r gwaed. Daeth o hyd i'r bwlch o'r diwedd a gosododd glip yno. Fu o ddim yn hir yn ailosod fflap yr asgwrn a'r croen yn eu lle. Byddai Hardwick yn siŵr o ddod trwyddi'n awr, a siawns na fyddai'n ymwybodol erbyn canol dydd.

Cofiodd yn sydyn eiriau chwerw Hardwick wrth sarhau ei grefft—'eich blydi dwylo arbenigol'. Wel, roedd ei ddwylo 'arbenigol' wedi gwneud job dda o waith y bore 'ma, diolch i Dduw. Fe allai'n hawdd fod wedi colli'r frwydr.

Edrychodd yn flinedig i gyfeiriad ei anaesthetegydd ac amneidio i ddangos ei fod yn ddiolchgar ac yn fodlon ar y gwaith.

Mi fyddet ti wedi gwneud cystal bob tamaid, Enid.
Ymdrechodd i beidio â meddwl amdani.

Byddai'n gwawrio toc. Roedd y llawdriniaeth wedi cymryd amser hir. Edrychai'r rhai ifanc yn llai blinedig nag y teimlai o, ond roedd ôl y straen i'w weld ar eu hwynebau hwythau hefyd. Synhwyrodd y berthynas gyfrin oedd rhwng Ian a Carol wrth eu gweld yn edrych ar ei gilydd, a theimlodd ei wrychyn yn codi.

Dwi'n dal yn genfigennus drostat ti, Ceri. Ddylwn i ddim bod. Ond fedra i ddim peidio.
Fe ddaliest ti i fedru caru pobl.

Roedd Hardwick yn lwcus fod Nia ganddo. Yn y stafell aros roedd hi, yn disgwyl am newydd. Penderfynodd Owen fynd draw ei hunan i'w gweld.

Edrychai'n fechan ac yn rhynllyd er bod y stafell yn ddigon cynnes. Roedd rhywun—ei mam, mwy na thebyg—wedi taro ail gardigan dros ei hysgwyddau a hongiai'r llewys gwag dros olwynion y gadair. Cyfarchodd Owen ei rhieni ac yna aeth draw ati hi, a gwenu i'w chalonogi.

'Peidiwch â phoeni. Mi fydd o'n olreit,' cysurodd hi. 'Diolch i'r nefoedd na threiddiodd yr ergyd ddim. Mi eith rhywun â chi i'w weld o yn y funud ac mi gewch chi fod yno pan ddaw o ato'i hun.'

Dechreuodd Nia wylo o ryddhad. Buasai'r pryder yn

annioddefol; nid oedd erioed yn ei bywyd o'r blaen wedi diodde'r fath boen arteithiol.

'Mi fydd o'n wan am dipyn, cofiwch,' meddai Owen wedyn, yn dirion. 'Mi fydd rhaid i chi edrych ar 'i ôl o.'

'O, mi wna i.' Crynai ei llais ond roedd gwên orfoleddus, ddiolchgar ar ei hwyneb. 'Mi wna i.'

'Gwnewch,' meddai gan gyffwrdd ei llaw. 'Dwi'n gwybod y gwnewch chi.'

Hi fyddai'n gofalu ac yntau'n derbyn gofal o hyn allan—nid am byth, debyg iawn, ond yn ddigon hir i'r profiad fod yn therapiwtig, ac yn llesol i'r ddau ohonynt.

Fel y cerddai i gyfeiriad ei gar daeth Japheth at Owen ac atebodd ei gwestiwn cyn iddo gael cyfle i'w ofyn. 'Mi fydd o'n iawn.'

'Go dda.'

A beth am wraig Mathews, meddyliodd Japheth, be ddaw ohoni hi? Sut fath o feddyginiaeth sy'n mynd i'w hadfer hi? Amser oedd y ffisig gorau, yn ôl yr hen air, ac roedd llawer o wir yn nywediadau'r hen bobl. Ifanc oedd hi. Roedd pobl ifainc yn haws eu clwyfo'n emosiynol na phobl yn eu hoed a'u hamser, ond er bod y boen yn fwy ingol, tueddai i gilio ynghynt. Meddyliodd tybed a âi hi'n ôl i Iwerddon. Ella mai dyna fyddai'r peth gorau iddi.

Ac yna peidiodd â meddwl amdani a sawrodd yr awel hydrefol, felys o'i gwmpas.

Roedd hi'n fore braf, yn gynnar iawn. Y bore bach, digyffwrdd.

Sgript heb ei sgwennu hyd yma oedd y dydd a ymdaenai o'i flaen: y dydd a'i broblemau, ei funudau garw a'i funudau pêr. Roedd tair llofruddiaeth wedi'u datrys, a'r llwyfan yn wag a dymunol ar hyn o bryd. Awgrymodd Iorwerth wrth Owen eu bod yn gyrru adre gydag ymyl y comin. Daethai i'r ysbyty yn un o geir y glas, ond fe gâi rhywun arall ofalu am hwnnw. Câi materion yr heddlu aros am dipyn.

'A tyrd i'r tŷ i gael brecwast efo ni wedyn.'

Roedd yn ddiwedd da i noson anodd, yn ddechrau addawol i ddiwrnod arall o anwybod.

Derbyniodd Owen.

NGD
9/94.